U0033497

THE SEASON WHEN FLOWERS BLOOM

Hanasaku Kisetsu **（花咲く季節）**
in Four Languages
(English, Taiwanese, Japanese and Chinese)

by Yang Chian-Ho
Translated by Chihmei Lin Chen, Ph.D.

Avanguard Publishing House
2023

The Season When Flowers Bloom

Hanasaku Kisetsu (花咲く季節) in Four Languages

(English, Taiwanese, Japanese, Chinese)

Author: Yang Chian-Ho

Translated and Edited by Chihmei Lin Chen

Published by

Avanguard Publishing House

4F-3, No. 153, Nong-an st., Jhongshan Dist., Taipei 104056, Taiwan.

Tel: (886-2) 2586-5708

Fax: (886-2) 2586-3758

E-mail: a4791@ms15.hinet.net

Website: www.avanguard.com.tw

First Edition 2023

Subjects: 1. Japanese Colonialism; 2. Taiwan Literature; 3. Marriage; 4. Female Friendship; 5. Female Journalist

Printed in Taiwan

ISBN 978-626-7325-65-0

For my loving mother

獻予我親愛ê母親

Original work 花咲く季節
by Yang Chian-Ho 楊千鶴

花咲く季節

楊　氏　千鶴

「美しい方よ、あなたが私を愛して下さるよりも尚一層私があなたを愛してゐることを、一生涯、私が雄辯を振つて主張するのをどうか御覽下さい。」

南國の太陽が、三月にしては强すぎる暑い陽ざしをなげかけてゐる青い校庭の芝生で、モロアの「結婚、友情、幸福」を讀む聲は講堂から流れるピアノの音ととけ合つて美しい旋律を狹い校舍一ぱいに漂はしてゐた。碧い空とかすかに匂ふ芝草の香りに青春の息吹きを感ずるほど、私達はローマン・チックなむすめ達ではなかつたけれども、もう一しよにゐる日も殘り少いといふ卒業を間近かにひかへた淡い感傷が、いつもは、「スピード、スピード、あなたの御仕度はいつも牛みたいにのろいのね」とせき合つてそゝくさと歸る放課後の時間を四人、五人とそれ〴〵のグループで日頃丹精の花園をそゞろ歩いたり、芝生にねころんだりして、短かい學窓の日を惜しんでゐるのであつ

Published July 11, 1942
Taiwan Literature 《台灣文學》, 2 (3), 144-160.

THE SEASON WHEN FLOWERS BLOOM

(English)

花開 ê 季節

Hue khui ê kuì-tsiat

(Taiwanese)

The Season
When Flowers Bloom

Contents

花開 ê 季節
Hue khui ê kuì-tsiat

目錄・Bo̍k-lo̍k

English
Section

A Brief Biography of the Author

Yang Chian-Ho

9/1/1921 –10/16/2011

Yang Chian-Ho (楊千鶴) was born in September 1921, in the South Gate (南門口) area of Taipei, Taiwan, during the Japanese colonial rule. She started to write and publish in Japanese in 1940 after she graduated from Taipei Women's College (台北女子高等學院), which was the only college (and the highest level of education) for women in Taiwan during that era. In 1941, she started working at the largest and most prestigious newspaper agency, the Taiwan Daily News (臺灣日日新報社), as a journalist for the Family and Culture section. She was considered to be the first Taiwanese woman journalist in history. Furthermore, as a condition for taking the job, she demanded equal pay for equal work compared to her Japanese colleagues. Although the common practice at the time was to pay Japanese employees 60% more than Tainwanese employees for the same job, the news agency accepted her request. As a journalist she interviewed various public figures (e.g., artist Kuo Hsueh-Hu 郭雪湖 and writer Lai Ho 賴和) and introduced Taiwanese culture and advanced knowledge in areas such as education and health to facilitate the modernization of Taiwan society. She also wrote book reviews under different pen names. After Japan's attack on Pearl Harbor in December 1941, which triggered the U.S. to join in the Pacific War, the Japanese military suffered great setbacks and as a result, life circumstances quickly deteriorated in Taiwan. A tighter rein was placed on Taiwan in order to enforce the military and the "Imperialization Movement" policies, which affected the operation of the newspaper in terms of journalistic content, as well as a reduction in the number of printed pages. These restricted conditions prompted Yang Chian-Ho to quit her job as a journalist.

From 1940 to 1943, Yang was sought after to write for magazines as well. She was regarded as the most prominent female Taiwanese writer in the literary field during this period, when writing in Japanese flourished in Taiwan. Her essays appeared in various publications including 文藝台灣, 民俗台灣, 台灣文學, 台灣時報, 台灣藝術, 台灣公論, 台灣地方行政. Her short story "The Season When Flowers Bloom" (花咲く季節) was published in *Taiwan Literature* (台灣文學) in 1942, when she was only 20 years old. This piece was considered to be the only one story written during the colonial period that had depicted the life and the inner world of the young educated women. She addressed the topics of female friendships, self-concept and consciousness-raising for women, family communication, and the pursuit of happiness, which were not yet written about in Taiwan at that time. Both her writing style and the topics she wrote about set her apart from her contemporaries on Taiwan literature.

Yang Chian-Ho married in 1943. As the war intensified, her life consisted of dodging air raids with her infant child, so she stopped writing from 1944-1945. At the end of WWII, the ROC took over Taiwan and abruptly changed the language policy, completely banning the use of the Japanese language. Yang's Japanese writing ceased for nearly half a century due to the language policy and the political circumstances. She only resumed writing in Japanese and published her writings after the lifting of martial law (解嚴) and the repeal of Penal Code Section 100 (廢除刑法 100 條), which took place in May 1992. In addition to her writings, Yang, a non-KMT party member, was one of the rare individuals to win the very first election ever held in Taiwan (台灣地方自治首屆選舉). She served as a local Taitung County Councilor (第一屆台東縣議員) in 1950 and was also elected as a board member for the Provincial Women's Association (台灣省婦女會理事) in 1951.

Yang Chian-Ho considered herself to be someone who enjoys reading and values personal growth. She steadfastly upheld the values of being genuine and sincere. She resumed her writing in Japanese in the fall of 1989, and published a book *A Prism of Life* (人生のプリズム) in Japan in 1993. This book was translated into Chinese and published in Taiwan in 1995. In 2001, she also published a collection of her writings from the pre- and post- War periods, as well as her commentaries and speeches (*Yang Chian-Ho Works vol. 3: The Season When Flowers Bloom* / 楊千鶴作品集 3: 花開時節). Yang's fluent Japanese writing was thoughtful and sensitive, providing unique perspectives and delving into her characters' inner world. Her presence in Taiwan literature during both the pre- and post-WWII period is quite unique, and the content of her writings are of historical significance.

Chihmei Lin Chen, Ph.D.

A Note From the Translator

Chihmei Lin Chen

As I began writing the preface for this book, which contains four language versions of the short story that my mother, Yang Chian-Ho 楊千鶴, published in 1942, I was overcome with emotion. Upon seeing the printed pages of her story in four languages, a vision of Taiwan's history plays in my mind, like a film. I cannot help but say to myself: "Taiwanese people, you have come a long way! " Or, to be more precise, perhaps I should say, "The Season When Flowers Bloom (花咲く季節), you have come a long way!"

Imagine an innocent young girl in Taipei, growing up in a Taiwanese family where both her parents and all her siblings conversed in Taiwanese in their daily life. However, because she grew up during the time when Taiwan was under Japanese colonial rule, her entire education was in Japanese. Being a talented student, she excelled in learning the Japanese language, among other things. This young girl grew up and became my mother, who struggled and endured many hardships during and after WWII, including a drastic change in the political regime and the eradication of all her achievements and financial savings. The Japanese language was immediately banned as the government in Taiwan became the ROC, and shortly thereafter, every 40,000 Taiwan dollars was converted to only 1 NT dollar.

I was well cared for as a child despite my parents' meager earnings. In contrast to my mother, the language I was required to learn was Chinese, though my family continued to speak Taiwanese at home. After graduating from National Taiwan University in 1966, I was fortunate to be offered scholarships from American universities to pursue graduate studies. Even though I graduated at the top of my class in Taiwan, when I arrived in the United States, I had to overcome culture shock and deficiencies in the English language. It was a long journey for me to complete my doctoral studies in psychology and to have a career teaching psychology at the college level in the United States. I, a "Taipei person," living in the U.S. and now retired, have a daughter and grandchildren, who speak and write in English. One thing we four generations have in common is that none of us could write in Taiwanese before 2021.

It was only during the Covid-19 pandemic, when there were many meetings held virtually, that I had the opportunity to discover that the Ministry of Education in Taiwan finally established an official written Taiwanese language in 2006. Through online sessions, I learned how to write Taiwanese in both Han characters and Romanized forms. As a result, I had an idea in 2021 to translate my mother's short story [花咲く季節] into Taiwanese as well as to have it published in four languages to commemorate my mother’s 100th birthday as well as the 100-year anniversary of the Taiwanese Cultural Association (台灣文化協會), which was established in 1921. Since 1942, it took 81 years and four generations of our family to finally have a Taipei story that was created out of a Taiwanese mind, transformed into Japanese, and subsequently translated into Chinese, English, and Taiwanese—the mother tongue of the original author! The multigenerational disparities in our written language abilities reflect the treacherous path of the Taiwanese people as they weathered the tides of history. Having my mother’s literary work published in Taiwanese means a great deal to me. My mother often said it was ironic for her to be able to write well in Japanese, but be unable to express herself in writing in a language that was consistent with her Taiwanese identity. This book is a long-awaited realization of her dream. Her story has come full circle, and it is now accessible to readers of all generations, regardless of which language they are able to read.

The English version of this story is a collaborative work with my daughter and me. It was important for us to provide an English translation for American scholars of Asian literature and Asian studies. It is my hope that the English version contained in this book will serve as the definitive citation for those who are interested in studying this literary work by Yang Chian-Ho (楊千鶴). The Chinese version in this book is an updated version of my translation that was completed in 1999 and previously published.

"The Season When Flowers Bloom" is based on a real account of the graduating class of Taipei Women's College (台北女子高等學院) from the spring of 1940 through the summer of 1942. This specific time frame is important for readers to keep in mind, since life circumstances in Taiwan deteriorated rapidly with each passing day as the war intensified only after Japan's attack on Pearl Harbor in December 1941, which triggered U.S. involvement in the Pacific War (though Japan started its war against China in July 1937). The short story starts with students feeling sad about bidding farewell to their school life and their girlhood, and ends with three close friends bursting into laughter when a new baby is born, carrying a bright hope for the future.

My mother, Yang Chian-Ho, published this short story when she was only 20 years old. Not only was she a rarity in her time as a Taiwanese woman writer whose work appeared in literary publications, this story is also unique in terms of subject matter. While most Taiwanese male writers often wrote about the difficult lives of rural people from a lower social class, The Season When Flowers Bloom provides a refreshing glimpse of young educated women living in Taipei, the cultural center and the capital of Taiwan. Unlike most works of her contemporaries depicting events in a chronological timeline, my mother wrote in a stream of consciousness style, reflecting the inner feelings and thought processes of the narrator in a fluid manner. She was ahead of her time in addressing the topics of female friendships, family dynamics, self-concept, and the pursuit of happiness.

Although my mother thought her short story was not a mature work because she wrote it when she was only 20 years old, I was touched by the sincerity with which she shared her inner world, her astute observations, and by the serious questions she raised. Words she used to describe actual visual or tactile sensations also symbolized her inner thoughts and deep emotions, as well as the circumstances she and her peers confronted. Reading over the original text several times during my translation process, I was able to go back in time and see what Taipei and the surrounding area was like, what life was like at this college that no longer exists, what my mother's friendship dynamics were like, and how she coped living with extended family after the death of her beloved mother.

The short story is not only a vivid and accurate account of a true Taipei story, but it also provides a flashback to the lives of young women at this unique point in Taiwan's history. In the era when women were often pressured into arranged marriages, Yang Chian-Ho wanted to have time and space to understand herself first. I admire the intelligent and sensible questions she so earnestly and bravely raised. My appreciation for this story has grown, and I would like to share this story with you all.

Notably, the close friendships of the three main characters in the story lasted throughout their entire lives and now continue on through subsequent generations. Although our mothers lived their college years during wartime while under colonial rule, Yang Chian-Ho said that despite being young women during such a difficult time, she and her friends held fast to their hopes and dreams. As Yang had once commented about this piece, flowers can still grow and bloom out of barren desert soil in the fleeting spring season.

"The Season When Flowers Bloom", written by Yang Chian-Ho, is an authentic Taipei story that reflects a Taiwanese identity. With its unconventional, sensitive writing style and its focus on topics that were rarely written about at that time, this short story marks a significant milestone in the history of Taiwanese literature.

Chihmei Lin Chen, Ph.D., July 2023

Preface

Yang Chian-Ho

An unexpected phone call came from Taiwan this August [1994]. The caller was interested in introducing Taiwanese literature to an international audience by publishing a digest of Taiwanese literature in English, with the original works written by Taiwanese authors. He wanted to include in his book my earlier work entitled "The Season when Flowers Bloom" (花咲く季節) which was published in *Taiwan Literature* (台灣文學) in 1942.

Taiwanese literature often reflects the sufferings of the Taiwanese people. Those who were born during the Japanese colonization period had to use a foreign language that differed from the language spoken by their Taiwanese families. When the Chinese regime took over, the Taiwanese originally anticipated it to be their mother country; however, they instead encountered political oppression that resulted in more suffering. Under both regimes, the Taiwanese people have always faced a language handicap, which affected the progress of Taiwanese literature.

The path leading to the flourishing of Taiwanese literature continues to be a long and difficult one. Publishing a book often requires a willingness to absorb financial losses. It is indeed courageous and commendable to undertake this project to publish a digest of Taiwanese literature in English . . . I asked my daughter to help with the translated excerpts in Taiwanese and in English in order to produce a more readable text that would better reflect the nuances of my original work in Japanese.

"The Season When Flowers Bloom " (花咲く季節) was published fifty-two years ago [1942] when I was just a young woman. Last summer [1993] I just published a book, *A Prism of Life* (人生のプリズム) in Japan. Now as I re-read my early work, I feel that my earlier work is not a mature piece and there are some parts that I am not quite satisfied with. Nonetheless, it was a piece that well described the inner world of the young women growing up in that era, and it made me feel somewhat nostalgic.

Despite being a place where people have gone through a series of oppressions by various foreign political powers, there can still be a spring season in Taiwan where you see flowers bloom; the Taiwanese youth can still carry their youthful spirits and the ordinary worries of their young minds as they grow up. As one may witness the fleeting spring season in the desert, a gust of wind may reveal the flowers blooming beneath the sand and rocks. Even in the harsh conditions of life under colonial rule, Taiwanese young women can still keep their hopes and dreams. If my story allows readers to feel even a small sense of relief from the tensions of life, I would feel satisfied as an author.

My original Japanese writing of this story 花咲く季節 was translated twice into Chinese since the end of WWII with the title of 花開時節 . It seems difficult to expect a Chinese translation to be able to reflect the nuances of the original Japanese writing in describing delicate inner feelings. Therefore, I had hoped that this publication could have included the original Japanese writings along with the English and Taiwanese translations. It is regrettable that this publication would only contain selected paragraphs of text from the story so that it would not be possible for the readers to appreciate the development of the whole story and its climax.

Actually, at the current time [1994], there is still no one unified written form of Taiwanese language. It would require the joint effort from many groups to continue their research, and to work toward producing a written form agreeable to all. I believe with sustained effort, eventually this goal will come into fruition.

In Taiwan, we have a generation of people who were born during the 50-year long colonial rule and needed to use a foreign language to write, followed by a generation of people trying so hard to learn Chinese under the subsequent regime. In addition, we have people seeking to rescue the vanishing mother tongue, the Taiwanese language, which was almost wiped out by the oppressive language policies. All of these people have grown up here in Taiwan and have been similarly nurtured by this land.

I firmly believe that if they hold the motherland in their hearts, all of their works with literary qualities should be considered as part of Taiwanese literature, regardless of what language they use. After all, the realities of Taiwan history cannot easily be denied nor undone. We all walked the same path to get to where we are today, and we collectively understand and share with one another the living experience of sorrow and suffering.

The written works that grow out of the hearts of all these people are now to be collected and published as a digest of Taiwan literature in English and Taiwanese. This is quite a great endeavor, and undoubtedly, it will help broaden the scope of the readership and help promote Taiwanese culture.

...I hope that in the future there will be more support and cooperation to create a unified effort to further the development of Taiwanese literature. ...

Yang Chian-Ho
October 1994
Maryland, USA

◆ An excerpt translated from the preface of "Blossomy Season: Taiwanese Literature Digest Vol. 1" published in 1994 by Avanguard Publishing House, re-translated into English by Chihmei Lin Chen in 2023.

Foreword to the New English Translation of "The Season When Flowers Bloom"

Ping-hui Liao

Founding Director, Center for Taiwan Studies, Chuan Lyu Endowed Chair in Taiwan Studies, University of California, San Diego

"The Season When Flowers Bloom," by Yang Ch'ien-ho (1921-2011), is a polyphonic novella with the protagonist and two of her classmates pondering over the meaning of life, love, sex, marriage, and family. From the start, Hui-ing, our heroine, finds herself caught in an entangled web of dictates and voices. Even before graduating from an advanced professional school, she faces a difficult choice: follow the traditional path of becoming a housewife, or go against the grain by embracing a career as a journalist and thereby cherishing her freedom and responsibilities. Written in Japanese, the novella has been recognized as a canonical piece of colonial Taiwan and early feminist literature on top of being a major work in celebrating relational autonomy and in raising the issue of female agency.

The narrative begins with a quote from French author Andre Maurois' "Marriage, Friendship, Happiness," about love and deep friendship as integral components of a sustainable marriage. But Maurois (1885-1967), who famously said, "A happy marriage is a long conversation which always seems too short," is not the sole authority here on the very subject in question. A number of classmates are on the way to marrying physicians or promising young men. After all, this is a women's college aiming to promote self-improvement on the part of future brides and homemakers. Discussions about the figures of Modern Girls and New Women, who aspire for intellectualism and desire gender equality (or, at least, spousal interdependence), are always in and outside the classrooms. It is hardly accidental that a book on "girlhood," *Musume Jidai*, became a priority reading for new women later on.

Such reading and chatting experiences constitute multiple sources of the self and girlhood in the story. However, a Japanese music teacher holds center stage in illuminating local female students regarding the challenges of coming of age and of finding an ideal husband. Her advice is preparation via self-cultivation. Singing and playing piano, as well as reading, sewing, and other activities, are refined ways to achieve or to empower oneself. The teacher reveals, similar to Soren Kierkegaard in *Fear and Trembling*, that the intimately rewarding aspect of married life stems from repetition or even redundancy in daily banality. She tells how she develops new emotional ties or affectionate affinities with students (in particular, Hui-ing's class) even though the curriculum remains the same year to year.

With so many voices around Hui-ing, our first-person self-aware narrator, she must clear her own path and construct her subjectivity. Fortunately, her second eldest brother is on her side, and her ailing father seems to be gradually acquiescing, if only quietly. But it is mostly by interacting with two of her best classmates and friends, Chu-yin and Sui-en, that our protagonist works through the contradictions between the cult of domesticity and new femininity, professional career and marriage life, imperialism and capitalism, and racial discrimination and anti-colonial resistance. Several scenes illustrate the complexity of living with such contradictions. When Hui-ing hears gossip about some classmates marrying medical doctors, she at first considers them as irrelevant, that is, until she herself becomes the target of her auntie's matchmaking. Suddenly, she finds the reality to be filled with unbearable weights of being. Not only would her father reinstate traditional family values, but her close friend Chu-yin is tying the knot unexpectedly and will give birth to a baby boy one year later.

In many subtle ways, Hui-ing is depicted as having difficulty processing all the transformations. In the beach scene, for instance, she walks in the opposite direction, away from Sui-en who had initially rejected going to beach outing with the group but later changed her mind, only to be assaulted by the gusty, tumultuous sandy wind. Then, a classmate spends time on idle talk rather than revealing the truth that she has been betrothed to marry. It is only through the sister-in-law that she learns about what has happened. Evidently, her classmate withholds or suspends the very act of disclosing the "good" news in the face of a reputedly defiant spirit. However, the novella ends with Hui-ing and Sui-en in the hospital congratulating Chu-yin on her new roles as a wife and mother. It seems, through mothering, Chu-yin is able to bring forth a new life and help her family thrive.

In her meticulously documented monograph, *Women's Performative Writing and Identity Construction in the Japanese Empire* (2023), Satoko Kakihara highlights the contradictory practices both in the metropole and in the colonies—Taiwan, Korea, and Manchuria—around such topics as love, marriage, and happiness. She argues that "femininity in different parts of the empire (advocated for by both the state and the subjects) implied complex roles for creating private spaces of home and belonging in the expanding state." (60) According to Hani Motoko (1873-1957), for example, women should "aim to improve themselves through spousal interdependence rather than independence from men," that is, to achieve the goal of self-realization, women ought to "embrace their position in the home and to cultivate a loving environment in collaboration with their husbands, particularly for the sake of the children." (64) We encounter such a predominant discourse throughout "The Season When Flowers Bloom"; nevertheless, Hui-ing persists in her pursuit of an alternate path by choosing a professional career. She stresses that Taiwan has its own socio-cultural peculiarities, and does not slavishly follow or reproduce Japanese models of "girlhood." While formulating such a vernacular response to cosmopolitan feminist trends, Hui-ing is also respectful of choices made by other female friends, as in the concluding hospital scene in which compassion and the sisterly bond not only reconnect the three best friends but also enable them to envision a wonderful life ahead.

Over the years, critics have interpreted "The Season When Flowers Bloom" to be based on Yang Ch'ien-ho's early life experience and hence autobiographical. Certainly, the author does mask her narrative identity as Hui-ing, who resembles her in many ways. However, if we consider the multiple voices in the novella that bring different ideologies and values in dialogue or in contestation with each other, perhaps a polyphonic perspective is more adequate, as the story consists of many characters with their reported speeches—from Maurois, the music teacher, and others. Yang was the first female professional journalist recruited by Nishikawa Mitsuru (1908-1999) for Taiwan Nichi Nichi Shinpo (Taiwan Daily News) to do special columns. Yang disputed the salary gaps between the Japanese and the Taiwanese employees and succeeded in overturning racial policy to obtain equal pay status. Yang's engagements with Japanese colonial authority and power institutions during her brief stay with the news agency most likely have contributed to her fictional writing. Her journalistic essays in Japanese and her memoir (*Prism of Life*, which was published in two languages), in addition to expanded versions of public speeches and self-reflections, have been made available by Nan Tien (Southern Sky Books); they provide revealing background sketches of a most interesting time in Taiwan's transition from the Kominka period to the KMT regime.

The novella has been praised in terms of its ingenuity, feminine sensibility, and psychological depth. In a public talk, the author said that out of curiosity, she did a comparative study of her work and that of three male novelists' fiction on love and marriage, all published in 1942. She found that the male writers predominantly wrote about class rather than gender issues. They were preoccupied with colonial oppression and patriarchal repression to such an extent that they would flatten out female characters and fail to probe their feelings, emotions, and relations, or offer "feminine" details. Their stories tended to end tragically. Yang also critiqued them for their clumsy Japanese style of writing.

As Yang's command of the Japanese language was superb and highly nuanced, her tones and overtones so intricate, a new

English translation of "The Season When Flowers Bloom" by her daughter and granddaughter would finally do full justice to the original and enable us to appreciate this masterpiece. We owe a lot to the translators. As family members, they know what the story is about, in addition to showing how love helps sustain labor and render translators' tasks rewarding. Mediating between the writerly and the readerly, this new translation merits attention indeed by adding refreshening insights into Hui-ing's world.

Foreword

Hearing the Voice of Young Women

Wen-hsun Chang

Associate Professor, National Taiwan University
Graduate Institute of Taiwan Literature

"*Life is brief. Fall in love, maidens.*" These lyrics from a popular prewar Japanese song were widely circulated. Young women were expected to seize the moment when their red lips had not faded and their inky, sleek hair had not turned gray, to cherish the physical feelings of blushes and beating hearts, and to not let go of their irretrievable youth. Beautiful young women and their fading golden years have been a theme eulogized in art since ancient times. Yet this famous sentence, originally inspired by Mori Ōgai's translation of Hans Christian Andersen's *The Improvisatore* and reinterpreted by Yoshii Isamu, arouses curiosity: Why do writers urge young women to love boldly?

It is because what awaits them is marriage.

The July 1942 issue of *Taiwan Literature* was quite special. In a literary magazine that had just ushered in its second year, this issue published four works concerning the fate of women. Works by established writers, Chang Wen-huan's "Capon" and Wu Hsin-jung's "Memoirs of My Deceased Wife," described the deaths of brave and lively women, while Yang Chian-Ho's "The Season When Flowers Bloom" and Sakaguchi Reiko's "Subtle Chill" were novelettes created by emerging women writers. In colonial Taiwan, female writers were extremely rare. A male writer sometimes even used female pseudonyms on purpose when submitting their works, hoping to encourage a culture of women openly expressing their creativity and opinions. Yet as a matter of fact, Taiwanese women were not incapable of writing—before Yang Chian-Ho, there was Yeh Tao, who wrote "The Crystallization of Love," a short story (conte) thoroughly depicting the frustration and exhaustion of married women. It seems that we have come back to the previous question: Why did male literary figures advocate for women to appear in public spaces, resorting even to the assumption of false gender identities to generate more "female" voices?

The answer may still be marriage.

What is marriage? In Yang's "The Season When Flowers

Bloom," young women are asked to reflect on the words of French writer Andre Maurois: "A successful marriage puts an end to feminine friendships." The reason is that it is difficult for two equally intense emotions to coexist harmoniously. The protagonist of the novelette is referred to with the first-person pronoun "I," and thus the whole story shows precisely what a young woman sees before her eyes and feels with her heart. After graduating from a girls' high school, "I" enrolls in a women's college with her best friends, Chu-yin and Sui-en, who are some of the few Taiwanese girls in the class, and who are different from other Taiwanese girls who were more conforming to traditions. This small group of girls within a minority group confronts the societal expectation that, starting from their time in the girls' middle school, men would come to their homes to propose marriage, and then they would become good wives and wise mothers. To varying degrees, they all hold doubts regarding going out of the school gates and walking into married life—a unidirectional path from one home to another. Furthermore, the thought that they are hurrying along this path at this very moment brings forth a hidden anxiety.

Unlike many others who question marriage to support the emerging discourse of "freedom in love," I think the reason why "I" is reluctant to accept marriage proposals as easily as her peers is her concern that she would lose friendships. "I" had lost her mother when she was a teenager, and school had become a place for "I" to potentially build close relationships with others. The school provides opportunities for "I" to interact with a music teacher who is sometimes stern but sometimes tolerant, and with classmates who have their own unique personalities. It also allows her to be in public facilities like the campus, the theaters, the tea stores, the parks, and the beach. In these places, young women laugh and make fun of each other, and while it may seem like they are exchanging seemingly meaningless whispers, they are in fact trying to resolve each other's confusion and anxiety. However, the time when the young women can stride forward with heads high in the city's public spaces is limited and will soon come to an end with their graduation.

At the beginning of "The Season When Flowers Bloom" is the cry: "Let's go! You're as slow as an ox!" This reminds the young women that there is not much left of their time as students, which has been freely spent relaxing in flower gardens and meadows. It seems as if a force is chasing them, forcing them to accept their destiny. In the novelette, "I" constantly hears the words of others toward her:

The music teacher who looks good in a black kimono with a wide neckline encourages the students: "You have to forge ahead armed with passion and sincerity in your hearts." "You need to have courage in sad times, and humility in joyful times."

The sickly father of "I" advises: "*You often complain about how things would be different if your mother was still alive. But I'm just as concerned about you as your mother was. You should carefully consider this proposal and not just push it aside.*"

The older brother of "I," who is away from home, writes: "*I really don't think your uneasy feelings should be categorized simply as a young girl's silly emotions. Although you have never openly said anything about this to me, as your blood relation, I know you quite well. While your friends are able to accept marriage without any qualms, it will be impossible for you to do the same if your mind is not clear about it. I don't know if this is a good thing or not, it is simply how you are. I think it's better to be true to who you are rather than trying to do something that is against your own nature. To agree to a marriage proposal in order to spare our father from worrying about your future would be a huge mistake. Both our father and I wish you all the happiness life has to offer.*"

Hemmed in by authoritative voices offering all kinds of instruction, guidance, and advice, the world of a young woman is full of noise. Each voice attempts to guide her, each of them brimming with concern. But what does the young woman herself think? In "The Season When Flowers Bloom," the voices of the young women tease each other: "After you're married, will you pretend you don't know us if you pass by us on the street?" Then it turns into sobs—sobs because of upcoming graduations and marriages and because of an unwillingness to part. "I" feels the warmth in the teacher's words, as well as the beauty in the sound of the piano and the singing of the birds.

Before her paternal aunt proposes an arranged marriage with a wealthy doctor who does not smoke, does not drink, and is conscientious and honest, "I" begins to develop self-consciousness of her individual will and the pull of destiny. Although she had resolved to accept a marriage proposal for the purpose of consoling her father, "I" gives up on the idea after receiving a letter from her older brother. The hesitation of "I" is ridiculed by her classmates and her father. However, this in fact comes from the attempt by "I" to strike a balance between society and the individual.

"I" does not reject a future with marriage and children; she merely wonders if this is the only path for a woman to move forward:

The innocence of childhood, the grueling years of being a student, and then marriage—without even having a chance to stop and catch her breath? After marriage, there are children to raise, and in the blink of an eye she will become an old woman, and then she will die.

When "I" confronts her peers who are accepting marriage proposals one after the other and faces pressure from a society that pushes young women to enter households and become wives and mothers, "I" is uneasy about falling into the category of women who may say: Embarrassingly, we were not picked for an arranged marriage. Worldly wisdom is also one of the character traits that "I" possesses, and it is just as important as her becoming a working woman by secretly applying for a job without her father's acknowledgement. "I" is searching for herself between emotion and will, between family and career, and between group and ego. "Does everyone who gets married do so out of their own free will? If not, how can it be possible for a person to make such a major life decision while surrounded in a veil of foggy uncertainty?" These questions are the voices of the young woman herself. Her self- awareness is gradually taking shape in the process of relativization. Even if her good friends, who have kept her company all the time, walk life paths that are different from each other, they still care about one another. The friendships that the young women are worried about losing are in fact products of modernity, incubated by the facilities of urban culture brought by the Japanese empire. The friendships maintain the relationship between the group and the individual at every time when the young women confront choices in their individual lives.

During the colonial era, "The Season When Flowers Bloom" was considered to have rough edges in the view of the literary critics of its time, and the plot arrangement might indeed be somewhat loose. However, I believe that this is precisely where the work's significance lies. This is a story that articulates the process of a young woman finding her own voice. The protagonist attempts to seek a meaning for "I" beyond being a daughter, wife, or mother, and she is hesitant to easily accept the portrayal of and definition of her image by parents and authorities. The process of searching must be intertwined with advances and retreats. If her curiosity and doubts about the world persist, and as long as compromise or acceptance of predestined arrangements are not easily embraced, the "I" in the story will continue to be the woman who wrote the word "friendship" in the sand. She is aware of incoming changes and still holds on to hope in her life.

The publication of "The Season When Flowers Bloom" in 1942 introduced a female self-narrative voice into Taiwan's literary scene. This book, presented in four languages, began with a daughter's quest for her mother's voice. The novelette was originally written in fluent Japanese, and yet what languages would have been used in the young female protagonists' private whispers, family conversations, inner struggles, and determinations? In what ways would they call each other and introduce their own names, publicly or privately, by national languages and by their native tongue? How does Professor Chihmei Lin Chen, who currently resides in the United States, re-translate the legacy of her mother's blossoming literary achievement for the English-speaking world? All things considered; we should also read this book as a multi-generational tale of the quest by Taiwanese people to find their own voices.

Translated by
Laura Jo-han Wen, Yu-ning Chen, and Joseph Henares.

The Season When Flowers Bloom

This short story depicts the lives of young, educated women on the cusp of marriage in Taiwan from 1940 to 1942, as World War II intensified. Taiwan was ruled as a Japanese colony from 1895 to 1945. The writer wrote this piece in Japanese when she was twenty years old. It was published in 1942 and translated into English by the writer's daughter and granddaughter in 2022.

"My dear, I care about you more than you care about me. I want you to know this without a doubt, and I maintain this has always been true all my life to the best I am eloquently able to say. You'll see." [1]

1 The students were reading from *Sentiments et Coutumes*, by the French writer Andre Maurois (1885-1967). This portion of his book discussed the idea of a perfect friendship between intellectual women. He referred to

Though it was only March, the sun from the subtropical country was strong enough to cast powerful rays on the campus lawn. Inside, voices of students reading from Maurois' *Marriage, Friendship, Happiness*[2] mingled with the music from a piano that floated from the auditorium, creating a unique melody that permeated the narrow school building. Outside, the grass smelled young and fresh, and the blue sky shone brilliantly. While we appreciated the romance of this spring scene, we were not silly, romantic girls who felt sentimental about such things. However, we couldn't help but feel bittersweet about the dwindling days before our graduation. Usually, we'd try to hurry each other along at the end of the school day when we were eager to get back home—"Let's go! You're as slow as an ox!"—but now, students in groups of four or five lingered on campus, strolling through the flower garden they tended with care with their own hands over the years. Some even lay down on the grass, cherishing the few days they had together as classmates.

Unlike high school graduation, our college graduation meant

---

the admirable friendship between two French women writers, Madame de La Fayette (1634-1693) and Mademoiselle de Sevigne (1626-1696). This particular quote references a debate between the two as to who liked the other person better, as evidenced by the written correspondence between the two.

2 Maurois' book, *Sentiments et Coutumes*, was translated by the Japanese writer Kawamori Yoshizou 河盛好蔵，and published with a title as 結婚・友情・幸福（*Marriage, Friendship, Happiness*) by 岩波書店 in 1939. This is the book the author referred to in the story.

that we would face our inevitable fate: marriage, and the realities of life. We did not speak of our sadness, but kept it buried deep at the bottom of the oceans of our hearts.

"After you're married, will you pretend you don't know us if you pass by us on the street?"

"In a month you'll become a doctor's wife!"

These were the types of things that were said with full sincerity and seriousness to fellow classmates who were already engaged.

Those who were engaged were somewhat embarrassed and seemed unsure of how to respond. I wondered how they really felt about being engaged. Did they wish to hold onto their girlhood and were they sad to see it end? Or were they eagerly anticipating a glamorous, married life? I wished I could peek into their minds. On the surface, they seemed unchanged, paying close attention to class lectures as usual. But was it all just a pretense? Had their minds already flown out the classroom window and landed someplace else? All I could do was speculate. The girls remained studious, comparing notes with classmates after lectures, and studying hard with their friends. They behaved as if nothing significant had happened. Maybe they think getting married is just an ordinary part of life, so there is no need to have any special feelings about it?

One day in early March, during music class, the teacher said: "Starting today, we will start practicing the graduation song. You should already know this from when you graduated high school, so let's sing it now." She turned to face the piano, sat down, and started to play. Caught off guard, we just stared at each other in speechless disbelief.

"Dawn to dusk, studying together in the same classroom, with the glimmer of the fireflies and the glow of the white snow..." [3] As we sang, soft sobs could be heard above the music.

"Who is that?"

The teacher stopped playing and stood up. We froze, holding our breath and waiting for her reaction. It was Miss Lin. She was the first in our class to get engaged. Watching her white handkerchief covering her face, quivering up and down as she wept softly, it felt like I had been punched in the chest. Miss Lin, someone who rarely expresses her emotions, was having an emotional breakdown.

The teacher finally spoke. "Undoubtedly, graduation is a very sentimental event for you. The emotional pangs you're feeling are partly because you're in the midst of the most happy and carefree stages of life, and it will soon be over. How precious it is to be able to shed your tears so freely. Go ahead

---

3 March marks the end of the school year in Japan and is when graduation ceremonies are held. These words are a part of the lyrics to a traditional graduation song, "Aogeba Toutoshi" (仰げば尊し), which was sung in Japanese schools prior to WWII. In 2011, it was discovered that the melody for the song was derived from an 1872 American song, "Song for the Close of School." The "glimmer of the fireflies and the glow of the white snow" references a popular Chinese story about a poor student who was so studious that he used the dim light from the fireflies and the light reflected from the snow outside his window to continue reading throughout the night.

and let them flow. As your music teacher, I often criticized you for not being serious enough about practicing, or not singing your scales correctly. But now that you're about to leave, I feel sad as well. The difference between you and me is that as a teacher, I have to hold back my emotions. After all, I have to say goodbye to students every year, and every year I feel sad that they are leaving. Do you realize how hard it is to be a teacher in times like this? Go on—pick yourselves up, put on a happy face, and take the next step!"

She continued on. "You can't walk through life on a path made up of only your tears or your own willfulness. You have to forge ahead armed with passion and sincerity in your hearts. Blustery talk is useless. Life's challenges can only be conquered by carefully thought out plans and hard work. From now on, your lives will be different from what you have experienced before. Like everyone, you will face frustrating events and happy events. You need to have courage in sad times, and humility in joyful times. I hope you know that I am not speaking empty words. What I'm saying to you was borne out of years of life experiences, both ups and downs. My message to you is from the bottom of my heart. You may not fully understand everything right at this moment, but perhaps down the road, you may find yourself remembering these words you once heard from a teacher in your music class. I can't help but say these things to you at this sentimental time. You know you are all good students and I'm not just trying to flatter you.

You are all good-natured, and I hope you will be able to stay that way as you walk through the journey of life. 'Dignity and strength should also be reflected in a young woman's gentleness and elegance.' This has been the guiding principle in my own life, and I'd like to give you this message as my graduation gift to you."

After hearing such solemn, sincere words pouring out from my teacher's heart, my classmates were so moved that they began to cry. First one student, then another. Soon, the entire class was sobbing, heads bowed. I did not cry. The tears could not come out. Instead, the teacher's words transformed into a warm sphere that I felt radiating through my entire body. I raised my head slowly, and saw that it was almost noon. It was about time to prepare the school-wide luncheon. The girls in the younger grades, who were responsible for preparing lunch that day, carried trays of sakura mochi and sushi and walked toward the dining hall. This made me realize it was the third of March, Peach Day.[4] As they walked through the hallways and passed by our classroom, they glanced into the room. Our eyes met.

The music teacher wore a black kimono with a wide collar. She had a sophisticated and cosmopolitan air, which complemented her artistic temperament. Out of all the teachers, she was our fa-

4 March 3rd marks the Peach Festival (also known as Hinamatsuri Day) in Japan, during which each family decorates and displays a set of Hina dolls for their daughters. It is also a "girls day" celebration that involves the preparation of special foods such as chirashi sushi, and sakura mochi (a dessert made of a pink rice cake wrapped in a cherry blossom leaf).

vorite. After her long speech to us, she appeared somewhat dazed and awkwardly sat down to face the piano again, preparing to lead us in song. However, I was in no mood to sing anymore. I looked out the window, and saw the sun shining brilliantly on the colorful croton growing in the schoolyard. An unidentified bird was resting on its branch, and, as if it suddenly remembered something important it had to do, chirped *chi chi* and flew away in an instant. *Thwak!* The crisp sound of a student hitting the target was heard from the archery court.

Ever since that day, our impending graduation weighed heavily on us, particularly on those who were about to get married. Activities we didn't think much of, like playing tennis or going out with groups of classmates, were now done with renewed enthusiasm. We wanted to make sure we took advantage of all the things we could do together so we could graduate without any regrets.

Our class of forty comprised of both Japanese and Taiwanese students, but the Taiwanese were in the minority. Among the Taiwanese students, there were three cliques. The first consisted of six conventional girls, led by Miss Sia, who often spoke earnestly and meaningfully. Of those six, four were already engaged, which was not surprising due to cultural norms. The second clique consisted of two girls who stuck together like glue but otherwise made little impression on the rest of us. They both were from the backcountry, and it was hard to imagine students from that area finishing higher education and continuing on to our college. The third clique consisted of three girls who were slightly less traditional: Chu-yin, Sui-en, and me.[5] The three of us made a pact that after graduation we would not make any major life changes anytime soon. We resolved to always remain friends even if one of us got married or moved away.

Maurois wrote, "A successful marriage puts an end to feminine friendships." He suggested that two strong attachments cannot co-exist. "What do you think about this?" our teacher once asked. We thought about Maurois' words, but before Chu-yin, Sui-en, and I could find our own words to challenge the veracity of that statement, we graduated. At the graduation ceremony, our processional moved unrelentingly forward, buoyed by the traditional graduation song with lyrics about the glimmer of fireflies and the glow from the snow through the window.

For young women, only a paper-thin wall stood between graduation and marriage. Less than a year after graduation, we frequently heard news about who went to give teachers engagement cakes, and who sent invitations to wedding parties. I had already received invitations for wedding banquets, two of which were at Horaikaku,[6] a famous venue. By my count, half

5 The names of these three friends (Chu-yin, Sui-en, and Hui-ing) are spelled according to their pronunciation in Chinese, Japanese, and Taiwanese, respectively.

6 Horaikaku 蓬萊閣 , located in 大稻埕 the Twatutia area of Taipei City during

my class was already married! Those who were making wedding plans while still in school were probably off in their own happy little corner of the world. While I more or less understood their contentment, I nonetheless felt that they were being quite provincial. My intent was not to speak poorly of them, but that was how I truly felt about the matter. Young women who got married without seeming to give it a second thought were shortchanging themselves in life.

"Was your group of friends the only one resisting change and staying together?" people would ask.

"So I guess we were not picked for an arranged marriage," we would reply, feigning embarassment. But honestly, we were unfazed and uninterested. At the time, we were soul searching and living in our inner world.

During this time, my aunt—my father's younger sister who lived in Sannjuho[7]—would visit often. "You've already graduated from school and you're not a young girl anymore," she'd say. "There is no reason for you to reject a properly arranged marriage proposal with such a suitable candidate!"

She had a lot to say about the matter and continued on, barely stopping to take a breath. "He is going to be a doctor, and has great earning potential. He will be able to provide you

---

Japanese rule, is the most famous restaurant serving high-end Taiwanese food.

7 All the names of places are spelled according to Japanese pronunciation. Sannjuho is now the Sanchong 三重 district of New Taipei City.

with a comfortable life. He also doesn't smoke or drink, and he is thrifty. I have seen his good qualities with my own eyes, and I can assure you he is a good man and someone you can trust in marriage. Such a good candidate is hard to find. And since your mother has already passed away and your father is getting older, you should not be so stubborn. You should give this proposal some serious consideration."

She glanced at me, her eyes searching for any glimmer of approval. "Back in my day, when people came to the house to discuss match-making, we had to stay behind the scenes and could not voice our true feelings. You may be feeling the same way, so I will just interpret your silence as if you have no objections and I will go ahead and finalize this proposal."

"Aunt! Wait! I don't want to get married so hastily!" I sputtered.

"No doubt, marriage is an important event in life. I would never hastily marry off my lovely niece!" she replied. "If you would just trust me to make the arrangements, I will be sure to give you both a chance to meet before your engagement so you have a chance to talk to each other. This is a generous offer. In my time, the bride and groom do not even get to see each other until their wedding day."

This was the first time I was confronted with a marriage proposal and I could feel my face blushing. My ears were listening to her words, but my fingers were anxiously flipping through the pages of the book I had in my hand. After my aunt finished speaking and went downstairs, my nephew, who was in high school, came upstairs and into the room.

"Hey—this is about you becoming a bride, right? Just go ahead and say yes! Women act stuck-up, like they are too good to get married, but when the time comes, they all willingly go along with it."

"Stop being such a brat!" So many thoughts were running through my mind and were overflowing into my body. I didn't think I had any energy left to deal with him at that moment.

"So which guy is it? Oh I know—he's going to be a doctor, right? Should I find some upper-level students to dredge up some more information about him?"

"Shut up! Just leave me alone!"

"Fine, fine. I'll just leave it to you to worry about this all by yourself!"

I began to think that perhaps my classmates were also all talked into getting married with words about how great their potential husband will be. Are women destined to move from one stage of life to another—the innocence of childhood, the grueling years of being a student, and then marriage—without even having a chance to stop and catch her breath? After marriage, there are children to raise, and in the blink of an eye she will become an old woman, and then she will die. Why is there no time for a woman to process her emotions? Why does she not have the right to decide what she wants to do with her life? Must she just be content to be pushed forward by the tides of her fate? I wasn't trying to reject everything or upend long-standing traditions, but I felt so uneasy and unsure about stepping into a marriage without feeling mentally or emotionally prepared. Does everyone who gets married do so out of their own free will? If not, how can it be possible for a person to make such a major life decision while surrounded in a veil of foggy uncertainty?

I needed to have some breathing room. I wanted to get to know myself better. In my twenty years of life, I've had happy and sad moments, but I haven't even had the chance to fully process them. Maybe I am overstating things, and marriage is not such a big deal. But I'm not a person who can just get married without any reservations simply because it is the "next step" in a woman's life. I guess you could say I'm stubborn.

One morning, I was woken up by a family member who told me that my father wanted to see me. I had no idea what he could have wanted from me at such an early hour. Perhaps he wasn't able to sleep all night? I could hear him coughing. Since my mother passed away, the relationship between my father and I diminished to the point where I only approached him if I needed to ask him for money. There was no overt affection between us, and we didn't have much to say to each other as we went about our daily lives. Needless to say, it was not the ideal parent-child relationship. My father was old fashioned, and most likely did not feel comfortable showing affection towards his daughter. But I have to admit that after my doting mother passed away, I became a different person myself and was much more reserved and reticent. As I was eager to earn my father's love, I could not help but wonder whether my father loved me unconditionally. How I wished I could be like some of my other classmates, who had more easy going parent-child relationships, and could freely exchange opinions, be doted upon, and playfully nag their parents for things.

I remembered the time about two or three years after my mother passed away, when my father was in his 60s. He was seriously ill and bed-bound, unable to go to work and supervise his employees like he routinely did in the past. I was still in high school at the time and I was very worried about him. What would happen to me if I lost my father? I fervently prayed every day, with even more devotion than I did when my mother was ill (at the time, I didn't realize the seriousness of my mother's illness.) Now, with my father so ill, I prayed desperately and earnestly to all the gods of various religions, hoping that someone would hear this pitiful young girl's plea to spare the only person whom she could rely on in the whole wide world. Every morning before school or in the late afternoon after I got home, I stood in front of the altar for my mother and prayed for a long time. Yet, I still didn't really know how to express my affection for my father.

"She doesn't even act like my daughter!" My father fumed.

"She won't even open her mouth to say one kind word to her dying father, even when she's walking past by my bed!"

My father spilled his complaints to relatives who came to visit during his illness. I felt so lonely, and I wept when I heard his words. I remembered when my mother was ill, she said similar things about me to relatives who came to visit her. "I lavished love on her all these years, and it was all in vain," she'd sigh. My mother was so generous with her love toward me. It felt as wide and endless as the sky and as deep as the ocean. And yet, I did nothing for her, and did not even say any comforting words to her during her illness. Before I could bring myself to break my silence, she died and was gone forever. I despised myself for not being capable of expressing my feelings, and I was filled with regret about this. Hearing my father's words my tears flowed nonstop, like rain.

"Father, do you want some rice porridge?" I asked timidly. I was urged by my family to make this overture to my father.

"I don't want anything!" he bellowed, his voice as strong as it was before he became ill.

This was the kind of father-daughter relationship we had. But during college, I was slowly able to realize the subtle ways he showed his love for me. Based on how my parents behaved, as well as how I behaved, I was beginning to wonder whether the inability to express love and affection toward others was a particular characteristic of the Taiwanese.

Now, my father wanted to talk to me. It was a rare event. I wondered what it could be about. Nervously, I walked toward his bed.

"Hui-ing."

I froze, unable to move, like a nail that had been pounded into the floor. As the mosquito net was lifted, I peeked at my father's gaunt face, and quickly lowered my head.

"You heard what your aunt said to you. I approve of this marriage proposal as well. It's important that you marry a dependable and diligent young man. As for his financial status, it is totally irrelevant. You need to stop being so stubborn and give some serious thought about your own marriage."

Each one of my father's words struck me hard in my chest.

"You often complain about how things would be different if your mother was still alive. But I'm just as concerned about you as your mother was. You should carefully consider this proposal and not just push it aside."

My father's tender words touched me deeply, and at that moment I made up my mind to become more agreeable and go along with what he says. I would let go of my uneasiness, and stop all of my soul searching. I wrote to my second eldest brother, who lived in the southern part of Taiwan and whom I trusted, and explained my decision to him. His response to me was totally unexpected, and his insight was truly impressive.

"I understand the feelings you have now," he wrote. "I also understand how our father feels. I really don't think your uneasy feelings should be categorized simply as a young girl's silly emotions. Although you have never openly said anything about this to me, as your blood relation, I know you quite well. While your friends are able to accept marriage without any qualms, it will be impossible for you to do the same if your mind is not clear about it. I don't know if this is a good thing or not, it is simply how you are. I think it's better to be true to who you are rather than trying to do something that is against your own nature. To agree to a marriage proposal in order to spare our father from worrying about your future would be a huge mistake. Both our father and I wish you all the happiness life has to offer. But we would be more worried about you if you were not happy. To force yourself to get married now would be, at best, just a temporary reprieve from our father's worry. What if you are not happy in your marriage? Don't you realize that would multiply and intensify our worries for you? I will write to our father to try to help him understand why you should not be pushed on this matter. But for now, just stay the way you are. You are still young, and it's good to take your time and gain more life experience."

To my relief, my father stopped pressuring me about marriage and I was able to continue on with my way of life. However, there was a price to be paid for that freedom. My classmates who were already engaged while still in school probably didn't experience so many troubles like me! At least that's how it seemed, given that they didn't act any differently in school after they got engaged.

"You kids were all spoiled by your mother! Hui-ing has become so self-indulgent and egocentric! If no one wants to marry her in the future, so be it! I won't even care anymore!" One time, my father spoke these harsh words when my brother made a blunder in our family business. Though he was primarily angry with my brother at the time, my father included me in his litany of complaints and dredged up the episode about the marriage proposal. I flinched when I heard his words. In my heart, I cried out, "I'm simply a pitiful daughter, and you will forever be my dearest father."

After graduation, Chu-yin, Sui-en, and I met monthly to go to the movies or to exchange books and magazines. Though we did the same things while we were still in school, now that we were no longer in school, we saw each other much less frequently. Even so, those activities we did together nourished my soul and enriched my life tremendously. Right when we graduated, a Japanese book about girlhood, *Musume Jidai*,[8] was published, and immediately became a runaway bestseller. It was about the "young miss" stage of life, and described, from the perspective of a young miss, the ambivalent and nebulous feelings of uncertainty so commonly experienced by young women around my age. Finally, there was a book that voiced the feelings we were having! However, the author described

8 The book *Musume Jidai* (娘時代) was written by the Japanese young woman writer Oosako Rinko (大迫倫子, 1915-2003) in May 1940, and it was republished in 1998.

the psychological state of young Japanese women, and those descriptions did not completely encompass our experiences as young Taiwanese women. So what exactly were our feelings? Though we were around the same age as the "young miss" in the book and were in the throes of the same type of vague unease, it was still difficult for us to actually describe our emotions as a Taiwanese "young miss" in concrete terms. All I can say is that we were besieged by the clash between old traditions and the tides of the new era.

One day, on the way home from a movie, the three of us stopped by to visit our friend who had gotten married while she was still in school. She now lived near the Ohashi bridge,[9] and was a doctor's wife as well as a happy, expectant mother. When we had visited her while she was just a newlywed, we thought she behaved a bit strangely because whenever we mentioned the topic of maternal love or raising children, she seemed so uncomfortable. Now, when we arrived at her home, she immediately dragged us to see the oil painting on her wall that depicted children frolicking in a field.

"Even after getting married, I still eagerly look forward to Sundays. We go to the movies or have a picnic. On our way home, we stop by for sushi and hot bancha tea[10] on Katakura

9 台北大橋 (Ohashi in Japanese), also known as the Taipei Bridge, is the first major bridge in Taipei. It was completed in 1889 and spanned the Tamsui river, connecting Taipei City and Sanchong, New Taipei City.

10 Bancha tea is a traditional daily green tea found throughout Japan. It is

Street.[11] It is such a lovely time and I enjoy it very much. Unless you have experienced married life, you won't be able to fully understand this kind of happiness," she said.

She quickly added that because of the need to cover the expenses for two people as opposed to just one, it felt like their five dollars of weekly spending money sprouted wings and flew out of their pockets, disappearing in an instant. As she spoke, she sounded like a calculating housewife, keeping a tight rein on the household budget. Her interests also changed after getting married. She spoke about her recent interest in the comedy show featuring Enoken and Roppa,[12] as well as in Japanese chambara movies.[13] She took our visit as an opportunity to speak to a captive audience, and rambled on from her position of superiority due to her married status. Whenever we wanted to take a peek into married life we'd visit her, and

---

gently roasted, and has a very low caffeine level.

11 Katakura street 片倉通 , was in the West gate neighborhood of Taipei, 台北西門町 (now known as Shi-men Ting area), which was the location of theaters and a lively entertainment district. Katakura street was adjacent to the movie theater 台北新世界館 (Taipei New World Building, 1920-1944), which was the largest movie theater in Taiwan during the Japan colonial rule. This alleyway had over 20 Japanese eateries.

12 Enoken and Roppa are the nicknames of two very popular singers, comedians, and actors who starred on stage, television, radio, and in various films in the 1930s-1940s. Their full stage names were Enomoto Kenichi 榎本健一 (1904-1970) and Furukawa Ropa 古川緑波 (1903-1961), and they were known as the "Kings of Comedy."

13 Chambara, or sword fighting, is found in Japanese action-based samurai movies set during a particular historical period.

disdainfully take note of her personal appearance and the state of her house, both of which had deteriorated since the time she got married.

"Which one of you three is going to get married first?" she playfully probed, looking back and forth among each of our faces. "I'm guessing it will be... you." The doctor's wife trained her gaze onto Sui-en, who dressed fashionably and came from a wealthy family.

"No matter what, I will definitely be the last one," said Chu-yin, who had big beautiful eyes. The reason had something to do with her family background, and I always felt sorry for her when I heard her say such things.

"Well, all three of you should get married soon, so you will understand the bittersweetness of life," she persisted, like an elder lecturing to the younger generation.

When it was time for us to leave, we grumbled, "She thinks as if all we ever think about every day is trying to get married!"

"It's true that you guys are in a stage of life that is like a flower in peak bloom. You have no worries about managing a household budget, housekeeping, or dealing with in-laws." She let out a sigh that seemed to unintentionally reveal her true feelings. "But," she quickly added, "unless you get married, you can't be considered an adult!"

When we were in school, time crawled and a year seemed like a long time. But now that we were at home, living an idle existence, it passed in a blink of an eye. Soon, a new batch of students would be graduating. We realized we had lived such aimless lives during the past year, and we could not help but feel a growing sense of anxiety about our way of life. In theory, maybe it was time to start considering marriage? Thoughts of ending up a spinster quietly weaved their way into our minds. A few marriage proposals had been brought to my house, but my father had turned them down without even bringing them up to me for discussion.

One windy summer night, I suddenly had the urge to look through my diaries over the past year. The pages were full of passages about when and where my friends and I went hiking, the interesting movies we saw, the time I was reduced to tears by a family member who had treated me badly, and other random entries. There were so many words, but as I re-read them I realized they were devoid of importance or meaning. It dawned on me that during the year after graduation, I experienced no personal growth. It wasn't that I had a particular goal I wanted to achieve, but I still wanted to feel like I was moving forward and making progress in life. Instead, I felt unfulfilled and stagnant. I decided to look for a job and find work outside the home. Through my friend Miss Tagawa, whom I knew from tennis matches, I learned about a job opening at a newspaper agency. Miss Tagawa, who graduated from a different high school, was similar to me in that we both loved literature. We would feverishly discuss a wide range of topics, things that were beyond what I talked about with Chu-yin and Sui-en.

I sent out my resume and applied for a position as a journalist without telling my family. I told my father only after I received a job offer. I girded myself for his angry reaction and harsh words. I knew that in families like mine, they would not welcome the idea of daughters seeking outside employment because it would cause people to gossip about them. But I wanted to choose for myself how to live my own life, so I decided to ignore what the neighbors would say or think. My father, however, was an old-fashioned man and usually was concerned about such things. Now in his old age, my father's stubbornness softened and he recently became more capable of exchanging some words with me. Perhaps he sensed that a new era had already arrived, and he was starting to understand me a little better. I don't know exactly what caused his shift in attitude, but he wasn't angry with me this time.

"So, I'm going to work tomorrow, father." I tried to make sure I had his permission to take this job. He remained silent.

Around the same time, I heard some unexpected news from Chu-yin, the one who always claimed she would be the last person in our group to get married.

"I got a marriage proposal, and my mother and I got a glimpse of him in person at church last Sunday. He makes a decent impression, and I'm thinking about accepting it ." she said.

The timing of the proposal surprised Sui-en and me. The way she spoke about it and the fact that she accepted the proposal without hesitation seemed so uncharacteristic of her. The three of us were similar in that we were all easily moved by emotions, but in terms of expressing our own autonomy, Sui-en and I were usually the more decisive ones. However, in this case, Chu-yin did not even discuss the proposal with us. She just forged ahead in the engagement process, one step after another. The formal matchmaking meeting was at the International Building.[14] Then, they began dating, with the approval of both families. By the time Chu-yin learned that the matchmaker was not telling the whole truth about the man's education and family background, she was already emotionally attached to him and the bond could not be so easily broken.

"His monthly income is only about eighty yen! Is that going to be enough? In our home economics class, we practiced household budgeting based on a salary of one hundred yen a month. Well, there is a difference between what's idealistic and what's realistic, so I guess there is no point in worrying about this now," Chu-yin said.

Chu-yin introduced Sui-en and I to her soon-to-be husband. If I described someone as "simple," others may interpret that

14 The International Building, 國際館 , was built in 1935 in the 西門町 (Shimen Ting). It is the location of the first movie theater in Taiwan that was equipped with air conditioning. There was also a restaurant in this building.

in a negative manner. But there are a lot of positive qualities to being a simple person. Her soon-to-be husband seemed to be honest and straightforward, and there was a sincere quality about him. Surely, he would love his wife and continue to do so. When Sui-en and I were pressed to give Chu-yin our impressions about him, Sui-en dodged the question, saying that this was a serious matter that affects a person's entire life, so it was not her place to inject her own opinions about it. My response was that she should simply trust her own feelings about him.

On the day of her engagement ceremony, Sui-en and I woke up early to go to Chu-yin's house to help her get dressed and do her makeup. We seemed more excited than she was. I noticed that more pimples had erupted on her beautiful face.

"I didn't sleep well last night," she said, listlessly. The entire trajectory of her life would soon be determined by this engagement. It seemed like she spoke with an air of resignation, as if she were finally succumbing to her fate.

Chu-yin wore a red tng-sann,[15] a traditional Mandarin dress, which was perfectly adorned with a pair of green jade earrings. She was breathtakingly beautiful, and we kept stopping what we were doing to gaze at her. Soon it was noon, and the peo-

15 A tng-sann is a Taiwanese style of dress (長衫), in contrast to the Japanese kimono that was worn during the Japan colonial rule era. A tng-sann is essentially a loosely fitting qipao (旗袍), also known as cheongsam or Mandarian gown. It has a mandarin collar and slits on the sides of the lower end of the dress.

ple from the groom-to-be's family arrived. The house immediately sprang to life. Chu-yin silently took my hand to feel her pounding heart. Our eyes met and we stared at each other intensely, neither one of us saying a word. Many li-ya-ka carts[16] carrying loads of goods—canned items, wine, pastries—were being brought into the house.

"One hundred! Two hundred!" One of Chu-yin's relatives, perhaps her aunt, was helping to count the goods as they were being unloaded. Her loud and monotonous voice was extremely grating. As the items were brought inside and stacked, layer upon layer, I pictured the image of Chu-yin's body simultaneously diminishing, piece by piece.

Chu-yin's mother was busy going in and out, but we could still see the tears streaming down her face. In the past, she had said to us, "I only have one daughter, and I always try my best to do everything for her. But it's hard for a daughter who has lost her father to keep up with her peers in various aspects of life. Although this marriage proposal is not ideal, it is so comforting for me to know that she will be settled down and married. It's a huge sense of relief for me." Because she was so busy today, she couldn't even spare a moment for us to have

---

16 A li-ya-ka cart（リヤか）is a cargo cart with two wheels that is pulled by holding to the two handles on the front side of the cart. This kind of cart later evolved to a three-wheeled cart that had a front seat for the rider to sit on and peddle the cart. The term li-ya-ka was derived from the English "rear car."

the chance to greet her. Chu-yin was standing next to us with a blank expression, watching as the mountain of goods piled up in the house. I did not like seeing her acting in such an aloof manner. Another thing that bothered me was when she came back into the room after her engagement ring was put on, she emerged smiling. We had been concerned about her and worried that she would feel sad about her predetermined fate, and it was hard for us to understand why she could put on a happy smile. One day, I need to ask her about that.

As for what was going on in my own life during that time, I poured my energies into my job, which lifted me up and propelled me forward, as I had wished it would. Though I did learn a lot, after less than a year the war intensified and working conditions changed. I felt stuck, so I quit. I quit not because I was a young woman who was unable to focus on her job—but because of the various circumstances of that particular time period. Regrettably, being a journalist did not become a lifelong career for me after all.

"What exactly prompted you to quit?" my second eldest brother asked. He had only learned about my job after I had started working, and at the time he said nothing. Now that he was back home in the north, he was surprised to hear that I had already quit.

"I was feeling like I was going to be lost," I replied.

"Well, it's ok then," he said simply, without feeling the need to pursue the matter further.[17]

One early summer afternoon, I was feeling so tired and sleepy due to the heat wave from the south. Being a willful young woman, I complained of being bored, even though there were a lot of things I should be doing. My eldest brother's son came upstairs and told me that a while ago, two young women came to visit me, but he thought I had a cold and was taking a nap. He told them this and they left. Thinking they could still be waiting at the bus stop, I ran out to see who came to visit. It was Miss Sia, my classmate who lived in Kiirunn,[18] and her sister-in-law, who was also in our senior class.

"What a treat to see you again! When did you arrive in Taihoku?"[19] I asked.

Of her group of six friends from school, all except Miss Sia were already married. People from school often speculated about how lonely she must feel to be the only one in her group who was still unmarried. Miss Sia had a modest and calm na-

---

17 The reason her brother did not pursue further was because it was widely known at that time that military policies severely restricted what journalists were allowed to write about.

18 Kiirunn, 基隆, is now called Keelung, which is a port city near Taipei, in northern Taiwan.

19 Taihoku, 台北, is now called Taipei, which is the capital of Taiwan. Located in northern Taiwan, it serves as Taiwan's economic, political, educational and cultural center.

ture, and did not like to draw attention to her appearance. That day, she wore a plain, solid-colored dress with a hem that was a bit longer than current fashion trends. Her dignified appearance left a strong impression on me that day, which may have been due to the fact that I hadn't seen her for such a long time. Mostly, though, I felt nostalgic upon seeing her.

"You must come back to my house so we can chat," I said. I was hoping to catch up on news about what our classmates have been up to. She said she was sorry, but she had to leave to run some errands and had a few other places she needed to go to. Her response seemed strange to me, since she had already come all this way to visit me. I had to settle for just chatting at the bus stop while she was waiting for her bus to arrive.

"How are you doing these days? I saw you at our last class reunion, but I didn't have a chance to have a good chat with you," I said.

"I'm just leading an ordinary life. How's your work?" she replied.

Our conversation flowed awkwardly, and at times we even reverted to using polite, formal greetings. Perhaps this had to do with the amount of time that had passed since we last saw each other.

"Miss Lin had her wedding in Takao,[20] but she now lives in Taihoku. We visited her a few days ago. She had a baby girl

---

20 Takao, 高雄 , is now called Kaohsiung City, which is a port city located in the southwestern part of Taiwan.

last summer. The baby has gotten so cute and chubby. Oh, and Miss Ko also had a baby girl about three months ago," she said.

"Out of all of our classmates who had babies, all of them are girls. Miss Sia, since your brother has already gotten married, you should be the next to marry. You could be the first in our class to have a baby boy!" I said. She immediately blushed upon hearing my words. How mischievous I was to have teased her like that!

"How is Chu-yin lately? Is she in Taichu[21] now? Miss Sia asked.

"She was, but since she's about to give birth, she came up to Taihoku for the delivery. A year ago, she had made up her mind to get married, and now she's leading such a happy life."

"Hui-ing, you should resolve to get married too. I actually thought you would have gotten married before Chu-yin," said Miss Sia.

"I was going to say the same thing about you! Anyway, don't forget to let me know when you're getting married!" I replied.

When women can't find anything to talk about, their conversation turns to gossip. Two years have passed since we graduated from school. Last year, the gossip revolved around

---

21 Taichu, 台中 , is now called Taichung City, and is located on the western side of central Taiwan.

who got engaged and who got married. This year, the gossip progressed to talk about their babies. When women get going with this type of gossip, there is no stopping them. However, Miss Sia's bus arrived and she quickly said goodbye, boarded the bus, and was gone.

After I got back home, my elder sister-in-law handed me a box of pastries that was embossed with an image of a pair of Mandarin ducks and the Han character for double happiness,[22] and said that Miss Sia and her sister-in-law had brought it for me when they stopped by earlier. It suddenly dawned on me that Miss Sia came over to give me her engagement cake. She was going to get married! I finally understood the reason why she mentioned, seemingly strangely and out of the blue, that the pastries nowadays are not as good as they used to be, and that she had a busy day yesterday. I had a sudden urge to shout "Congratulations, Miss Sia!" and run after the bus as it trailed away. Instead, I walked slowly upstairs, holding the box with the engagement cake, thinking about her.

A few days after Miss Sia's visit, I received a phone call from Sui-en. "Did you know that Chu-yin safely delivered a baby boy at the hospital yesterday?" I was so excited by this

---

22 According to traditional Taiwanese custom, the groom's family sends a large number of wedding cakes to the bride's family, so they can give them to friends and extended family to announce the engagement. The cakes were packaged in a box that had images of a pair of Mandarin ducks (鴛鴦) as well as the characters for double happiness (囍), signifying good wishes for the newly engaged couple.

news; I felt like I had been shot into space and was unable to come back down to earth. I went around crowing about this wonderful news to everyone in my family. About an hour after she had called, Sui-en showed up at my house so we could both go visit Chu-yin at the hospital. Sui-en, who wore a pretty tng-sann with horizontal stripes, lately had been talking in quite a determined way about her plan to spend two years taking dressmaking lessons. I wondered whether at some point she'd set her dressmaking ambitions aside and blurt out that she was going to get married instead. So when she asked me what I thought about her plan, I intentionally tried to curb her enthusiasm. "Well, you just wait and see," she responded, resolutely. She had changed over the past year from a bored, listless person to someone who was determined and energetic. The old Sui-en had disappeared completely.

Sui-en and I were so happy that among the three of us, one had become a new mother. We rushed over to the hospital to see Chu-yin. On the way, we wondered out loud about what we should be called due to the newcomer in our lives. Would we be the baby's aunts? But in Japanese, the term "aunt" is related to age and marital status, and we were still young and unmarried. Maybe it would be more appropriate if we were referred to as "elder sisters"? Sui-en and I debated this back and forth, without coming to any kind of agreement on this issue. Instead, the way we were intensely arguing brought back a memory from an unforgettable day on the beach the previous year.

It was a blustery day and the sand was kicking up and blowing everywhere, so much so that it was hard to open one's eyes. The three of us were at Pat-Li beach,[23] throwing a sendoff party for Chu-yin before her wedding. It was early in the summer, so the beach was not very crowded. We were able to lie on the rattan chaise chairs in the lounge area and enjoy an unobstructed view of the blue water flowing from the mouth of the Tamsui river [24] and the white waves crashing onto the shore. However, the bus we had taken to get to the beach had broken down, and we had to get on a few clunky buses that rattled all the way. By the time we arrived, we were no longer in the mood to talk. Perhaps we were tired from the journey, or just in a sentimental mood that was more profound than the day we graduated and had to say goodbye to our friends and our old lives.

"Since we went through all this trouble to get here, why don't we go for a walk on the beach?" I tried to lighten the mood. I got up and started to get myself ready. I asked Sui-en and Chu-yin to join me. But Sui-en, who had been acting sullen, was unaffected by what I said and insisted that she did not

---

23 Pat-Li Beach, 八里海水浴場 , used to be a beach for public swimming. It is the closest beach for residents of Taipei city. It is located at the left bank of the Tamsui river near its mouth as it flows into the ocean of the Taiwan Strait.

24 The Tamsui River, located in the northern part of the island, is the third longest river in Taiwan.

want to go.

"Come on, why not?" I persisted.

"Can't you see how rough the waves are?" she said.

"We're only going to be walking along the shore, so that won't be a problem. Are you worried we're all going to die?"

"If it were just me and you, that wouldn't be such a big deal. But if Chu-yin died, that would definitely be tragic." Sui-en's voice was gloomy and serious, without a hint of a smile. Clearly, she was not joking.

"Don't be like that! Obviously I don't want to die either. Look at how blue and clear the sky is! Why do you have to be so moody and cast gray clouds over everything?"

Chu-yin, who was generally a reticent person, said nothing about this disturbing exchange. Instead, she quietly opened her basket and got herself ready to go for a walk. As we were about to leave, we asked Sui-en again, hoping we could persuade her to snap out of it and join us. She dug in her heels and refused, so Chu-yin and I, with our hair wrapped up in small towels, walked hand-in-hand toward the shoreline without her.

With each step, the soft, sandy soil crumbled and separated beneath our feet. To some extent, I could understand how Sui-en felt. Even I myself had an unsettled and suffocating feeling by having to say farewell to a friend, which is why I left Sui-en behind to go for a walk even though she was upset. The wind immediately erased my footprints as well as Chu-yin's, leaving no trace in the sand. We forged ahead, not knowing whether we were being pushed by the wind at our backs or being driven forward by our own inner turmoil. While our teeth ground on the gritty sand that flew into our mouths, our hearts ruminated on the ending of our fleeting girlhood. The seas were rough that day near the mouth of the Tamsui River, which flowed out to the waters of the Taiwan Strait. There were small waves, big waves, and surging waves. One wave after another. The waves of friendship, the waves of marriage, the waves of life.

It wasn't that we had hard feelings about Chu-yin getting married. What was difficult to deal with, though, was how female friendships can be so quickly swept away by the tides of marriage. When a young woman is saying congratulatory words to her friend who is getting married, she may also have feelings of loneliness creeping in, as if she is being left behind by her friend and being singled out as the one who remains unmarried. Could these feelings be due to the young woman not having a purpose in her life? As I was pondering this issue, I wondered what Chu-yin was thinking about. Her hand felt cold and clammy. When we turned around and looked back at the way we came, the lounge area where we had been sitting earlier was now only a distant, tiny spot. We suddenly felt uneasy and we stopped in our tracks. I glanced over at my friend, her skinny legs standing next to mine, and I could not help but think about how she had the courage to face her new life despite her seemingly fragile body. The waves continued to rhythmically pound at the shore. In the distance, something that looked like a leaf bobbed along the current, carried by forces much bigger than itself.

"I know that things like a potential husband's education level and other status-related things are not important in terms of whether a person has a good marriage, but I don't like the thought of other people gossiping about me on such matters. It shakes my confidence in my decision." Chu-yin shared her concerns with me.

"As long as you're happy, there's nothing for anyone to gossip about. Isn't life about the pursuit of happiness? You have to reach out for the bluebird [25] while you have the chance, before it flies away," I assured her. At that time, I had been so engrossed in my job and was energized by it, which is why I was able to give her these encouraging words. Normally, I would be the one needing the pep talks.

"Hey, look at us. Here we are, two young girls on a windy beach, gazing out at the azure ocean waves and saying encouraging words to each other in our pursuit of happiness. It's like a scene from a movie!" I said.

As I was idly kicking around some pebbles near my feet, I ended up writing the two Han characters for "friendship" with my big toe. A gust of wind immediately swept the traces of my writing away. Chu-yin and I began to race against the wind, and we kept writing on the sand even though the wind kept

---

25 The bluebird is a symbol of happiness in many cultures around the world.

sweeping our words away. We became so engrossed, unaware of how much time had passed by.

"Hellooooooooo!" We thought we heard the sound of a voice piercing through the howling wind, but we were too busy writing in the sand to pay much attention.

"Hey–isn't that Sui-en?"

I looked up toward the direction to which Chu-yin was pointing, and from a distance, I could see Sui-en with her hair covered with a scarf. She was waving to us. "She probably feels lonely now," I said.

"Let's go back," Chu-yin said.

"No." Childishly and without regard for their feelings, I turned and ran in the opposite direction, against the wind, the sand stinging my eyes, ears, and cheeks.

A year had passed since that day at Pat-Li beach. Though it may not have seemed so obvious, we had changed. Things were different.

We arrived at the hospital and while we were removing our shoes to enter the maternity ward, we realized we forgot to ask what room number Chu-yin was in. When we reached the corridor of the second floor, the door to the room closest to us was left ajar, so we peeked in. There was Chu-yin, whom we hadn't seen in quite some time. She was about to sit up in her bed.

"So you had a baby boy?" What a big accomplishment!" I

said, entering her room. Skipping the perfunctory greetings, I quickly picked up the baby, who had just finished nursing. He was such a small, light bundle, and all I could feel was his soft baby clothes.

"Are you sure you should be getting up? Isn't this only your second day?" Sui-en asked.

"No, this is already my fifth day here. I tried to contact you sooner, but no one was picking up the phone at your house." As Chu-yin spoke, she pulled her clothes back over her chest. Her smile revealed the pride of a new mother who has just accomplished an important task.

"Was labor painful?"

"It wasn't as bad as I thought it would be."

"Who does the baby look like?" From what we could tell, he had his mother's nose and his father's exact profile. We continued to assess the baby.

"Who knows, he may grow up to become a great man one day. Let me hold him too." Sui-en took the baby from my hands as she spoke.

"In that case, please remember us when you become powerful and famous!" I playfully said to the baby, pretending to be serious. The three of us burst into laughter. The other new mothers and their visitors in the room turned toward us, a puzzled look on their faces.

Acknowledgements

Publishing a book required far more work than I initially anticipated, truly exemplifying the saying, 'You never know how difficult something is until you try it.' Only by embarking on this journey myself did I come to understand its true challenges. Previously I had not paid much attention to my age, but as I dedicated myself to this significant project during these past two years, I felt that my body was almost at its limits. While I had indeed put forth significant effort, I also relied on the assistance of many people along the way. The publication of this book owes its success to the generous contributions and support of family and friends. I must express my sincere gratitude here.

First and foremost, I must acknowledge my Taiwanese language teacher, Pin-Chih Chi who accompanied me through this arduous journey. From co-editing in Taiwanese, researching, guiding me through audio recordings, countless revisions, and sharing in my concerns during challenging phases, he played a role far beyond that of a linguistic consultant. We went from being strangers to becoming close comrades in the process of publishing this book. Without him, this book would not exist. Next is my own daughter, Katherine Chen Jenkins. Initially, we faced inevitable generational and cultural differences, which naturally led to clashes in opinions on the writing of the text during our collaborative efforts to translate this novel. The completion of the English version of the story became possible thanks to her numerous compromises and demonstrated filial devotion. My husband, Wen-Yen Chen, was exceptionally supportive in our daily life, providing me with ample time to work on my project. Without his assistance, I would not have been able to endure until the completion of the book.

For this book, I created digitized files for every literary text in each language, forcing me to overcome numerous technical issues. Each language version presented different challenges. While recording in Taiwanese, I consulted Professor Uijin Ang for pronunciation and vocabulary confirmation for my unique dialect, and I repeatedly sought his sister, Sue-Ching Lin's help for making contacts, and borrowing Professor Hong's published books indefinitely. With regard to the local pronunciation of some old place names and vocabulary, I compared notes with family and friends, including my two younger brothers and their spouses, as well as friends like Kwo-Long Lai, Ing-Hour Lin, Fu-Lian Hsu, Ming H. Chow, and Mei-Ling Lin. I also received assistance and encouragement from

Taiwanese language expert Tan Hong-Hui and also from Julia Chang in Canada. I appreciate all the help these people provided. As for the post-editing of the recording of my Taiwanese voice reading, I received immediate support from Stephanie Lai and Huai-En Tsai who generously contributed their own music performances for use as the background music. I was also relieved to have Lai Chia-Shih, the director of the Zangwen River Radio Station, readily agree to handle the post-production of the audio files and provide a website for storing the recordings.

As for the Japanese section of this book, there was the issue involving the change in Japanese writing notations after World War II. The original Japanese text from my mother's 1942 publication 花咲く季節 ("The Season When Flowers Bloom") was re-typed when it was included in the 2001 bookYang Chian-Ho Works vol. 3: The Season When Flowers Bloom (楊千鶴作品集 3: 花開時節). This resulted in the inclusion of new writing notations mixed in with the original writings. I created the Japanese digitized file based on the book published in 2001, and I am unsure if readers of modern Japanese would accept this mixed style. I sought advice from Professor Isao Kawahara in Japan, who believed that mixing old and new styles was inappropriate and that it should be unified. His expert opinion was helpful, but it presented a significant challenge for me to retype everything into the old style or to retype the whole story into the new style. In either case, it would involve a big retyping job and would require sufficient knowledge of the Japanese language itself; thus it was a daunting task for me to do. Fortunately, through contacts with my friend Huang Lee Shiang in Japan, I had the opportunity to discuss this matter with Meiri Ong Kondo, the daughter of professor Ong Iok-tek. To my surprise, Aya Yamazaki Aya, Meiri's classmate back in her college days at Kayo University in Tokyo, stepped forward to help with this arduous task. He managed to transform the text into modern Japanese almost overnight and Meiri Ong Kondo also proofread the text. I couldn't believe my luck. Having a consistent modern Japanese notation for "The Season When Flowers Bloom" (花咲く季節) in my files, my mind was relieved of a heavy load of worries.

As someone who can understand and read Japanese but cannot write it in proper form, I needed assistance translating the introduction, author's biography, and annotations into Japanese for the Japanese section of the book. The introduction and author's biography were skillfully translated by my friend Charles Ou's daughter-in-law, Nobuko Fukatsu, who went above and beyond despite her busy schedule. The annotations were jointly completed by Japan-based scholar Yu-ning Chen and Professor Yagi Haruna of Chuo University in Japan. My Japanese consultations also included Professor Hirohito Kobayashi, the husband of my dear friend Li-Lin Cheng, who is the current president of the North American Professors Association (NATPA). She and I both are the "rare" female presidents of this association, which was founded in 1980. I had served as the association's president in 1997-1998, which was already a quarter century ago.

The passage of time is relentless and silent, and one cannot help but let out a sigh when taking a glance backwards. My contemporaries are gradually fading away, and my mother's generation are like fallen leaves drifting away and cannot be found. The number of old friends are indeed dwindling. I am grateful to Professor Chi-Yang Lin (Hsiang Yang) for taking the time to write a foreword for the book. He is 11 years younger than me and amazingly is able to recall some shared memories with my mother from literary events. I am grateful to all the kind words he wrote in his foreword. Other forewords were written by professors Ping-hui Liao, Wen-hsun Chang, and Bi-Chhin Li , all of whom I have not met in person yet. I appreciate their contributions as each of them provided valuable insights and commentary. Professor Ci-Yang Lin's Chinese foreword was translated into Japanese by Professors Shui-Fu Lin and Keiko Yokoji, and I express my gratitude to them as well.

Professor Wen-hsun Chang's English foreword was written in Chinese and translated by Professor Laura Jo-han Wen and her friend Yu-ning Chen, with Chen's husband Joseph Henares. I got to know Professor Wen through an online seminar during the pandemic, and she has been a supportive friend ever since. She enthusiastically offered her help as soon as she learned about my book project, which was truly heartwarming.

Without hesitation, she proposed collaborating with her former teacher, Professor Wen-hsun Chang, to provide the English foreword. She also connected with Yu-ning Chen and Joseph Henares, creating an efficient translation team. Both Wen and Chen were former students of Professor Chang at Taiwan University, These young scholars have promising futures. Professor Wen-hsun Chang also encouraged me to provide annotations for the novel's text. So, I wrote the annotation to include the additional information that I already obtained during my multilingual translation process. I hope this will help young readers gain a deeper understanding of this novel, which is set against different historical and cultural backgrounds.

Since I first translated this novel into Chinese in 1999, the Internet has flourished and it has become much more convenient to look up and gain more information. As a result, I have included further details for the publication of this story now. With regard to tracking down some information, some things involved a more complicated process; nonetheless, we had a great discovery about the opening sentence of the novel, a quote from the French writer Maurois that students recited. In 2021, Professor Tzu-yu Lin in England interviewed me for her research on the translation, and one of the questions she asked was what was the most challenging sentence to translate. I was immediately reminded of the long hours I spent pondering and revising that opening sentence of this novel back in 1999. For the book's publication this time, I was again hung up on this sentence and still spent long hours trying to find suitable words. This is because the quote was originally written in French and it was already translated into Japanese when it was read by the author and included in her story. The cultural differences could have affected the language expression and thus the tone of the sentence could have been altered in translation. Further, this sentence was taken out of context, and therefore it was very difficult to have a precise grasp of its intent and meaning and to have it translated from a translation. So, we decided to trace back this quote to the original source. We not only found the Japanese book but also tracked down the original French text. It was not easy to pinpoint which one of Andre Maurois' books this sentence came from. My Taiwanese language teacher's friend Phînn Gān-Lû, currently living in France, identified the book title for us. Then my daughter, in the United States, obtained the eBook and, thanks to her knowledge of French, gleaned the context surrounding that sentence from the book. Then, we enlisted the help of friends who are French native speakers, both in the United States and France. We verified how to interpret the French sentences. It felt like an international literary detective case, truly exciting. Eventually, the meaning behind this classical French sentence was revealed—it was used by Maurois to exemplify deep female friendship when discussing intellectual women. Indeed, the expression of profound friendship among women is a crucial theme in Yang's story. My mother's writing at the age of 20 was remarkable.

The name of Professor Ping-hui Liao of UCSD, a contributor to the foreword, was first referred to me by my junior high school friend Sherida Wu's husband Daniel Yeh, and we started to have a few telephone conversations after being introduced by NATWA's Carol Ou. I thank him for supporting my effort to have a new English translation of my mother's work done by my daughter and myself. He also helped me to submit a publication proposal to Columbia University Press, but unfortunately, American publishers could not handle my multilingual work. Throughout various stages, I received much kind support and encouragement including from people that I did not know before. In 2021, students from the Drama Department at Tainan University contacted NATPA requesting my permission to include my Chinese translation of my mother's novel (花開時節) to create their graduation play. In the spring of 2022 as our correspondence continued, the department's faculty Professor Rey-Fang Hsu repeatedly praised my Chinese translation. These interactions boosted my confidence in my Chinese writing and translation work. In 2022, Lin Pei-Jung, the chief of the Research and Collection Division at the National Museum of Taiwan Literature, also asked me to write an article for a historical church publication, which was established in 1885. All of these gestures affirmed and encouraged my writing. I usually write on my own and submit my work quickly without giving much "sleep-on-it" time. This year, I shared some pieces I was working on with a new friend of mine, who became curious about what I was busy spending my time on. I was surprised to learn that she was paying meticulous attention to punctuation and offered her opinion. It is heartwarming to have friends like Shu Wang showing such concern and support, and diligently proofreading some Chinese writing for me. A year ago I also had the pleasure of getting to know law professor Sandy Chou, who went to the Czech Republic as a Fulbright visiting scholar. She was very supportive and even tried to inquire about the possibility of publishing in the Czech Republic. Actually, nearly two decades ago, a Czech student graduating from a masters program in Taiwan Literature in a university in Taiwan had contacted my mother to request permission to translate her work into Czech for publication. With Zhou Yixun's inquiry, I learned that this student has since moved to the remote countryside and is living a peaceful life as a farmer. It seems that cultivating the land is more rewarding for her than tilling the words, or at least it could be easier to attend to one's physical wellbeing as well?

The challenges and the toll of preparing a book for publication are undeniable. Having experienced these challenges first hand, I am even more amazed by the fact that my mother continued to write and publish beyond age 70 and also gave public speeches. She typed her own writings, especially the entire Japanese manuscript for her book *The Prism of Life*. She figured out on her own how to operate her Japanese word processing machine and computer, and typed her own Japanese writings. In those days, it was rare to find someone of her generation who could type their own writings on a computer. My mother constantly enriched herself and stayed at the forefront of the times. She is a good role model and her spirit motivates me. Whether in her youth or later years, the more I learn about her, the more I realize how extraordinary she was.

My mother's book, *The Prism of Life* (人生のプリズム), was co-translated into Chinese by Professor Liang-ze Zhang and me in 1995 and published as 人生的三稜鏡 . That book was published by Avanguard Publishing in collaboration with Heng-Che Lin's Taiwan Literature Library (台灣文庫). Since then, I've known Lin Wen-Chin, president of Avanguard Publishing, who for the past 40 years has been on the forefront of the publishing enterprise in Taiwan. I greatly admire his steadfast dedication to supporting and promoting Taiwanese-conscious publications. I'm also delighted to know that the second generation, Lin Jyun-Ting, and Taiwan literature expert Cheng Qing-Hong, along with editor Yang Pei-Ying, have joined the team. Avanguard Publishing's Taiwanese-language publications are of high quality, and it is encouraging to see them releasing new books in recent years. This reflects their tireless efforts. I'm very grateful that Avanguard Publishing is publishing my book, and I wish them continued prosperity and unwavering commitment to their mission.

Chihmei Lin Chen, Ph.D.
September 2023
Virginia, USA

台文版
漢羅、台羅
Taiwanese Section

「花開 ê 季節」台語有聲朗讀
（台北泉腔）

台語朗讀：林智美　台文指導：紀品志
配樂演出：姚舒婷、蔡懷恩、林思茵、賴思涵、Joseph Yungen
配樂後製：賴嘉仕

原作者紹介

楊千鶴

1921/9/1 – 2011/10/16

楊千鶴是1921年9月tī日治時期ê台北市兒玉町（Kodama cho）出世，台灣人之間講做「南門口」，現此時ê台北市南昌街一段ê所在。伊前後uì「台北第二師範附屬公學校」kah「台北靜修高等女學校」畢業後，koh去讀「台北女子高等學院」（簡稱「學院」），是當時唯一一間台灣女子最高學歷ê學校。1940年uì「學院」畢業後，開始以日文隨筆（散文）寫作。1941年入去當時台灣上大間ê報社「台灣日日新報社」擔任「家庭文化版」ê記者，hōo人公認是台灣人ê頭一位女記者。伊koh有先kā報社要求薪水tio̍h-ài kah日本記者仝款，伊開ê tsit个條件報社也有接受，顯然突破hit當時日本人ê薪水普遍phīng台灣人koh加六成ê現象。伊ê採訪、報導包括台灣文化、藝術、人物（比如郭雪湖、賴和），也紹介教育、醫藥衛生等等現代化ê一寡新智識。Mā有用別ê筆名寫書評。日本tī 1941年12月攻擊真珠港，引起美國參加太平洋戰爭了後，局勢一工一工變bái，也愈加強「皇民奉公運動」，mā下令beh減少報紙雜誌ê頁數kah版面。Tī強勢ê軍國主義政策下，記者寫--ê也愈來愈受束縛，楊千鶴就án-ne規氣kā記者頭路辭掉。

Tī 1940到1943年tsit幾年，楊千鶴時常hōo人邀請為雜誌寫稿，tī hit-tsūn以日文寫作ê台灣文學界有寡名聲，bat發表文章tī《文藝台灣》、《民俗台灣》、《台灣文學》、《台灣時報》、《台灣藝術》、《台灣公論》、《台灣地方行政》等刊物。無論是以伊作品ê質iah是量來講，伊是日治時期上傑出ê台灣人女作家。1942年，tī《台灣文學》發表一篇小說〈花咲く季節〉，是日治時期唯一一篇描寫受高等教育ê台灣女性，in tī青春期ê想法kah感情。Tsit篇小說也提出「婚姻自主」kah「女性ê自我概念」、「女性之間ê友情」、「家庭親情ê溝通」、「幸福ê探討」tsit寡問題ê思考，tī hit个時代非常ê難得。

楊千鶴tī 1943年結婚，suà--落-去，因為家庭kah戰爭局勢惡化，tshuā嬰--a走空襲、過「疏開」生活，暫時停筆。無想著1945年第二次世界大戰結束後，suah因為新來ê國民政府隨隨禁止使用日文，以及種種ê政治因素，不得不完全放sak寫作，一直到解嚴後，差不多khah beh半世紀tsiah-koh出現tī台灣文壇。Tsit段期間，楊千鶴tī

1950 年，以無黨無派ê身份參選台灣地方自治頭一屆ê選舉，當選台東縣議員。1951 年也當選做台灣省婦女會理事等等。

楊千鶴自認是一个真愛看書，注重充實家己ê內才，堅持「真」、「誠」ê人。伊tī 1989 年秋天koh再開始以日文寫作，1993 年tī日本出版一本《人生のプリズム》。Hit本書有翻譯做中文《人生的三稜鏡》，1995 年tī台北出版。後--來，楊千鶴koh將伊tī戰前kah戰後ê年代所寫ê一寡日文、中譯文，kah一寡伊ê演講稿，集做一本《楊千鶴作品集 3：花開時節》ê厚書，2001 年正月tī台北出版。楊千鶴用真情寫作，文筆優美自然，描寫真幼路，創作ê文類包括散文、小說kah評論。伊tī戰前、戰後兩个無仝時代ê文學寫作，展現出伊敏感ê觀察kah反思，也提供真濟珍貴ê史料。

話頭

林智美

Tsit擺我以四種語文寫出阮老母楊千鶴tī 1942 年發表ê小說，最後tī出書前beh來寫一篇序ê時，忽然感慨無量，一tsūn感傷。目睭看著tsit四種無仝ê文字，suah kánn-ná看見一部台灣ê近代史tī眼前影--過。Hōo我真感嘆，台灣人是行過一條辛苦ê長路，tsiah thang行到今仔日tsit个地步。用khah正確ê話來講，無的確應該講：Tsit部小說，是經過一段真長ê路，tsiah ē-tàng有tsit-má ê結果。

請逐家來想看māi，tī台北市有一个天真ê查某囡仔，伊ê爸母、兄姊，全家lóng講台灣話，但是因為伊生tī-leh台灣受日本殖民統治ê時代，到kah伊受教育ê年代，已經是完全用日文、日語--ê。以伊ê才能，伊ê日文也有才調學kah親像伊其他ê學科án-ne相當出色。Tsit个查某囡仔，大漢了後變成我ê老母。伊tī第二次世界大戰ê時、又koh tī戰爭結束了後，lóng食真濟苦，包括經歷政權ê變遷，甚至差不多失去伊所有ê成就kah存款。伊本來已經真gâu用日文寫文章，但是tī台灣一下變做ROC ê時，雄雄hōo新ê政府完全禁止使用日文，suah親像斷去所有ê武功，也親像作田人失去伊所種作ê田園。無幾年後，每四萬箍台票竟然就換做一箍新台幣nā-niā，一切lóng化做烏有--去--ah。

做囡仔ê我，受著爸母好好仔ê保護照顧，雖然家庭經濟情形無偌好，總是kā我tshiânn養大漢。我tī學校hōo人規定kan-na ē-sái講華語、用中文，雖然tī阮兜iá是繼續講台語。我tī 1966 年uì台大畢業，好運得著美國ê大學ê獎學金，自án-ne來美國讀研究所。雖然tī台灣是第一名畢業，來到美國也是tio̍h克服文化kah英文ê種種困難，經過不止仔久ê博士求學過程，後--來tī美國ê大學教心理學。如今我tsit个台北人，已經tī美國過退休生活，我ê查某囝kah孫仔、in講--ê、寫--ê，suah lóng是英文。語文上，阮tsit四代唯一仝款ê所在，就是tī 2021 年進前，lóng bē-hiáu寫台文。真正是身為台灣人ê悲哀！

Tī Covid-19 ê時tsūn，開始有真濟線頂ê會，因為tsit款機會，我tsiah知影台灣教育部已經tī 2006 年有公佈一套台文寫法ê方案，所以我就透過tsit種線頂ê台文教學，學ē-hiáu漢羅kah台羅ê寫法。Tī 2021 年ê時，開始有想著beh用台文來將阮老母出版--過ê hit篇小說〈花咲く季節〉寫--出-來，來出版一本四語文ê書，記念老母ê百年，也拄好是記念一百年前台灣文化協會ê創立。自從1942年阮老母發表hit篇小說以來，經過81年，經歷四代tsiah-nī長ê時間，tsit篇由一个台灣人ê頭腦想--出-來ê故事，用日文發表--出-來，然後koh再用中文、英文以及台文寫--出-來，到tann tsiah頭一擺以原作者ê母語形式出現！阮tsit幾代語文書寫ê能力lóng無仝ê tsit个事實，充分反映出咱台灣人tī近代歷史上ê心酸命運。目前我得著紀品志老師ê幫忙，ē-tàng將阮老母ê tsit篇文學創作以台文寫出，對我來講，意義重大。阮老母時常leh講，身為台灣人，伊ē用日文來寫，suah bē-hiáu用台灣人ê文字來表達，是一件真矛盾ê代誌，也是ui心肝ê疼。

Tsit-má tsit本書，總算ē-tàng實現阮老母ê心願--looh，sėh一大lìn，希望tsit本四語文ê書，ē-tàng hōo各世代、用無仝語文ê人，lóng ē用得來讀。

Tsit擺英文ê版本是我kah阮查某囝合作ê結果，希望ē-tàng提供hōo研究亞洲文學、亞洲事務ê外國學者來使用，in將來若beh研究楊千鶴ê文學作品，就請用阮出ê tsit个版本khah正確。Tsit本書內面ê中文版本，是我將過去tī 1999年我已經翻譯出版--過ê華文，koh修訂--過ê新版。

Tsit篇〈花開ê季節〉是根據實在ê情形所寫--ê，寫1940年ê春天，一群拄beh uì台北女子高等學院畢業ê學生，in畢業前後ê代誌，故事寫到1942年ê熱天為止。讀者需要注意故事ê時間點，因為台灣是tī日本1941年12月初 8 攻擊真珠港，引起美國參加太平洋戰事以後，生活情形tsiah一工一工變真bāi，雖然 1937 年日本就已經tī中國發動戰爭--ah。Tsit篇小說，起頭是女學生in面對畢業以及告別少女時代ê一寡感傷，有人也leh流目屎，結尾是三个好朋友tī嬰仔出世後ê一片笑聲中，對未來ê向望kah期待。

楊千鶴發表tsit篇小說ê時tsiah 20 歲。伊不但是hit當時文學雜誌上真罕得有ê台灣人女作家，伊寫ê題材也khah特殊。一般男性ê台灣人作家，時常描寫--ê是庄跤所在iah是khah低層階級ê困苦生活。〈花開ê季節〉tsit篇hōo人有無仝ê感受，hōo人知影一寡蹛tī台北市，tsit个當時ê文化中心兼首都ê所在，受教育ê少年女性ê情形。楊千鶴ê寫作方式也kah其他一般用直線來描寫事件ê小說無仝，伊是採用「意識流」ê寫法，反映敘事者心內ê感情kah思想，是一款流動性ê寫作手路，描寫心理ê文學作品。伊故事內所注重ê議題，譬如講著女同學之間ê友情，家庭內ê親情、溝通問題，個人ê自我概念，人生ê幸福，tsit寡tī hit个時代，lóng算是相當前衛ê思想，是iá無受著一般人注意--著ê議題，ē-sái講是一个先行者。

阮老母講伊 20 歲時寫--ê是無夠成熟ê作品，但是我讀--起-來是真感動。Hiah-nī仔誠懇leh分享伊ê內心世界，觀察kah分析是hiah-nī仔精光，koh hiah-nī仔用心leh反思、探討。伊所描寫身體五官ê感覺，hit寡文字，同時也是用抽象ê方式，表達出伊心內ê感受，ȧh是反映出伊kah

同學所面對ê處境。雙重意義ê文字表現，mā是我真佩服ê文學藝術。翻譯ê過程中，我讀原文幾若擺，hōo我看見過去ê台北kah附近ê所在，知影已經無存在ê hit間台北女子高等學院ê情形，koh-khah了解阮老母kah伊ê好朋友之間ê關係，也進一步體會阮老母失去伊心愛ê老母了後，蹛tī大家族內ê生活kah心境。Tsit个短篇小說提供一个實實在在ê台北故事，也重現台灣歷史上tsit个特殊時間點下ê少女生活kah心情。Tī hit个女性早早就hōo人安排去結婚ê時代，楊千鶴希望ē-tàng有時間kah空間先來了解伊家己。伊也寫出「我beh明確決定我以後家己ê生活方式」，我真欽佩伊有智慧kah勇氣提出tsit款想法。我是愈來愈欣賞tsit篇小說，所以也想beh kah逐家分享。故事內ê三个好朋友，in ê友情有繼續保持規世人，真難得，甚至也延續到後代ê囝兒。雖然阮老母in ê少女時代是tī-leh戰爭kah殖民統治ê年代，但是楊千鶴認為，tī苦悶ê環境中生長ê tsit寡青春純情ê台灣少女，m̄是kan-na有少年人ê煩惱，in mā ē編織對未來ê美夢，親像tī沙漠中開--出-來ê花蕊，hōo人暫時看見沙漠ê春光，tsit款hōo人m̄甘、感動ê青春圖樣，一篇罕得看--著ê受教育ê少女成長心理。

楊千鶴寫ê〈花開ê季節〉，是一篇以台灣人ê眼光寫--出ê台北本土故事。伊用新ê手法來寫、koh寫kah真幼路，而且探討hit-tsūn真少人寫--著ê議題，ē用得講是台灣文學史上一个重要ê進展坎站。

作者代序（摘錄）[1]

楊千鶴

今年（1994 年）ê八月，無意中接著一通uì台灣來ê電話，講是為著beh愛介紹台灣文學去外國，伊tú leh計畫beh kā台灣人寫ê文學作品翻譯做英文，來出版一本《台灣文學選集》。所以伊也希望ē用eh將我 1942 年發表tī《台灣文學》ê hit篇〈花咲く季節〉（花開ê季節）hōo伊收入書內。

（中略）

Tī日本殖民統治ê時tsūn出世ê tsit世代ê台灣人，lóng不得不使用非家庭母語ê外來語寫文章；後來換做本來叫是祖國ê中華民國政權，koh受著無合理ê政治壓制leh食苦流目屎，tsit寡台灣人所寫ê作品，是摻入講buē了ê艱苦體驗。

1　《花開季節：台灣文學選譯第一輯》（一九九四年十二月，前衛出版）ê 序，林智美二○二三年摘要、翻譯。

台灣人無論是tī佗一个時代，語文上lóng食虧、不利，因為受著tsit款阻礙，難免也致使台灣文學ê發展有khah慢ê感覺。

台灣文學beh開花結子ê路iá-koh是不止仔困難。出版書ê文化事業，往往也tio̍h-ài有願意承擔虧本ê覺悟。明明知影án-ne，iá是為著beh傳播台灣文學來計畫出版一本英文ê台灣文學選集……伊ê勇氣kap熱心，hōo人感動！……。我也叫阮查某囝來tàu翻譯做漢字ê台文kap英文，盡量看是m̄是ē用eh讀khah通順，khah接近日文原作ê意思。

（中略）

〈花咲く季節〉（花開ê季節）tsit篇小說是52冬前（1942年）我少女時代發表ê作品，舊年（1993年）熱天我tú leh日本出版《人生のプリズム》（人生ê三稜鏡）tsit本書。Tsit-má ê我koh來讀íng擺寫--ê，有感覺當年hit篇小說無夠成熟，有無滿意ê所在，不過，總--是不止仔難得，有描寫出hit ê時代少女ê心理，想--起-來也感覺淡薄仔懷念。

雖然是suà-suà受著外來政權壓迫ê所在，hia mā ē有花開ê季節；台灣少年人也有in青春ê氣氛kap煩惱。親像沙漠iá是有伊一站短短ê春天，一tsūn風吹--來ê時，就ē-tàng看著開tī砂石下跤ê花蕊；tī-leh不如意ê殖民地生活中，可愛ê台灣少女，in leh成長ê過程，mā ē編織伊ê夢想。

假使〈花咲く季節〉（花開ê季節）tsit篇小說，ē-tàng

hōo讀者心情放khah輕鬆，我做一个作者，也感覺安慰。

〈花咲く季節〉tsit篇小說，tī戰後［譯註：二次世界大戰後］，也pat以〈花開時節〉ê題目hōo人翻譯做中文兩擺。Beh用中文翻譯來表現原文幼路ê心理描寫，恐驚是無可能ê代誌。所以我實在是希望ē用eh將原作ê日文也kap台文、英文ê翻譯做陣對照出版。不過，tsit本選集，kan-na揀原文一小段、一小段刊出，實在也歹了解全文ê故事發展，是有寡遺憾。……

其實，台語文目前（1994年）iá leh開發ê階段，所用ê文字也iá未統一。期待逐家koh-khah拍拚、共同協力來研究。相信tī繼續努力之下，將來一定ē有迎接開花結子ê一工。

Tī台灣，有經歷五十年ê殖民統治，tsîng出世就不得不以外來語寫文章ê世代；也有tī suà--落-去ê中國國民黨政權下，hē性命leh學習華語ê世代；另外也有一群人leh拍拚救hōo國民黨ê語言政策壓迫kah強beh消失--去ê母語；所有ê tsit寡人lóng是sâng款tī tsit塊土地大漢ê台灣人。

我堅信，所有以台灣心所寫ê作品，只要有文學價值，無論是用啥mé款ê語文寫，lóng算是台灣文學。台灣ê歷史是無法度隨便否定，是無可能抹消ê一个事實。Lán台灣人lóng平平是親身經歷過歷史ê悲哀，共同食苦活--落-來--ê。

由tsit寡人ê心聲所寫--出-來ê作品，tsit-má beh翻譯做台文kap英文ê一本《花開季節》ê書……是一件好代誌，ē用eh開發出國內外koh-khah濟ê台灣文學讀者群，我相信對傳播台灣文化ē有幫助。

我希望……ē得著koh-khah濟人ê回應kap協力，形成台灣文學界大團結ê一个新景象，促進台灣文學今後ê發展，tse是我ê期待。

藉tsit个機會，講出我家己ê信念，也以tsit寡向望來代替做一篇序。

1994.10.23

tī美國馬里蘭州寫

〔序〕

總算著時，通來開「好款」ê 文學花蕊

〈花咲く季節〉台譯版推薦序

呂美親
國立台灣師範大學台灣語文學系副教授

日本時代，猶是漢字書寫成做主流ê時，會得tī漢學仔受教育ê，主要是男性。毋才咱看著ê台灣文學，無論tī傳統文學抑是新文學，較罕有女性作家ê發表。到kah日語tȧuh-tȧuh普及，女性才小可有機會接受新智識，也略仔生出「寫作」ê慾望。總是，會得受著完整教育koh通欲擇筆來觀照家己內在、寫出心內所感，猶koh會tī文學寫作內面囥入主張ê女性，確實真少。

日本時代開始有「本島人」女性作家寫小說，著聽候到1930 年代中後期。逐家較熟似ê有楊逵ê牽手葉陶、張深切ê小妹張碧淵。若tī散文方面，一般咱較知ê是後來kah池田敏雄結婚ê黃鳳姿，伊ê作品集會得tī彼陣就出版，論真講是

tsiânn濟機緣所致。若是「在台日本人」女性作家，上受提起ê是坂口䙥子kah真杉靜枝。坂口tī 1938 年渡台進前就bat發表作品，寫作已經真練熟，也bat發表關係原住民ê書寫；真杉是細漢蹛台灣，猶真少年就轉去到內地日本，總是寫袂少台灣ê日本查某人生活。個ê寫作，hōo咱看著彼陣ê台灣社會猶有濟濟無仝視角ê觀察kah思考。[1]

成做日本人，較無教育ê tîng-tânn抑是語文使用ê問題，作品有得著認同，欲tī戰爭時代抾做選集出版，比起台灣女性是加較有機會。若是本島人，台灣話文ê發展是先天不足兼後天失調，欲kā日語熟手了才koh kā用做文學語言，也著tsiânn苦勞ê過煉，koh mài講女性ê社會地位kah資源是hiah-nī受制限。按呢來看彼陣才 20 出歲ê台灣少女楊千鶴，tī 1942 年用日語發表現代小說〈花咲く季節〉，確實是無簡單ê代誌；m̄-nā是伊個人ê無簡單，koh較是成做台

1 相關 ê 討論真濟，陳建忠 ê〈差異的文學現代性經驗—日治時期臺灣小說史論（1895-1945）〉（陳建忠等合著，《臺灣小說史論》，台北：麥田，2007.03）就會當看著較完整 ê 理路。論文內面也提起有寡女性筆名可能是男性作家，親像楊千鶴 bat 講「李氏杏花」是池田敏雄 ê 筆名。翁聖峰 tī〈日治時期職業婦女題材文學的變遷及女性地位〉（《台灣學誌》創刊號，2010.04）中也提起楊千鶴 bat 講「賴氏雪紅」mā 是日本男性作家 ê 筆名，koh 有羊子喬對黃得時遐知「黃氏寶桃」是男性作家 ê 筆名。我 bat 佇 2010 年 6 月寫電批請教羊子喬先生，伊是按呢回覆（2010.06.22）：「黃寶桃是男性的筆名，是黃得時親自向我說的，後來再與林芳年（詩人林精鏐）談及此事，林芳年也認為是男性筆名，因為全台文人，沒人見過黃寶桃，而她曾於台灣文藝短訊聲稱不再寫作，林芳年更認為是不再使用這個筆名，由於林芳年也曾使用『李秋華』為筆名。此事李元貞也曾向我求證，我也只能作如此說明。」前一站也聽著少年朋友讀日本時代 ê 女性作家作品，有讀著黃寶桃 ê 小說，想講就 kā 羊子喬先生 ê 說明囥 tī 遮，hōo 當代讀者參考。

灣查某囡仔通tī彼陣發表現代小說ê無簡單。

會記我頭擺讀著楊千鶴ê小說，應該是tī猶讀東海大學ê 2001年，ná咧準備考台灣文學研究所ê時，走去台中本土文化書局買葉石濤先生ê《台灣文學史綱》，彼陣我tú咧「追求」台灣文學，有影是像喙焦就直直灌滾水仝款ê人。也因為彼站修過楊翠老師、游惠遠老師ê婦女文學kah女性相關ê課程，才開始對性別ê議題有寡思考。所以看著《台灣文學史綱》內面這段：「戰爭期中出現的日文新作家寥寥無幾。這些年歲二十歲左右的作家涉世未深，受日本帝國主義教育的影響很大，縱令對民族的歷史有些認識，仍缺乏堅強的抵抗精神，因此他們的作品都是耽美的，逃避現實的。如楊千鶴的『花開時節』（台灣文學一九四二）、葉石濤的『林君寄來的信』（文藝台灣一九四三）、『春怨』（文藝台灣一九四三）等。（頁66）」，就對楊千鶴ê作品tsiânn好玄，紲去買著施淑編ê《日據時代臺灣小說選》。

檢采是文學史家tī逐時期所對重ê觀點無仝，橫直，葉老tī這段話內面，順紲kā家己批摻落去。毋過，小說內面應當毋是「缺乏堅強的抵抗精神」，是楊千鶴、葉石濤隨人tī少年時代ê抵抗基礎kah葉老寫史綱ê時無相閬。1930年代，猶有袂少男性作家用帶寡左翼立場ê關懷咧書寫女性ê艱難處境，總是，有思想交流ê「友情」來幫贊體驗性命kah人生，也通講是現代女性意識著自我存在ê象徵之一。咱若對遮看〈花開時節〉ê基礎，通講作者是以現代都市ê視角，咧對女學生卒業了後就愛面對「結婚」這層代誌起憢疑，對「幸福」也開始有想像，才會徛tī時代上頭前，來寫出友情堅固ê「姊妹仔伴」中間幼路ê情感牽連kah成長。這款書寫，闊面來講，也是受 1920 年代以來ê婦女運動、性別意識kah自由戀愛ê言論所接紲ê社會觀念改變所影響，毋才有女性作家kā面對婚姻所產生ê心理tik ê不安、對婚姻hōo友情受著考驗等等ê不滿、反抗kah矛盾感囥tī書寫內面ê表現。

《日據時代臺灣小說選》所收ê〈花開時節〉是鍾肇政先生ê譯本，也是 16 篇內面唯一女性所寫ê作品。大學時期初讀ê印象，大概留tī現代女學生對感情ê觀點已經無hiah傳統悲情ê進步性，若是對語文ê問題，彼陣是嶄然無思考。20 外冬過去，我真好運，會當比讀者較代先讀著林智美女士ê台譯版本，特別愛感謝伊kā譯文全部錄音，hōo咱會當用聽ê來重新感受〈花開時節〉。寢頭我淡薄仔僥疑，小說是以青春少女ê心境出發，用有歲ê聲來錄敢有無合？Ná咧想，我煞是聽無幾句，目屎就強欲津落來。透過聲音，咱一句一句去「感受」這个譯本按怎比進前ê中譯本koh較精確去表現原來ê日文，尤其是表現情感tik ê部份；透過聲音，咱會得koh較深刻去「感應」智美女士ê譯文，就親像kā原稿無去、干焦賭翻譯稿ê一篇小說重新還原去到本底ê語境，再現彼陣台灣女性講話ê款式。講起來，伊原底就應該是用彼个話語來表現文學才是啊！透過tsiah-nī貼近時代ê話語，咱親像聽著智美女士出力kā老母ê時代所hōo人崁起來ê聲音牽接到咱ê時代，是為著欲kā向望ê線索交hōo咱這代人、新世代ê台灣人所發出ê輕聲喉叫仝款。

若欲比較智美女士ê譯本kah往過ê譯本有啥物無仝，檢采會當寫一篇真長ê論文，tī遮就先按下。想欲提起一項，就是我真佮意智美女士tī譯本內一个語詞ê譯法。原文有兩个所在是「我侭」（わがまま），閣一个所在是「気侭」（きまま），往過ê中譯本攏kā譯做「任性」。台譯版有綴語境轉換，譯做「固執」、「太好款」、「siunn好款」。我家己干焦會記細漢時，阮老爸bat講我「驕頭掣流」，煞袂記序大上常在咧kā我教示ê就是「siunn好款」。確實，無仝語境，若欲有koh較倚自然話語ê表現，語詞也著有幼路ê選擇kah調整。智美女士ê譯文看袂著華語ê語法，逐句攏是彼時代ê自然，hōo我學著真濟。

過去ê台灣作家無通選擇家己ê書寫語言，就親像智美女士tī序文寫講：「楊千鶴的家裡雖然依舊是講台灣母語，但她執筆寫的是日文。儘管她的日文能力可以傲比日人職業水準，但她一直覺得使用日文表達是背負著被殖民統治的歷史傷痕，而深感遺憾。」咱台灣，總算tī 2019 年實施《國家語言發展法》，語言ê轉型正義有較積極咧進行，社會tȧuh-tȧuh對母語有信心，〈花咲く季節〉ê台譯本tī這个時陣來出版，也通講是「總算著時」ê花開。伊會得成做一个「款式真好」ê見本，提供做咱創作新ê台灣／台語文學ê滋養，hōo未來ê台灣／台語文學，通來開出koh較自然、自在、自由、「好款」ê文學花蕊。咱的確會當起造一个kah別項主流語言ê美學傳統無仝ê、是對咱台灣這塊土地所生出來ê美學傳統，而且是會得kah世界文學比並ê美學傳統。

真濟人讀過楊双子tī 2017 出版ê長篇小說《花開時節》，一本向楊千鶴ê〈花開時節〉致敬，用新時代少年作家ê精神去勞神考證koh加添創意，欲來kah古早hām現代重新對話ê好作品。我想，對koh紲來ê少年讀者來講，tī〈花咲く季節〉重新出版四語版本這時，mā是一个好ê時機kah開始，咱會當徛tī真濟層意義ê基礎頂懸，以目今ê視野繼續來kah古早hām現代「對話」，重新調整、起造咱家己ê〈花開ê季節〉。

〔序〕

老母 ê 話，老母 ê 故事

紀品志

語文工作者、〈花開 ê 季節〉台譯版共同校編

林智美教授用台灣話翻譯in老母楊千鶴女士ê小說〈花咲く季節〉（花開ê季節），tann beh正式出版--ah，真恭喜！台文版講是翻譯，有一部份徛算也是回復伊ê「本來面目」，用楊女士ê母語來講tsit个故事，完成伊一个心願。小弟我也真歡喜，受著林教授邀請，tàu做台文ê khang-khuè，陪伴伊完成tsit項記念老母ê工程。

〈花開 ê 季節〉台譯原由

2021 年，tú-tú是楊千鶴（1921-2011）一百歲kap別世十年，也是tsit个工程ê起頭。Hit年九--月，阮加拿大多倫多台灣語文中心tī網路頂辦台語文研習，林智美教授uì美

國報名參加。本底我m̄知伊是楊千鶴ê查某囝，研習總籌備張秀滿女士kā我紹介tsiah知影。

秀滿姊kā我講了，tsuấnn hōo我想起bat tī《台文通訊》早期資料讀著一篇文章。Hit-tsūn楊千鶴女士受婦女會邀請，來加拿大東部演講兼tshit-thô，sīn-suà接受《台文通訊》採訪，林智美教授也有做伙來。當時ê主編兼記錄tō是秀滿姊，文章刊tī《台文通訊》107期（2003年1月號）。

Hit篇〈人生ê三稜鏡——訪問楊千鶴女士〉短短--à，m̄-koh內容不止豐富。有講著楊千鶴七十幾歲出版回憶錄ê代誌、伊對1930、1940年代hiàng時ê作家（像賴和）ê印象、當時女性作家ê情形、對台灣ê民族認同、比較日本kap中國兩个殖民時代台灣文學ê發展、台灣人語文轉換ê艱苦……種種話題。Koh有一點真寶貴，訪談是用楊女士ê母語台灣話，koh用台灣話kā寫--出-來。內面楊千鶴有講起伊對台灣語文ê看法，以下摘一節：

〔編輯組〕問：「你bat講--過，你感覺真無彩，無辦法用你ê母語來寫文章。你對台文寫作有啥物看法？」

〔楊〕答：「我感覺真好，就親像咱teh講話，真親切，是真正台灣人ê語文。我希望台文ê寫法ē-tàng早一日一致，hōo beh學ê人khah容易。（……）」

可惜tsit篇訪談tī目前所謂ê主流「台灣文學界」罕得有人注意。

我hit時kā林教授提起tsit篇beh二十冬前ê訪談。凡勢是án-ne，伊tsiânn感動，講tsiah-nī久--ah，iáu有人ē記--得。

研習期間，林教授tsiok認真koh tsiok用心，180 幾个報名ê學員中間，伊是優等生，最後koh家己做影片、寫台文字幕來分享。研習有安排幾節課（台語文概論、羅馬字、輸入法工具等等）是我主講，伊課後來問我真濟台語文ê問題。

大概課程聽了對寫台文有信心--ah，無偌久林教授tō開始試用台文創作，行動力一流。研習會結束，舊曆tih-beh八月半，伊tō用台文寫一首〈中秋〉ê詩hōo我看。Hit-tsūn伊mā起手進行囥tī伊心肝底ê計畫，beh將楊千鶴短篇小說〈花咲く季節〉譯做台文kap英文，來記念老母百年。

Koh過--一-站，林教授hām我聯絡，講tsit篇小說ê台文草稿伊已經寫好--ah！伊想beh拜託我kā伊tàu看，編輯內底所用ê漢字、羅馬字。我tō kā答應，自án-ne協助伊做tsit个工程，一路陪伊討論、修改、查資料、聽錄音、揣出版社，不時加拿大、美國ah是台灣兩爿通話開講。透過林教授mā hōo我ke了解一寡íng過hit个時代ê代誌kap in母仔囝ê往事。

Tsit中間，我ê老母雄雄過身。我對老母最後ê記憶，其中一段是 2022 年年初tńg去台灣，2 月 28 hit日，阮母仔囝真罕得有閒做伙散步，行路去se̍h台灣文學基地。Hit-tah是台北一塊真suí ê日本宿舍建築群，以早齊東詩社ê所在。Suah真tú好，阮tī hia看著一个「拾藏：臺灣文學物語」ê展覽，有一塊牌仔teh介紹楊千鶴，是少年作家楊双子寫--ê，幾年前伊也有出一本仝名ê小說《花開時節》，算是向楊千鶴致敬。我歡喜kā阮母講，我kap楊千鶴in查某囝有緣熟sāi，tng-teh幫助伊處理楊女士〈花開時節〉ê台文版，koh hip hit塊牌仔寄去hōo蹛tī美國ê林教授看。現場有一位做導覽ê女士聽阮母仔囝teh講台語，也真用心用台語kā阮講解。林教授接著相了後，kā我講齊東詩社hia是日本時代ê「幸町」，tō是楊千鶴ê好朋友後--來ê徛家，〈花開時節〉小說內底ê朱映kap結尾tú出世hit个嬰仔大漢出國進前蹛ê所在。Hit日散步真好天，老母坐tī文學基地日本式ê文學厝，面仔笑笑、目睭有神，是我kā阮母--à hip ê最後一張相，我深深記tī心肝底。

阮老母過身了後，我也有受著林教授ê安慰kap關心，真感謝--伊。雖然心內艱苦，日子也tio̍h過，台文〈花開ê季節〉tsit項khang-khuè對我ê心情也有幫助。我kā林教授講：Lán做伙做一項記念老母ê代誌。

Tann冊beh正式出版--ah，感覺完成一條重要ê代誌，也為林教授母仔囝歡喜。我感覺tsit个成果是向所有拍拚ê女性、用心付出ê台灣母親致敬。

用台灣話 koh 來講〈花開 ê 季節〉tsit 个故事 ê 意義

濟濟「台灣人」有一个共同ê感慨──Tī台灣出世、大漢、生活，suah有真濟台灣ê代誌lóng m̄ bat。Lán對在地ê歷史、文化無了解，有tsiok濟故事lán lóng無聽--過。

如今〈花咲く季節〉beh用台灣話出版，有幾若層ê意義，也照見一世紀以來台灣社會種種變化kap隔斷：智識菁英／世俗大眾、統治者／被統治者、外來／本土、男性／女性、日本文化／中國文化／台灣文化、台北／下港、都市／草地等等。Tsit篇 1942 年受高等教育ê台灣女性用日文所寫ê台北城故事，經過 80 冬伊ê查某囝林教授tī美國用台北腔ê台灣話講--出-來，為台灣文學發出一个無仝款ê聲、講出一个罕得聽--著ê故事，無論按族群、性別、語言、文學、歷史ê角度來看，lóng tsiok特別。

楊千鶴 1921 年tī台北出世，台北女子高等學院畢業，kap現此時大專ê程度相當。伊是hit當時極少數受高等教育ê台灣女性，運動也gâu、文武雙才，是台灣頭一位女記者。1942 年，楊千鶴tī《台灣文學》發表小說〈花咲く季節〉，內底寫著日本時代ê台北城，講受高等教育ê女性tú beh卒業，面對婚姻、友情、幸福種種人生ê大海湧，in ê心思kap命運。因為故事大部份是伊親身ê經驗，寫了特別真。

戰後，政治、語言、家庭環境種種ê緣故，楊千鶴停

beh半世紀無寫。漸漸台灣人也lóng m̄ bat--伊，像lán m̄ bat家己ê過去。

台灣經過日本帝國、中華民國政權轉換，文化發展不接一。幾若世代ê台灣人，hōo人教做日本人、中國人，又koh經過戒嚴、白色恐怖，變做無家己ê話語權kap主體性。Koh一方面，女性tī家庭、社會tiānn-tiānn是無聲無說、恬恬付出ê角色，in ê心聲mā khah無人聽--見。

Bat聽林教授講起，íng過伊kap兩个小弟對老母過去所寫--ê、伊ê文才、日本時代ê文壇種種，lóng無真了解。楊女士無想beh教in三个囡仔日文，伊也m̄愛學中國話、寫中文，厝內iáu是講台灣話。可見楊千鶴感覺台灣人受日本教育、用日文寫作是不得已；到日本人走了後，迎接--來--ê suah是新ê壓迫。Tse tī楊千鶴ê一寡訪談kap回憶錄內底也感受ē著。

楊千鶴到 70 歲左右tsiah因為一寡機緣koh出現tī文壇活動，寫出回憶錄《人生のプリズム》（人生ê三稜鏡），講起以早ê代誌。其間，林智美教授陪in媽媽參加講座，用心替伊整理、翻譯文稿，幾冬後出版華文譯本《人生的三稜鏡》kap作品集《花開時節》，hit-tsūn林教授tsiah對老母kap íng過ê代誌有khah了解。過去無講、bē-tàng講ê心聲，tī作品內底tsiah讀--著。

一代一勻中間難免有一个khàm tī--leh，bē輸隔一个山溝，m̄-koh好ê故事ē代代相傳，tshuā人盤山過水入去無仝

ê時空kap世界，也hōo人sio理解、sio疼thàng。楊千鶴女士、林智美教授kap林教授ê查某囝，媽孫三代分別受日文、中文、英文ê教育。語言上，連接--in--ê是厝內代代口傳ê台灣話。也ē-sái講，台灣母語是台灣文化ê臍帶。台灣人應當有家己ê文學，也是siâng一樣ê意義。以我淺見，in三代協力ê〈花開ê季節〉日中英台四語文出版計畫，其中台文版應該上有關鍵性ê意義。

〈花開 ê 季節〉台譯本 ê 語言特色

台譯本tī語言方面有兩項特色：第一是tsit个台北城ê故事是用in厝內ê台北腔來講；第二是楊女士、林教授兩代成長kap受教育ê語文環境分別是日文kap華文，tse也反應tī台譯本。四種語文ê版本來講，大概台譯本上有法度表現。

1.台北城ê故事用台北腔講

其實平平台北人，無仝所在、無仝年歲ê人腔口uân-á有精差。林教授in爸母所講ê腔，照方言地理專家洪惟仁教授分類是kā號做「台北泉山腔」ah是「安溪腔」，範圍大約是in家族生活ê台北南門口、大安，一直到文山、台北盆地東南面，三峽、坪林、汐止ê所在。Hia ê腔有khah重ê泉州話味數，也kap市區北片、倚淡水河ê「同安腔」ah是台北現此時ê偏泉通行腔小khuá無siâng。

Tsit款老泉腔本tsiânn tī台灣tō khah弱勢、有寡音

khah特殊（像央元音-ir、-er），koh台北有真濟外地人徙--入-來，致使台北腔ê特色自án-ne一代一代漸漸愈khah薄--去，tsit-tsūn khah罕得聽--著。M̄-koh 70 幾歲ê林教授講話iáu保留bē少。

雖然人講「離鄉不離腔」，長久做一个通行語，逐種方言總是lóng ē sio-lām，北美同鄉之間講台灣話大部份也khah偏通行腔。若是腔khah「重」ê人，uân-á ē看對象加減調整家己ê口音，ah是tuè別人講。我有注意林教授teh開講、發言ê時有tang仔mā ē改換，kā家己ê腔am-khàm--起-來。

我kā林教授校正台文、拍羅馬字ê時tsūn，請伊照伊ê翻譯稿大聲唸看māi，也鼓勵伊家己錄音，盡量照原本in厝--裡講ê台北口音，mài換通行腔來唸。一--來án-ne khah好修訂伊所寫ê台文，二--來mā thang保留伊印象中厝內ê腔，我tō按照錄音轉寫做台羅。校對ê中間，阮也有參考楊千鶴ê錄音做對照、確認。公視 1999 年《世紀女性，台灣第一》記錄片有一集訪問 78 歲ê楊千鶴，是真寶貴ê第一手資料。

故事內底ê台北腔，像：「lîr-hàk-hāu」（女學校）、「berh」（欲）、「khìr」（去）、「kèr-sin」（過身）、「pīnn-ìnn」（病院；尾字講陰去聲）、「bô sâng」（無siâng、無仝）、「siah」（煞；轉接詞），tsit寡詞tī楊千鶴訪談錄影mā ē-tàng聽--著。其中hit个「siah」，普通腔講「suah」，台北一寡老輩有講「siah」，比如北投ê作家

黃元興醫師ê錄音mā有，但是大部份詞典、文獻lóng無記錄tsit款台北方音。

另外，林教授ê錄音koh有「ta-poo」（查埔）、「hī」（耳）、「phī」（鼻）、「bêr」（糜）、「sang-hí」（雙喜）、「sin-ku」（身軀）、「buē-iáng-kín」（袂要緊）等等，也kap目前台灣通行腔ê講法khah無仝，凡勢有ê人m̄ bat聽--過。

2.現代台語譯本ê日語、華語成分

楊女士、林教授兩代成長ê語文環境mā反應tī譯文內底。日語部份，原作有寡日語詞若符合台語常用借詞、時代文化背景、楊女士厝內習慣，林教授ê譯文有看款保留，採用日語借音ah是借日文漢字詞唸台語音來呈現。以下舉幾个做例：

- 台語常用借音詞：「siáⁿ-pái」（先輩）、「sàng」（さん；尊稱ê用語）、「li-á-khah」（リアカー；拖車）
- 日文漢字詞借詞：「休憩所」（hiu-khè-sóo）、「履歷書」（lí-li̍k-sir）
- 時代文化：「Kha-tá-kú-lah通」（片倉通；日本時代台北西門町街區ê名）、「én」（円；日本錢）、「tshiáⁿg-bá-lah」（チャンバラ；刀劍武鬥）、「Lop-pah」（古川ロッパ、古川緑波；1930 年代日本代表性ê

喜劇演員）

- 楊女士厝內慣用日語詞：「be-bí-hú-kuh」（ベビー服；嬰仔衫）

戰後台語也有變化，借真濟華語詞、受著華語影響。台譯本ê意義一方面當然是想beh用楊千鶴ê母語來講tsit个故事，但是另一方面，現代譯本也m̄是beh完全「回復」作者1940年代講ê台灣話，事實大概tsiânn困難也無實際。

Tsit个現代譯本，除起保留一部份傳統台北腔kap日本時代用語，大體來講是照譯者林智美教授kap現代台灣讀者ê習慣，所以也有寫現代俗音、通行音（像「寂寞」講「siok-bo̍k」，無用古早音「tsi̍k-bo̍k」；「欽佩」講現代俗音「khim-phuè」）、近代華語借詞等等。校編ê時，大部份ê用詞、話句、發音以譯者本人慣用、唸ē順做原則。

結語

真榮幸因為台語文研習ê機緣，我有機會thang參與tsit項工程，為楊千鶴女士做tsit本百年記念譯本。

恭喜林教授三代協力完成〈花開ê季節〉四語文出版ê大工程。我想tse是全世界台灣文學讀者ê福氣，也是台灣文學真有時代意義ê代表作。

2023年9月 tī加拿大多倫多寫

花開 ê 季節

【漢羅版】

（一）

「親愛--ê，我berh強調，我對妳ê情誼，是比妳對我ê感情koh-khah深，我ē用規世人hōo妳知影，請妳看māi。」[1]

南國ê日頭，tsiah三月天nā-niā，就不止仔炎，燒燒ê日光，射tī tse翠青校園ê草埔仔。學生tī-leh朗讀法國文學家Moo-lóo-à（André Maurois；莫洛亞），伊所寫ê〈結婚・友情・幸福〉hit篇ê文句[2]，tse朗讀聲，拄好kah學校

---

1 學生朗讀ê tsit段，是法國作家Moo-lóo-à（André Maurois 莫洛亞，1885-1967）tī 伊ê書《感情kah風俗》（《Sentiments et Coutumes》1934 年出版）談論著智識女性之間理想ê友情ê時，以一張批ê內容所舉ê例。Moo-lóo-à舉出兩位tsiok早期ê法國女性作家拉法耶特夫人（Madame de La Fayette，1634-1693）kah瑟維聶夫人（Madame de Sévigné，1626-1696），in有真親密ê友情。In若是有爭論，mā是kan-na親像已經公開ê批頂面所寫--ê ánne，相爭講啥人為對方付出ê感情khah深。

2 法國作家Moo-lóo-à tī 1934 年出版ê《感情kah風俗》hit本書，日本文學家

大禮堂流--出-來ê鋼琴聲，配做一曲優美ê歌，流過tse無guā大ê校舍。

藍色ê天，萬里無雲，也略略仔有鼻著草埔仔ê青草味，hōo人感受著青春ê氣氛。阮雖然m̄是一群見景傷情ê loo-bán-tsik-kirh（ロマンチック；浪漫）少女，但是因為tih-berh出業、離開學校，所以心中難免也有淡薄仔ê哀愁kah感傷。平常時，一工下課了後，逐家就趕緊tshuân berh tńg去厝--eh，互相相催：「Khah緊--leh、khah緊--leh，妳哪ē親像慢牛，tsiah-nī仔gâu趖！」Tsit-má siah m̄甘tńg--去，kah朋友結伴，有--ê tẽ花園ta̍uh-ta̍uh仔看家己照顧--過ê花，有--ê倒eh草埔仔，珍惜tse賰無guā濟ê學生時代。Kah頂擺uì「女學校」[3]畢業無仝，tsit擺，一旦行出校門，逐家凡勢lóng tio̍h照各人ê命運去面對結婚、ia̍h

---

河盛好蔵tī 1939 年kā翻譯，由岩波書店出版一本號做《結婚・友情・幸福》ê書。楊千鶴小說所寫--著ê Moo-lóo-à ê文句就是看tsit个版本ê書。

3　「女學校」tī日本ê學制，是中等（中學）程度ê女子學校。台灣tī日治時期，女子讀完「公學校」ah是「小學校」ê六年義務教育了後，tsiah-koh考入去讀ê「高等女學校」，是四年制，一般簡稱做「高女」ah是「女學校」。義務教育ê公學校kah小學校有用無仝ê課本，基本上，公學校是hōo台灣人讀--ê，小學校是hōo日本人讀--ê。Beh入去「高女」ê時，除了考試以外，也tio̍h-ài推薦ê批。無仝間ê公立ê高女，lóng是tī仝一工舉辦考試，考生需要事先就決定是beh去考佗一間女學校。Tī台北ê「第一高女」kah「第二高女」in ê考題是uì「小學校」ê課本出--ê，但是「第三高女」ê考題是uì「公學校」ê課本出--ê；所以ē-sái講，「第三高女」主要是為台灣人所設立ê一間女學校。公立ê高女以外，也有私立ê高女，譬如tī-leh大稻埕ê「靜修高等女學校」，是天主教tī 1916年創辦--ê，提供hōo日本人kah台灣人ê高女教育。總講--一-句，「女學校」就是「高女」。

是人生中各種ê處境，是無法度避免--ê。所以ē有寡不安kah哀愁。雖然無人講出喙，但是tsit種感受，恬恬踅eh每个人ê心肝底。

「□□--sàng（さん），妳結婚了後，lán若tē街仔路tn̄g--著，妳kám ē tìnn m̄ pat，uat頭去？」

「△△--sàng，koh一個月，妳就是醫生夫人--looh！」

Hőng問--著ê人，歹勢歹勢；但是問話ê人是leh講正經--ê，也摻寡感嘆ê意味。Tih-berh告別少女時代，踏入多彩ê婚姻生活，in tsit-tsūn ê內心是leh想啥？是交摻著惜別ê m̄甘？Kah對未來ê懷想？我tsiok想berh偷看tsit寡已經訂婚ê同學in ê內心世界，m̄知是啥款？上課ê時，in iá是kah過去全款，恬恬仔leh專心聽課。看--起-來是leh認真聽課--lah，但是啥人知影in ê心思是m̄是早就已經飛去別位--looh？不過，tse mā是我家己leh臆--ê nā-niā。下課了後，in iá-koh是kah隔壁ê同學做伙拍拚讀筆記，看buē出kah過去有任何無仝款。檢采in是kā結婚當做世間真平常ê代誌、無啥mé特別！

三月初ê一工──音樂老師行入教室，伊講：「Uì今仔日開始，lán tioh-ài開始練習唱畢業歌--looh。Lín以前tē『女學校』畢業ê時已經唱--過--ah，tsit-má逐家就做陣唱看māi！」伊一講煞，就uat頭坐eh鋼琴頭前，阮逐家一時siah kan-na ti-leh互相面看面。

「早暗做伙，同窗共學。火金蛄燈、白雪映光……」[4]

Tē阮句句ê歌聲尾，siah聽著kánn-ná有摻著人leh細聲偷偷仔哭。

「是啥人？」

鋼琴phngh--一-聲恬--去，老師徛--起-來，阮lóng m̄敢出聲。啊！是Lîn（林；リン）--sàng，伊是阮tsit班頭一个tih-berh結婚ê學生。我看著ng eh伊ê面ê hit條白手巾，起起落落leh tsùn，雄雄我ê心頭也hōo伊引起大波浪。伊平常時無啥leh表達家己ê感情，tsit-má竟然tsiah-nī仔激動！

「目前，畢業對lín逐家來講，確實是一件hōo lín感覺心情沉重、心酸ê代誌，但是，ē-tàng有tsit款ê心情，是因為lín拄好是tī-leh幸福中。為著m̄甘lín ê少女時代tih-berh過--去，lín若有目屎，就好好仔hōo流--出-來，buē要緊。Ē-tàng哭--出-來ê目屎是珍貴--ê。老師雖然平常時，

4 Tse是uì日本明治到大正，koh到昭和年代ê一首傳統畢業歌〈仰げば尊し〉（仰望師恩）內底ê歌詞。Tsit段歌詞，是借用中國流傳ê故事，來形容拍拚讀書ê情形。就是講，有一个散tsiah人也利用火金蛄ê光tī暗暝讀書，也有一个是利用外面所積--起-來ê白雪ê映光來讀書。有人tī 2011 年發現--著，tsit首歌ê旋律kah大部分ê歌詞原本是uì美國來--ê，是 1872 年美國ê學校每工放學ê時所唱ê歌〈Song of the Close of School〉。日本ê學制，每學年是tī三月結束，學生也tī三月畢業。1945 年後ê中華民國年代，有將tsit首日本傳統畢業歌ê歌詞改寫做中文，變成〈青青校樹〉ê tsit首畢業歌。

tiānn-tiānn嫌lín唱ê音階掠無準--lah，練習ê態度無夠認真--lah，等等，但是拄著tih-berh kah lín離別，tsit-tsūn老師ê心頭mā ē酸，只是我勉強lún--落-來。Lín若以我ê立場替我想看，老師每一年lóng leh送學生離開，時常有tsit款感傷ê心情，老師kám m̄是比lín koh-khah可憐？

好--ah，逐家lóng振作--起-來，歡歡喜喜行出校門。面對人生ê路途，buē用eh kan-na tī-leh流目屎，也buē-sái意氣用事，必須用真心誠意來行。Tse m̄是清彩講講huah-huah--eh就好，是需要認真去做--ê。後日仔，lín所面對ê情形，一定是kah過去無仝款，每个人lóng ē tn̄g著人生中ê困難，ȧh是tsiok歡喜ê好代誌，請lín ài ē記--eh，悲傷ê時，ài提出勇氣，得意ê時，也m̄-thang驕傲臭tshìng，需要以謙卑、慎重ê態度來行。我m̄是leh對lín講一寡空話，tse lóng是我家己行過人生ê kham-kham-khia̍t-khia̍t，實際體驗--過-來ê感想，是我berh苦勸--lín ê心內話。Tsit寡話lín凡勢tsit-má一時無法度理解，但是以後，tē iá-koh真長ê人生中，有一工，無的確lín ē想起tē音樂教室hit个老師講--過ê話。我mā是因為一時滿腹ê感觸，tsiah講出tsit寡話──本底lín就是優秀ê學生，M̄是老師刁工leh褒--lín，lín lóng是溫純ê查某囡仔，希望lín ē記eh lín tsit-tsūn ê氣質，將tsit款ê氣質永遠保存--落-去。

『有優雅、美麗ê氣質，也ài做一个守尊嚴ê女子』

（あえかにも　美しき中に　一すじの　りりしさ持てる　乙女なれかし）

Tse是我家己平常時ê信條，tann lín berh離開學校--ah，我想berh用tsit句送--lín。」

聽著老師忽然講出伊ê心內話、聲音寂寞沉重，逐家lóng tsiok受感動，全班學生頭luê-luê，一个仔一个tī-leh感傷流目屎。我無哭，哭buē出--來，老師ê話，hōo我感覺著一港燒氣走遍全身。我恬恬仔擽頭，差不多是berh準備中晝餐會ê時tsūn--looh。拄好看著低年級ê學生uì阮教室窗仔門邊行--過，in phâng一寡sa-kú-lah móo-tsih（桜餅）kah tsi-lá-sih jír-sih（ちらし寿司）行向食堂，hōo我想起今仔日就是三月初三桃花節[5]--lah！In行--過ê時，也向阮教室偷siam--一-下，目睭拄好kah我相對相！

阮音樂老師，伊真適合穿烏色、闊領ê日本ua-hú-kuh（和服），有高雅、藝術家ê氣質，是阮所kah意ê老師。伊tē hia講規晡久ê話了後，siah神神，m̄知berh按怎，就

5 三月初三是日本ê桃花節，也是日本查某囡仔ê特別節日，日語也號做「雛祭」（ひなまつり）。有查某囡仔ê家庭，tī一、兩禮拜前，就選一日好日，排設一層一層各種ê細身日本尪仔。桃花節也有準備特殊ê食物，包括tsi-lá-sih jír-sih（散らし寿司）kah sa-kú-lah móo-tsih（桜餅）。Sa-kú-lah móo-tsih是用櫻花葉仔包tsu̍t米做ê麻糍。

koh uat頭面對鋼琴坐--落-來。我已經無心情唱歌--looh，目睭看tuì窗仔外ê校園景色，燦爛ê日光照著khu-lóo-tóng（クロトン；変葉木），樹仔枝頂，有一隻m̄知啥mé鳥，伊kánn-ná雄雄想起啥，「啾啾」叫--幾-聲就飛走--ah。「Phut-sss！」Tuì學校ê射箭練習場（弓道場）傳來輕快ê一聲，m̄知啥人射著箭靶--looh。

Tuì hit工開始，逐家koh-khah確實感受著畢業ê日子berh到--ah，尤其是已經訂婚、tih-berh結婚ê同學，感觸真深。為著berh好好掌握tse賰無偌濟ê少女歲月，以前無leh拍the-ní-sirh（網球）--ê，tsit-má也熱心leh拍，有ê人也相招結伴去郊遊，逐家lóng leh無閒，想berh盡量利用tse最後ê機會做伙，án-ne後日仔tsiah buē有啥mé遺憾。

阮全班ê學生khah無四十人，其中ê台灣人分做三組，一組是不止仔ē講出主見ê Siá（謝；シャ）--sàng tshuā頭ê六人小組，hit六个lóng是標準ê好姑娘，有四位已經訂婚--ah。另一組是親像「司公仔sīn-pue」tiānn-tiānn黏做伙ê兩人小組，tī-leh阮hit班無啥mé影響力，是uì庄跤來--ê，是hiah-nī仔偏僻ê所在，hōo人想buē到hia也ē出女學校ê畢業生來tsia[6]讀！Koh來就是有小可離譜、有家

6 「學院」是「台北女子高等學院」ê簡稱，tse是日治時期tuà tī台灣ê女子所ē用eh讀ê上kuân學歷ê唯一一間學校。Tī 1931 年設立，學生包括日本人kah台灣人，in lóng是已經uì高女畢業了後tsiah koh來讀--ê。當時是半官方設立ê學校，教師真濟是uì台北帝大ê教授兼任--ê。二次世界大戰了後，tsit間學校已經無存在，當時iá未畢業ê學生就轉入台大讀。Íng過舊ê校址是tī-

己ê主張ê三人小組，朱映、翠苑kah我。阮三人約束，tē阮畢業後也無愛隨隨改變阮ê生活狀況，若將來有人搬離開、ah是結婚，mā絕對tio̍h-ài繼續保持阮三人之間ê友情。

「『檢采結婚hit工真緊就到--ah。若是婚姻成功美滿，tē某一站時間內，少女之間ê友情，是m̄是ē tsũn-na變薄--去？因為兩个強烈ê感情是真歹同時存在--ê。』以上tsit句法國作家Moo-lóo-à對『友情』ê看法，lín感覺按怎？」

可惜，翠苑、朱映kah我，iá buē赴反駁，阮就tē火金蛄燈、窗外映雪ê畢業歌聲中，踏出校門--ah。

(二)

畢業kah結婚，對少年ê阮，buē輸kánn-ná tsiah過一lân薄壁nā-niā。Khah無一年，就聽講已經有幾若个學生去學校分訂婚禮餅，ah是送結婚喜帖hōo老師。我mā hōo人請去「蓬萊閣」[7]食喜酒兩擺。算--起-來，阮tsit班，已經有一半ê學生嫁--人--ah。Tsit寡學生在學時，就leh準備berh出嫁ê代誌。雖然也ē用eh理解in是leh追求家己小天地內ê幸福，但是也感覺in kánn-ná有淡薄仔單純。（Án-ne講，無的確人ē無歡喜，但是我確實有tsit款ê想法。）

leh台北市南海路，植物園ê對面，現在ê建國中學隔壁，國語實小附近hia。

7 「蓬萊閣」是tī台灣日治時期ê台北市大稻埕，一間tsiok出名提供台灣菜ê高級飯店，也有藝旦ê表演。Tse是一位淡水富商黃東茂tī 1927年蹛eh「東薈芳」ê所在，koh重新開幕ê一間新koh tsiok有氣派ê大酒樓。

Hiah-nī仔簡單就趕緊出嫁，我感覺tsit款ê人生kánn-ná有欠寡啥mé，有淡薄仔遺憾。

「Kan-na lín ê三人小組iá-koh是leh堅持、無動靜--ooh？」

歹勢，阮大概是無人berh--ah！其實m̄是án-ne，阮是tē「自我」ê世界，真認真leh來回思考。

蹛eh三重埔[8]ê阿姑hit-tsūn時常來阮兜，伊一開喙就對我講：「妳已經出業--ah，也buē少歲，有好ê對象a̍h m̄嫁，哪有人án-ne--ê！」

伊koh對我講：「對方是醫生，將來有好ê收入。人koh老實，無食薰、無食酒，生活樸實勤儉，tse lóng是我親目看--著--ê，ē用eh kā妳保證，妳ē-tàng放心嫁hōo--伊。」「Lín老母已經過身--looh，老爸也有歲--ah，妳buē用eh tsiah-nī仔固執，ài好好考慮tsit件代誌。」

阿姑直直講buē煞，看我恬恬，伊tsũn-na目睭掠我金金看，想berh uì我ê面揣出一絲仔答應ê意思。

「Tē阮古早ê時代，若有人來提親，mā kan-na ē用eh家己bih--起-來，哪ē用eh講出家己ê心意？妳tsit-má可能也歹勢表示妳ê意願。妳若無講啥，我就掠準妳已經答應、來進行準備--looh。」

「阿姑──，慢且──，我無愛án-ne就隨便結婚。」

8 「三重埔」是目前新北市三重區ê傳統地名。

「就是講--mah，結婚是人生大事，我哪ē kā我古錐ê查某sun-á清彩嫁--出-去？妳若交hōo我來辦，tē訂婚進前，我總是ē安排hōo lín少年人見一下面，互相講寡話。阿姑雖然是生eh古早社會ê人，也無拍算berh用阮過去ê方式，連對方生做啥款，也tio̍h等kah結婚hit工tsiah知影！」

Tse是我頭一擺hōo人提起婚事，體驗著tse總是ē hōo人歹勢面紅ê代誌，我一方面耳空ná leh聽阿姑ê話，我ê手是一頁koh一頁，直直leh掀我手頭ê書。

阿姑講煞、行出我ê房間，leh讀中學ê姪仔拄好來到樓頂。「嘿嘿，是berh做新娘仔ê代誌，hōnn？緊嫁--出-去煞--lah。查某人，m̄管leh講啥mé大話，時到總--是一个仔一个乖乖仔嫁--出-去。」

「烏白講！你假gâu！」種種ê感受充滿我ê心，完全無hit个心情koh去對tsit个無規矩ê猴囡仔伊所講ê話來受氣。

「對方是啥人？我知--ah、我知--ah，是醫生，tio̍h--無？我來替妳揣一个學校ê siăn-pái（先輩）來kā調查--一-下，好--無？」

「Mài koh囉嗦--ah。」

「是──，是──，我ê大小姐，án-ne就hōo妳家己一个去ta̍uh-ta̍uh仔煩惱！」

我ê同學in可能就是親像án-ne hōo人提親，聽人聲聲句句講對方是偌好koh偌好之下，tsūn-án-ne答應婚事，然後就嫁--出-去--looh。查某人ê一生，uì懵懂無知ê紅嬰仔時tsūn開始，經過幼年，suà--落-去就是讀一个學校koh一个學校，iá無時間tháu一口氣ê時，就koh隨隨hōo人催講tio̍h-ài出嫁，然後tē生囝、io囝中拖磨，無偌久就老--去，死--去。Tī-leh tse過程中，kám講lóng kan-na kā家己放hōo命運ê安排，siah無考慮著個人ê感情kah意志？Ah，我也m̄是án-ne berh全盤懷疑--lah，我只是對iá無心理準備就berh hōo人安排結婚tsit件代誌，感覺不安、kah無法度理解。Kám講每一位結婚ê同學，in lóng是家己歡喜甘願，答應berh出嫁--ê？Tē心情茫茫之下，哪ē用eh就決定終身大事？我tsiok希望ē用eh靜--落-來，有喘氣ê時間kah空間，先好好仔來了解我家己。過去二十冬ê歲月，我也有經歷痛苦kah悲傷，mā iá無閒thang看清家己。

啊──，講kah siunn嚴重--looh，我只不過是歹剃頭，無berh乖乖順從出嫁nā-niā。

有一工， 我透早就hōo人叫起床，講是阮老爸叫我去。M̄知是啥mé代誌？我lóng想無。Iá-koh不止仔早，大概老爸暗時睏buē去。顯然伊iá是醒--eh，不時就聽著伊leh咳嗽。

Tsîng阮老母過身了後，我kah老爸ê關係，ē-sái講，除起berh kā伊討錢ê時，tsiah有開喙，平常時互相並無啥mé親切、溫暖ê對話。Tse可能是因為阮老爸有古早ê傳統觀念，無想berh對查某囝表達出伊ê關愛。而且因為我是老母ê心肝囝，tē老母ê疼thàng中，自由自在大漢，一旦老母過身--去，我siah變一个人，tī-leh厝--eh，也無啥愛講話。M̄知老爸kám有疼--我？受著現代教育ê我，當然也希望ē用eh親像同學án-ne kah家己ê老爸親近，有啥mé想法，lóng ē-sái對伊講，ȧh是kā伊sai-nai、討東討西。我是tsiok希望阮老爸ē-tàng對我表達出伊ê感情，致使我連不應該懷疑ê父愛，也無把握，siah leh烏白猜疑。

Ē記eh阮老母過身兩三年了後，六十幾歲ê老爸有一擺雄雄破大病，siah無法度照平常時án-ne去現場監工。Hit-tsūn我iá tī-leh 「女學校」。若是老爸也過身--去，我是berh按怎--ah ！悲傷中我堅強用全心來求神明、保庇伊平安，我甚至比阮老母tī-leh病床ê時，koh-khah用心祈禱。（Ǐng擺我實在太m̄ pat代誌ê嚴重性。）

我tē心內huah：「佗一位神明lóng好，各方ê神明--啊，請lín tio̍h-ài來聽我tsit个可憐ê少女ê祈禱--啊。阿爸是我tī tse世上，賰--落-來唯一ē-tàng倚靠ê親人，雖然伊一个面àu-tu̍h-tu̍h，無講出啥mé親切ê話。」

我tsiok煩惱老爸ê身體，m̄管是我berh去學校以前，ȧh是倒tńg來厝ê時，lóng徛eh厝內阮老母ê神主牌仔前、一直祈禱。但是，我是一个buē曉用喙講出家己ê心情ê查某囝。

「伊kánn-ná m̄是我ê查某囝，對我tsit个破病kah kiōng-berh行--去ê老爸，連講kah一句仔體貼ê話mā無，

uì我ê眠床頭行--過ê時，lóng恬恬無講kah半句話。」

老爸傷心tī-leh對來kā伊探病ê親tsiânn án-ne投。我聽--著，siah傷心kah哭--出-來，感覺非常ê孤單。以前老母tī-leh病床ê時，也pat感嘆對人講：「無彩kā伊疼kah án-ne-sinn！」對阮老母hōo我無限ê愛，我iá無任何報答，連一句安慰伊ê話lóng iá未講，伊就過身--ah。Tsit-má koh聽著阮老爸傷心leh講，我tsiok氣我家己哪ē án-ne，後悔kah berh死、mā buē赴--ah，目屎大粒細粒siah落buē停。

「阿爸，berh食糜--無？」我hōo厝ê人一直苦勸了後，心內iá-koh膽膽，行去伊ê眠床頭kā伊請安ê時，講出tsit句。

「我啥mé lóng無愛！」阿爸大聲heh--一-句。大聲kah hōo人ē想起伊iá未破病以前ê大聲量。

阮雖然就是án-ne ê父女關係，但是tsîng我uì「女學校」畢業後、koh繼續升學以來，也khah ē曉觀察，時時有發覺著過去無注意--著ê老爸ê用心，伊對我ê微微仔ê愛心。我想，hân-bān表達出家己內心ê愛，無的確是lán台灣人真普遍ê性格。看阮老爸、老母、kah我家己，我忽然發現著tsit个通性。

Tsit-má，阮老爸siah有代誌berh對我講，tse是真罕--eh ê現象--ah。我行uá去伊hia ê時，iá是親像íng擺án-ne心內驚驚。

「惠英！」

Hōo老爸huah--一-聲，驚一tiô，規个人siah釘eh hia。掀開阿爸ê蠓罩，一下仔就影著伊氣色無好ê面，我頭殼隨隨koh ànn--落-去。

「阿姑也有kā妳講--過--ah，hit件親tsiânn，我是贊成。穩重、可靠、認真、肯拍拚ê青年人，是ē-tàng託終身ê結婚對象。財產濟少m̄是問題，tsit件代誌，妳buē-sái koh親像íng擺án-ne固執。」

阿爸ê話，一句一句沉重ê聲，頓入我ê心肝。

「聽講妳tiānn-tiānn leh怨嘆講，lín老母若iá-koh tī--eh就按怎koh按怎。其實，我mā kah lín老母sâng款，事事為著妳設想、為妳leh操煩。總--是，tsit擺妳tio̍h-ài想hōo清楚，好好仔考慮--一-下。」

老爸ê話，流出hiah-nī仔親切ê關愛，hōo我決定，無就án-ne答應出嫁--lah。Tsit擺不得不將我過去hit寡無法度表明ê躊躇放sak。

我寫批hōo我所欽佩ê二哥，伊hit-tsūn iá蹛eh南部，我向伊講出我ê心境。無想著伊對我hiah-nī仔有理解，伊ê回批hōo我tsiok感動--ê：

「我tsiok了解妳ê心意，mā tsiok知影老爸ê心情。我並無認為妳心內ê躊躇kan-na是少女莫名其妙ê感傷。雖然妳無特別對我講出啥mé，但是lán是血脈相連ê兄妹，妳ê性格，我tsiok了解。若準講妳ê朋友，in ē用eh tī-leh

茫茫ê心境下就論嫁娶，換做妳，就buē-sái--ah。妳無可能hiah-nī簡單就甘願接受--ê。Tsit款情形真歹講是khah好ah是m̄好，tse總是妳本人ê性格。大體上，順家己ê本性來做就好！妳講為著無愛hōo老爸煩惱tsiah決定berh結婚，若án-ne妳就m̄-tio̍h--looh。老爸kah我，阮lóng希望妳ē-tàng幸福過一生。妳若ē用eh真正感覺幸福，阮tsiah ē安心。妳若勉強家己，就án-ne結婚，無的確kan-na一時hōo老爸叫是完成一件大事來放心，但是，惠英，妳若嫁--去，無感覺幸福，tse是berh按怎？Tse kám buē hōo老爸koh-khah煩惱？Ah無，án-ne--lah，我tsiah寫批hōo阿爸、kā伊說明。妳iá-koh少年，為著ài充分體驗人生，就án-ne保持現狀也buē bái！」

就án-ne，我koh渡過一關，ē用eh koh堅持家己ê本意。Iá-m̄-koh我mā有食著苦滋味。Tē學校在學中就訂婚ê朋友，簡單簡單，kánn-ná無食著啥mé苦，至少，uì in hit-tsūn tē學校lóng kah平常時仝款ê情形看--起-來，我想大概就是án-ne。

有一擺，哥哥in tē事業上，m̄知有啥mé失覺察，阿爸大發雷公，氣kah連我hit件代誌，也koh提出來唸。

「Lín tsîng細漢就hōo老母疼kah sīng歹--去，m̄知天kuân地闊！Tsit个惠英，太好款--ah！時常lóng講一寡自作自專ê話，將來若無人berh tih，我mā m̄ tshap--ah！」

我kiu eh邊邊--a，心肝內leh想：「阿爸，我只不過是你可憐ê查某囝。你是我親愛ê阿爸--啊。」

(三)

朱映、翠苑kah我ê三人小組，tē畢業後，每個月相見面一擺。做陣去看電影，互相交換書ah是雜誌來看，tse情形kah阮在學中ê時，差無偌濟。但是ē-tàng相見面ê機會比本來想--ê減tsiok濟，雖然iá是有遺憾，但是tsit款ê聚會，已經滋潤阮ê生活。

阮拄畢業ê時，有一本新出版ê書《娘時代》（mu-sír-meh jî-tái）[9]真轟動，讀者真濟。Hit本書，將阮tsit寡未婚少女講buē清ê心思、講buē出喙ê煩惱寫--出-來，阮tsiok有同感。但是，hit本書是日本人所寫--ê，內容iá是有kah阮tsit寡tē台灣大漢--ê有寡無仝ê所在。Ah若án-ne，阮koh是用啥mé款ê心情leh看待tsit站berh出嫁以前ê姑娘時代？雖然講，tse是阮tsit-má拄leh親身體驗，mā是眼前ê感受，但是berh觀察出啥mé具體ê形式，ah是berh真正講出啥mé，是tsiok困難--ê。阮kan-na知影阮是挾tī-leh「遵照古風」kah「行向新世代」tsit兩股力量ê強烈衝突中。

---

9 《娘時代》是日本女作家大迫倫子（1915-2003）tī 1940 年五月出版ê一本書（偕成社發行），銷路tsiok好，內面寫著少女ê心理kah少女時代ê一寡煩惱。Tsit本書tī 1998 年有koh重新出版。

有一工，阮三个去看電影，了後sīn-suà去拜訪一位在學中就退學去結婚，做醫生娘ê同學。伊ê生活已經安頓--落-來--ah，kan-na leh等berh做媽媽。伊拄結婚無偌久ê時，阮pat去揣--伊。Hit-tsūn，阮一講起母愛、io囝，tsit類ê話，伊就感覺礙虐，hōo阮感覺伊是怪人。啥人知影tsit擺阮一入去in兜，伊就隨隨giú阮去看掛eh in兜ê壁ê一幅油畫，he是一群囡仔tē草埔仔歡歡喜喜leh thit-thô ê圖。

伊koh講：「有家庭了後，iá是親像學生時代，上歡喜是拄著禮拜日，ē用eh去看電影、出去thit-thô kah phí-k̍uh-ni̍h-kuh（ピクニック；野餐），tsiok快樂--ê。Berh tńg來厝--eh進前，就sīn-suà去Kha-tá-kú-lah通（片倉通）[10]，食sír-sih（寿司），lim燒滾滾ê bàn-tsià（番茶）[11]，tsit款快樂，lîn若無家己án-ne生活，就無法度體會。」

「但是，納錢ê時tsūn，就ài納兩人份，所以五én（円）左右ê所費，kánn-ná有插翼，一下仔就飛無--去--ah。」聽伊後來補ê tsit句，已經親像tsiok gâu tia̍k算

10 片倉街（片倉通）是tī日治時期台北市西門町其中ê一間電影戲院「新世界館」後壁ê一條細條巷仔，hia有二十外間ê日本料理店，賣sír-sih、佃煮、蒲燒、燒鳥等等，啥mé lóng有。附近也有日本式、西洋式ê大酒家，西門町tsit塊仔tsia，是真ka-ia̍h ê娛樂場所。日治時期ê西門町，範圍無現此時ê闊，大體是uì中華路向西爿到康定路之間ê成都路兩爿。片倉通可能就是tsit-má ê台北市成都路 27 巷。

11 Bàn-tsià（番茶）是一種日本綠茶，咖啡因khah無hiah厚，是日常lim ê茶。

盤、標準ê家庭主婦。伊koh suà-leh講，伊近來也變做對「E-nóo-khén」（榎健）、「Lop-pah」（緑波）[12]ê喜劇kah「tshiǎng-bá-lah」（チャンバラ；刀劍武鬥）[13]hit類ê電影有趣味。伊siah直直講lóng buē suah，kánn-ná是專門leh等阮來做伊ê聽眾，thang hōo伊用「結婚siǎn-pái」ê身份來大發議論過giàn--ê。

阮逐擺若想berh了解結婚以後ê生活情形，就相約去台北大橋頭[14]附近tsit位醫生太太ê厝。阮目睭sì-kerè看、暗中觀察，有發現伊已經m̄是親像伊拄仔結婚hit-tsūn án-ne注重衫穿，厝內也無款kah hiah-nī仔整齊--looh。

---

12 E-nóo-khén（榎健）是榎本健一（1904-1970）ê藝名。Lop-pà（緑波）是古川緑波（1903-1961）ê藝名。Tsit兩人lóng是1930、1940年代非常出名ê喜劇王。In ê演出tī舞台、la-jí-òo廣播、電視kah電影lóng看ē著。不但二戰以前tsiok受歡迎，也影響戰後喜劇ê振興。榎本健一uì東京淺草ê歌舞劇表演開始，tī 1927年就開始搬電影，一直搬到1965年。古川緑波tī東京出世，伊tī早稻田中學ê時就開始寫影評，1931年投入電影ê演出，gâu唱歌kah模仿別人ê聲音。兩人是競爭對手，一直到1945年tsiah有做陣演出。古川緑波後來多病，1960年tī舞台病倒，隔轉年過身，伊平常時lóng有寫日記，出版ê hit本《古川ロッパ昭和日記》（古川緑波昭和日記），以伊ê文才記錄日本喜劇史kah昭和風俗史，伊也是一个美食家。

13 Tshiǎng-bá-lah（チャンバラ；刀劍武鬥）是日本ê時代劇ê電影ah是舞台劇，劇中真濟提長ê刀劍相刣ê場面。Tsit類電影uì 1908年開始有，到1920-1940年真興，也稱做劍劇電影，甚至tī戰後到1950年iá真tsia̍p看--著。

14 台北大橋，起tī-eh台灣北部ê淡水河頂面，是連結台北市ê大同區kah新北市ê三重區。1889年ê時是柴橋，連結三重埔kah台北大稻埕。1895年時，日本kā改名叫做淡水橋，hit當時是大龍峒kah大稻埕hia ê重要轉口港。1920年改名做台北橋，了後改建做鐵橋，tě 1925年通行。台北市tsit爿ê地名，台灣人kā號做「大橋頭」。1969年完成四線通行ê khōng-ku-lí橋，1987年改做六線，最後完工是tī 1996年。

「Lín三个中間，啥人ē上早結婚？」伊ê目睭刁工tē阮三个ê身軀sèrh來sèrh去，想berh揣出啥mé線索。

「大概是翠苑--lah。」伊最後總是點著翠苑──tsit个衫穿講究、家庭富裕ê千金小姐。

伊若hiah-nī仔愛知影，規氣去提一本算命書來掀看māi，án-ne m̄就好！

「反正我是上煞尾--ê。」有烏金金ê大蕊目睭ê朱映tiānn-tiānn án-ne講。可能是牽涉著伊ê家庭背景。每擺聽伊án-ne講，我心內也真m̄甘。

「Lín三个lóng khah緊結婚--lah ！ Tsiah ē知影人生真正ê滋味！」每擺開講煞，阮berh tńg去厝--eh ê時，tsit位醫生太太就koh用老資格ê口氣ke講tsit句話kā阮提醒。

「Aih-ioh，伊叫是lán規工kan-na leh想berh出嫁--ooh ？真無意思！」阮tsiok不滿--ê。

「無管按怎，lín tsit-má拄好是親像人生中花蕊tng開ê好時期，m̄免huānn家，也m̄免煩惱ta-ke-kuann，ē用eh逍遙自在，lóng無啥mé問題。」

Tsit位醫生太太，有時也ē吐大氣，講出tsit款ê真心話。M̄-koh伊一定koh ke補一句：「但是，lín無結婚，就iá無算是一个大人！」

(四)

一年ê時間，tī-leh學生時代，kánn-ná不止仔長，但是出業後，閒閒tī-leh厝--eh、輕鬆過日子，siah感覺目睭一nih，時間就過--去--ah。聽著學校koh berh送出一批新ê畢業生，阮tsit寡出業以來，生活無目標，茫茫過日子ê人，siah著急--起-來--ah。頭殼內，也開始煩惱是m̄是tio̍h-ài考慮結婚，若無，恐驚ē變成最後一个賰--落-來--ê？不安ê感覺漸漸鑽入心內。

有幾擺有人來厝--eh講親tsiânn，但是阮老爸無問我ê意見，就kā辭掉。Tē熱天一工風透ê暗暝，我siah雄雄想berh提我tsit一年ê日記來掀看māi。發現我寫--ê lóng是一寡tī時kah朋友做陣去佗thit-thô--lah、看啥mé心適ê電影--lah，無hōo厝ê人看重、tī-leh傷心流目屎，等等，kan-na tsit款代誌，寫kah lò-lò長。畢業出校門以來，tsit一年，我lóng無進步，mā無啥mé收成。雖然我ȧh無特別拍算berh得著啥，但是心內mā感覺有淡薄仔空虛。為著berh勉勵家己，hōo我tsit款散散ê生活加添一寡仔元氣，我想berh出去揣頭路。我tē一擺ê網球比賽，熟sāi著一位uì□□高女畢業ê文友──田川（tha-gá-ua；たがわ）--sàng。阮兩人一鬥陣就tsiok有話講，各種議題無所不談，連kah翠苑in無講起ê話題，我kah田川--sàng也ē用eh講kah喙角全泡。我就是tī-leh tsit段時間，uì田川--

sàng hia知影一間報社ê工作機會。

事先，我無kah阮厝ê人參詳，就恬恬仔kā我ê履歷書送--出-去，等kah收著錄取ê通知以後，tsiah kā阮老爸稟報，也tshuân berh hōo伊大罵--一-場，因為我想伊一定ē無歡喜、大發雷公。我早就知影，親像阮ê家庭，是無愛hōo查某囝出去工作--ê，ē hőng講閒仔話。但是我已經決心，無berh tshap厝邊隔壁是用啥mé眼光來看，我無愛koh受束縛、我berh明確決定我以後家己ê生活方式。阮老爸是一个老人，伊不止仔ē掛慮著周圍人ê眼光，但是伊kánn-ná比過去khah無hiah固執，漸漸也ē kah我講幾句仔話。M̄知阮老爸hit-tsūn是m̄是對我kah新時代lóng已經khah有理解，hit工，伊siah無因為我berh去工作來受氣。

「阿爸，án-ne明仔載開始我就berh來去上班--looh。」我buē放心，koh án-ne對伊講一擺，但是老爸恬恬無出聲，啥mé lóng無講。

拄仔tī-leh hit-tsūn，無想著tsit个一向lóng講ē上煞尾tsiah出嫁ê朱映，伊siah開喙講：「有人來講親tsiânn--ah，頂禮拜日，我kah阮老母tī-leh教會，有看著hit个人。印象buē-bái，所以我想berh答應--ah。」

伊kánn-ná是來kah阮參詳--ê，就án-ne講出tsit件天大ê消息。聽伊ê口氣，koh不止仔a-sá-lih！雖然阮三个lóng仝款是感情豐富、善感ê個性，但是對「自我意識」ê主張tsit點，朱映就無親像翠苑kah我hiah強，平常時伊

mā無啥leh表達家己ê主張。但是tsit擺，連hōo阮tshap喙ê時間mā無，就真緊leh一步一步進行--looh。In tī-leh「國際館」[15]正式相親[16]見面了後，tē雙方家長ê允准下，公開交往--ah。交往一段時間了後，tsiah知影對方ê學歷kah家庭狀況，m̄是媒人所講--ê án-ne，雖然相差也buē少，但是朱映對伊已經真有感情，就無berh改變心意--ah。

伊講：「月給是八十円左右，án-ne kám有夠用？Lán tē學校ê家事課所做ê『家庭理財計畫』，lóng是以月給一百円leh做--ê，但是現實總--是kah理想無sâng，若kan-na堅持理想，也無khah-tsuah。」朱映雖然無kā話講kah hiah-nī仔白，伊ê意思，綜合--起-來就是án-ne。

朱映也有介紹伊ê對象hōo我kah翠苑熟sāi。若是我講伊是一个單純ê人，無的確人ē無歡喜。但是，「單純」uì好ê方面解說，伊確實是一个做人正直、真實在，koh ē疼某ê老實人。朱映追問阮對伊ê印象ê時，翠苑kan-na以一句「Tsit款話ē關係人ê一生，我無法度講」就閃--開。我

15 「國際館」tī 1936 年開幕，是tī日治時期台北市ê西門町，一座非常氣派ê建築物，是全台灣第一間有冷氣設備ê電影戲院。Tse是日本東宝映画的ê直營戲院，一樓也有食堂ê部門。二次世界大戰後ê民國時期，改做國際戲院，是現此時ê萬年商業大樓hit ê所在。

16 相親（日語：見合い）是一種傳統ê婚姻紹介ê社交活動，由親友ah是媒人介紹kah安排，tī公開ê場合，kah男女雙方以及in ê親友代表做陣出席。一般是tī餐廳，做陣食飯、lim咖啡、食茶ê形式進行，hōo有可能婚配ê男女頭一擺見面。經過相親了後，tsiah決定男女兩人是m̄是beh繼續以結婚ê前提來開始交往，甚至直接就結婚。

kā朱映回答講：「是ē用eh phīng妳ê感覺去信賴ê人。」

「送定」[17]hit工，阮透早就自動去朱映in兜，kā tàu-sann-kāng，幫忙伊化妝、換衫，等等，kánn-ná比伊本人iá koh-khah緊張。朱映伊ê suí面，顯然比平常時puh出koh-khah濟ê thiāu仔子。

「昨暗睏無落眠ê關係。」朱映講kah無力無力。伊hit款聲，kánn-ná是對雄雄面臨ê婚事所產生ê感觸，kánn-ná是leh認命自嘆：「將來ê一切，tsit當時就berh án-ne決定--ah。」我私底下家己án-ne臆。

朱映穿一領紅色ê長衫[18]，掛翠玉ê耳鉤，是tsiok影目ê suí新娘仔。阮ná leh幫忙，也不時目睭掠伊金金看，hōo伊迷--去。

無偌久，中晝十二點--ah，男方來「送定」ê一隊人來--ah，厝內人濟，鬧熱--起-來--ah。朱映無講啥，就giú我ê手去搭eh伊phi̍t-pho̍k-tsháinn ê心肝頭。阮兩人kan-na四目相對，無講啥mé話。

---

17 送定是男方送聘禮（禮餅、金器、酒等等）到女方家庭ê一種台灣人傳統訂婚儀式。選好日子，koh tio̍h看時tsiah舉行--ê，男方出發前ài先放炮，男方親友kah媒人beh去女方in兜ê人數也有限定（六人、十人a̍h是十二人），到女方兜了後也有一定ê程序，包括新娘奉甜茶，男方家長kā新娘帶手指等等ê儀式。送定了後，女方就分禮餅hōo親tsiânn朋友，hōo人知影已經訂婚ê消息。

18 長衫是tī日治時期台灣人ê傳統服裝之一，長衫ê領是kah旗袍仝款是khiā領--ê，但是衫ê身腰khah līng，兩爿ê衫裾尾也有開裾。

男方動用幾若台ê li-á-khah（リアカー；兩輪ê拖車）[19]運送酒、罐頭、盒餅來。Tsit寡mǹgh件，tē插雜ê聲中，hōo人搬入厝內。「一百──、兩百──、……。」朱映ê親tsiânn──大概就是in阿嬸--lah，leh tàu點收聘禮ê數量，伊用無感情ê聲，kánn-ná機器leh huah--ê，大聲koh噪耳。我目睭看著禮品一層一層疊kuân，朱映ê人也kánn-ná一節一節hōo人提--去。我自然而然siah有tsit款ê錯覺。

朱映ê老母，行入來房間，滿面lóng是目屎。

「我kan-na有tsit个查某囝，為著伊，我總--是想berh盡全力。但是in老爸已經無tī--leh--ah，berh做kah hōo伊ē-tàng kah人比並，也真無簡單。雖然講，伊berh嫁--去hia，也m̄是tsiok理想，但是有一个歸宿，安頓--落-來，我也khah ē-tàng安心。」

平常時，朱映ê老母，tiānn-tiānn對阮án-ne講。但是tsit-má伊為著查某囝ê訂婚，無閒東、無閒西，siah連hōo阮開喙kā伊招呼--一-聲ê時間也無。

朱映伊本人，並無啥mé表情，kan-na kah阮做陣徛leh hia看一箱一箱漸漸疊kuân，疊kah kánn-ná山ê禮餅盒仔。我難免對伊tsit款形不滿。lá-koh一項代誌mā感覺

19 Li-á-khah（リアカー；利亞卡）是古早運貨用ê兩輪拖車，人tī頭前用雙手拖eh行。日治時期非常普遍，後來tsiah換做三輪貨車，頭前是人用跤踏àh是用mòo-tà發動駛ê車來拖車載貨。日文ê「リアカー」原本是uì英文ê「rear car」來--ê。

不滿。伊tē人客廳hōo人帶手指了後，tńg來房間ê時，阮因為伊ê命運就án-ne hőng決定--ah，有淡薄仔感傷。但是看著伊是喙笑目笑、滿心歡喜ê款。Thài ē是tsit款ê心情？真正想lóng無。有一工，ài好好仔kā問。

啊我家己ê工作tsit件代誌，當初berh開始去報社上班ê時，意志是tsiok堅定--ê，以滿腹ê熱情去做。事實上，我也有受著鍛鍊，hōo我有寡成長。但是半年外以後，我感覺工作受著阻礙行buē通，所以就規氣kā頭路辭掉。Tse並m̄是少年姑娘作sit buē專一、也m̄是態度散漫，其實是hit當時種種ê狀況所致--ê。總--是，我就職工作tsit件代誌，結局是親像一般女性ê「短期工作」án-ne，siah無法度變做終身ê志業。

「妳為啥mé辭頭路？」

我當初已經上班一段時間了後，蹛eh外地ê二哥tsiah知影，hit-tsūn伊並無講啥。Tsit擺伊tńg來台北，發現我無偌久以前，無kā伊講就已經辭頭路--ah，感覺意外，所以tsiah問--我--ê。

「因為我kánn-ná kiōng-berh失去家己--ah。」

「Ooh──若án-ne、辭掉也好。」二哥kan-na簡單一句，m̄是滾笑，也無太認真，伊無koh繼續追問--落-去。[20]

20 二哥無繼續追問，是因為hit當時ê人lóng ē-tàng理解tī hit-tsūn ê局勢之下，報社ê記者所寫--ê lóng受著軍國政策ê限制，真艱苦。

（五）

Tē初夏有一工ê下晡，燒烙ê南風，吹kah hōo人無力、kiōng-berh愛睏--去。我真正是一个siunn好款ê查某囡仔，明明有一堆該做ê代誌iá未做，koh tī-leh huah日子過kah tsiok無聊。阮大哥ê囝，peh起來樓頂，kā我講頭拄仔有兩个少年ê查某人來揣--我，伊kiò是我感冒tī-leh睏，就án-ne kā in講，in tsū̃n-na tńg--去--ah。我想大概in berh坐ê bá-sirh buē hiah緊來，無的確in iá-koh tī-leh車牌仔hia等，我就趕緊走--出-去。無想著看--著ê hit兩个人，是蹛eh基隆ê謝--sàng kah kuân阮一屆ê in兄嫂。

「Uah──真罕行，tang時來台北--ê？」

謝--sàng in hit个小組，kan-na賰伊一个，其他lóng已經結婚--ah。「M̄知伊ê感覺偌nī仔孤單！」每擺同學leh開講ê時，若提起著謝--sàng，就tiānn-tiānn án-ne講。謝--sàng是一个外表樸實、賢慧、穩重ê人。Hit工，伊穿一su素色ê洋裝，比流行--ê khah長-一-寡。阮有不止仔久ê一站時間無相見面，可能是án-ne，hit工我特別對伊端莊ê氣質，有真深刻ê感受。無論如何，久久tsiah見--著，tsiok歡喜--ê。

「先入來厝--eh坐--lah，lán ē用eh大開講--一-下。」

本來想berh問伊一寡同學ê各種情形，啥人知影伊竟然講伊iá-koh有代誌，必須告辭。真正奇怪，既然uì hiah

遠、專工來，koh隨berh走！啊無，lán就徛eh講。

「最近好--無？近來lóng leh創啥？頂擺同窗會有看著妳，可惜lán無機會好好仔開講。」

「我iá是仝款，逐工kan-na平凡過日。妳最近工作做了啥款？」

阮不止仔久無相見面，講話siah無kah偌投機，揣無話講，kan-na leh講寡表面ê客氣話。

「Tế高雄結婚ê林--sàng，koh搬tńg來台北--ah。Hit工阮有去in兜，看著伊舊年熱天生ê紅嬰仔，tsit-má已經肥肥肥，tsiok古錐--ê。啊，tio̍h--lah，hit个Khóo（黃；コウ）--sàng也tế兩三個月前，生一个查某囝。」

「Ooh──若án-ne，lán tsit班ê同學m̄就lóng生查某囝。謝--sàng，lín哥哥已經結婚--ah，suà--落-去就輪著妳嫁，到時，妳tio̍h破記錄，第一个生查埔。」

Hōo我講一下，伊ê面siah紅--起-來。我kā sńg笑ê話，hōo伊為難--looh。

「朱映伊tsit-má按怎--ah ？ Kám m̄是嫁去台中？」

「是，但是伊tih-berh生--ah，所以tńg來tế台北。伊當時tshân-tshân決定，完成終身大事，結果mā過了不止仔幸福ê款--neh ！」

「惠英，妳也規氣決心結婚--lah，我本來kiò是妳ē先結婚--ê。」

「哪ē án-ne ？妳tsiah是ē比我khah早結婚--lah。我

berh講ê話，哪ē hōo妳先搶去講？總講--一-句，妳berh結婚ê時，m̄-thang buē記eh kā我通知--ōo！」

查某人一開喙開講就án-ne講一寡有--ê無--ê，若一時揣無話講，就講tsia--ê。舊年iá leh講啥人訂婚--lah、啥人結婚--lah，今年siah tī-leh講啥人生ê嬰--a按怎koh按怎--looh。Tsit款話是講buē煞--ê。但是，謝--sàng leh等ê公車，無偌久就來--ah，伊kánn-ná iá有代誌、tī-leh趕時間，招呼--一-聲就趕緊tsiūnn車--ah。

我tńg來厝--eh，阮兄嫂講：「Tse是頭拄仔hit兩位送--ê。」同時就kā一盒有印一對鴛鴦kah雙喜ê禮餅交hōo我。Ooh，到tann我tsiah知！謝--sàng伊tē講話中，摻幾句仔啥mé最近ê糕仔餅khah無好食--lah，昨hng tsiok無閒--lah，tsit寡含糊ê話，hōo我聽kah霧sà-sà，也kiò是阮講話無啥投機——原來是謝--sàng伊也berh嫁--ah，專工送訂婚禮餅來--ê。

「謝--sàng，恭喜--妳！」我tsiok想berh對坐車離開--去ê謝--sàng，大聲huah出tsit句我真心誠意ê祝福。我心內充滿tsit款衝動，手提盒餅，一步一步行去樓頂。

大約tī-leh謝--sàng來揣--我ê兩三工了後，翠苑拍電話來講：「妳kám知影昨hng朱映tē□□病院平安生一个查埔囝？」

Uā！我歡喜kah叫出聲，規个人siah kánn-ná浮遊tī-leh太空中，我一sì-kerè tshák-tshák跳、用激動ê聲調kā

阮兜ê每个人講tsit件好消息。

電話講完一點鐘後，翠苑穿一su橫紋ê長衫來阮兜，招我做陣去病院看朱映。最近，翠苑tsiok tsia̍p leh講，伊tsit兩年berh去學洋裁。啥人知影伊是m̄是ē無偌久就koh改變伊tsit-má ê想法，雄雄pok出一句「我berh嫁--ah」？所以我就刁工kā伊潑冷水。無想著翠苑siah講：「啊無，到時請妳金金看！」Tsit站仔翠苑ê精神tsiok好、講話大聲，哪有親像一年前ê tsit當時，伊直直leh huah講「無聊kah berh死--ah」，規身軀無元氣，hit款形，tsit-má已經消散kah無看eh影--looh。

阮三人小組有一个做老母--ah，我kah翠苑也分享著tsit份快樂。阮berh去病院ê時、規路lóng興phut-phut tī-leh講tsit件代誌。「Án-ne，tuì tsit-má起，lán m̄就是紅嬰仔ê oo-bá-tsiáng（おばちゃん；姨母）？」「啊──m̄-tio̍h！Lán iá未結婚，無適合hőng叫做『oo-bá-tsiáng』。Á是叫做『oo-nè-tsiàng』（おねえちゃん；姊姊）[21]khah妥當。」就án-ne，阮兩人意見buē合，妳一句、我一句，tsìnn來tsìnn去。Tsit款對話buē合ê氣氛，自然而然siah

21 Tī日本文化中，未婚ê少年女子，無愛hōo kah伊仝輩ê朋友ê囝，用日語叫做「おばちゃん」（oo-bá-tsiáng；姨母a̍h是阿嬸、阿妗），khah愛hōo人叫「おねえちゃん」（oo-nè-tsiàng；阿姊、姊姊），雖然hōo人叫做姊姊是身份降一輩。幾歲ê查某人tsiah適合hōo囡仔叫做oo-bá-tsiáng（姨母a̍h是阿嬸、阿妗），並無清楚ê規定。大體上日本文化中，四十歲進前，真濟未婚ê女性是無愛hōo人叫做oo-bá-tsiáng。

hōo我koh想著難忘ê hit一工。

(六)

Hit一工風真透、大風飛沙吹kah hōo人目睭kiōng-berh peh buē開。阮三个去八里海水浴場[22]thit-thô，也算是berh歡送tih-berh結婚ê朱映。因為iá未熱天，人無濟，阮tsiah ē-tàng the eh海水浴場ê休憩所（hiu-khè-sóo）hia ê藤椅，好好仔欣賞tsia ê好光景，看著tse hōo人心情爽快ê藍色ê淡水河，kah海湧沖擊沿岸所激--起-來ê白色浪花。但是，凡勢是因為berh來到八里ê途中，阮坐ê公車有發生故障，tsūn-na hōng安排換幾若班車，hit寡車一路khȯk-lȯk khȯk-lȯk、tiō來tiō去，siah坐kah不止仔thiám，hit工，阮ê心情也無好。心頭ê感傷，比阮踏出校門hit-tsūn，koh-khah沉重。三个人kan-na恬恬仔the--leh，久久lóng無人開喙講話。

「Eh——，lán專工來到tsia，kám無愛去海邊仔ê沙埔hia行行、看看--leh？」

為著berh排除tse鬱悶ê氣氛，我起來做準備，同時也招in兩个鬥陣去。翠苑siah講伊無愛去。翠苑今仔日uì一

22 八里海水浴場是tī日治時期離台北市無偌遠ê一个海水浴場，是tī淡水河出海口左岸，現在新北市八里ê「十三行博物館」附近hit ê所在。1930 年代ê八里海水浴場範圍，北起挖子尾（Uat-á-bé），南到下罟子（Ē-koo-á），是四公里外長ê烏色沙埔。

開始就一个人怪怪。

「為啥mé無愛去？」

「啊海湧就hiah-nī仔粗！」

「Aih--iah，buē要緊--lah，kan-na berh蹛eh沙埔hia行行--eh nā-niā……，kám講妳驚án-ne就ē死--去？」

「若kan-na妳kah我死--去，he是無啥mé要緊，ah若是朱映，he就真可憐--looh！」

翠苑ê聲，無kah一點仔笑意，伊iá-koh是鬱卒ê口氣。

「啊──mài koh張--ah--lah，我tsit-má mā iá無愛死。妳看外面ê天是hiah-nī仔清，啊妳ê心，哪ē親像罩烏雲？」

朱映一向就真恬，聽我kah翠苑ê對話，伊也無tshap喙。Kan-na恬恬仔uì伊ê籃仔提出伊ê mn̍gh件，leh做準備。

「好--lah，mài koh滾笑--ah--lah。做陣lãi行行--eh！」我kah朱映兩个koh做伙kā招，翠苑m̄去就是m̄去。阮不得已，只好放伊家己一个留--落-來。朱映kah我用tha-óo-lù（面巾）kā頭鬃縛--起-來，兩人手牽手tẽ鬆鬆ê沙埔仔，一步koh一步，向前行--去。其實，我mā小可ē用eh體會翠苑當時ê心情。我家己mā tsiok鬱悶--ê，tsiah ē放一个心情無好ê朋友、hōo伊家己留eh hia，siah做阮離開。

波浪、海湧、koh粗koh kuân ê大海湧──。

Hit工ê淡水河，透大風、起大湧。阮兩人行--過ê每一步跤跡，隨隨hōo一tsūn、koh一tsūn ê強風吹散kah無看eh影。阮ê跤步，根本無法度停--落-來。M̄知是hōo強風uì後壁leh sak eh行，ȧh是hōo家己心內不平靜ê感情，giú eh向前去。喙內含著風沙，心頭感受著對tse tih-berh消失--去ê少女時代ê無奈。

M̄是因為對tih-berh結婚來離開ê朋友有所不滿，少年查某朋友之間ê友情，必然無法度對抗結婚tsit个大海湧，但是友情若一下仔就hōo沖倒--去，án-ne mā siunn過脆弱、siunn過buē堪--eh，hōo人感覺可憐koh傷心--ah。其實，tse複雜ê心情也m̄是lóng因為「友情」去hōo「結婚」壓倒--去nā-niā。聽著朋友講berh結婚ê時，雖然逐家ê喙lóng講出對伊祝福ê話，但是寂寞ê心情，也恬恬仔鑽入來心肝底。坦白講，kánn-ná是hōo人放sak，是賰--落-來ê人，所以心情就有寡稀微。難免ē有tsit款ê心境，tse大概也是因為少女in每工閒閒、leh過無目標ê生活，自然而然就ē對hit款ê家己，感覺可悲koh可憐。

我leh想tsia--ê ê時，m̄知朱映ê心內是leh想啥？伊ê手心leh流清汗。Uȧt頭一看，海水浴場ê休憩所，已經變成遠遠遠ê一个小點nā-niā，hōo阮感覺淡薄仔不安，就án-ne阮kā跤步停落來歇睏，無koh繼續行。我看著我身邊ê朋友、伊ê細肢跤，hōo我想著伊tsit个lám-lám ê身軀，tsit-má是充滿勇氣，tshuân berh面對現實生活ê挑戰，

hōo我tsiok感動--ê。海波浪拍tuī海岸，一tsūn一tsūn ê節奏。啊──一重koh一重ê湧！友情ê湧、結婚ê湧、人生ê大海湧！遠遠ê水面上，有看著m̄知是啥mé mn̍gh件，親像是一片小小ê葉仔tī-leh海水中、浮--一-下浮--一-下。

「我明明知影、選結婚ê對象buē-sái kan-na看伊ê學歷kah外在ê條件，不而過、若想著結婚了後，ē hőng蹛eh後壁講閒仔話，我berh嫁--伊ê決心就受著影響。」

朱映雖然無因為對方ê學歷kah外在因素來改變berh嫁--伊ê決心，但是朱映kánn-ná也加減有受著困擾、有寡躊躇。

「只要妳家己感覺過了幸福就好，我想別人是無啥mé理由thang講閒仔話。人生就是berh追求幸福--ê，kám m̄是án-ne？無的確幸福就親像有翼ê青鳥[23]，伊若飛來妳ê身邊，妳無及時來掌握--著，是buē用--eh啊！」Hit-tsūn，我拄leh拍拚上班，khah有魄力，tsiah有法度講出tsit寡勉勵人ê話，若是平常時ê我，就顛倒需要人來鼓勵--looh！

「妳看，tī-leh透大風ê沙埔，hia有兩个少女，目睭leh看藍色ê海水，為著berh追求幸福，互相leh講勉勵ê話。Tse kám無親像電影中ê一幕？」

無gī-niū中，我siah無刁無持leh踢我跤邊ê砂石。

---

23 青鳥（the blue bird）是有藍色羽毛ê鳥，tī真濟ê文化中lóng kā青鳥看做是幸福ê代表，伊ē hōo人快樂kah希望。

踢--ah踢，後來siah變做用跤頭拇公tē沙埔寫出一字「友」，he下跤koh加一字「情」，啊阮ê目睭tsũn-na掠tsit兩字金金看。但是tsit兩字，無一時仔久就hōo風吹散kah無看eh影。就án-ne，阮兩人siah kánn-ná leh kah風競爭，拍拚tē沙埔頂面、一擺koh一擺leh寫「友情」tsit兩字。

「Oo──eh──。」

Tī-leh強風hiù-hiù-háu ê聲中，kánn-ná mā有摻著tsit款ê叫聲，但是阮kan-na顧leh沙埔直直寫，寫kah其他啥mé lóng無注意--著。

「啊──，kám是翠苑leh叫lán？」

攑頭一下看，順朱映所指ê方向看--去，tē遠遠遠ê所在，sa實有影看著包頭巾ê翠苑，伊小小ê身影，tī-leh kā阮iát手。

「伊可能感覺孤單--ah。」

「Berh tńg--來-去--無？」

「無愛！」

我tsiok囡仔性--ê，也無管朱映是m̄是ē煩惱，就家己向koh-khah遠hit爿行--去。Tē tsìnn風中，風飛沙khau我ê目睭、我ê面、我ê耳仔，khau kah我tsiok疼--ê。

（七）

時間不停leh流轉，tsîng阮hit擺做陣去海邊thit-thô，

koh一年過--去--ah，無形中阮lóng加減有寡改變。

我kah翠苑來到病院，褪鞋berh入--去ê時，tsiah想著buē記eh問朱映是tē佗一間房。來到樓頂，看著倒手爿頭一間房ê門開--leh，阮就探頭向內底看，拄好一目就看著tsiok久無見--著ê好朋友，伊siān款siān款、拄berh uì眠床peh起來坐。

「是查埔--ê？大功告成--looh！」

lá buē赴kah伊好好仔相借問、講寡客氣話，我就趕緊行入去kā拄仔tsiah leh食奶ê紅嬰仔接過來抱。Tsiok輕--ê！Kan-na有感覺著軟軟ê be-bí-hú-kuh（ベビー服；嬰仔衫）nā-niā。

「妳kám有影ē-sái peh--起-來--ah？Kám m̄是tsiah第二工nā-niā？」

「無--lah，今仔日已經是第五工--ah。前幾工仔我mā有拍電話hōo--lín，啊lín就lóng無tī eh厝--eh。」

朱映ná講，ná歹勢歹勢kā伊胸坎ê衫、khàm hōo好勢，伊微微仔笑，親像是一位幸福ê母親拄完成世上一件重大ê使命。

「Ē艱苦--無？」

「lá ē堪--eh，無我想--ê hiah-nī仔艱苦。」

「嬰--a親像啥人？」

「鼻，親像老母。」「面tuì坦爿看--起-來，kah老爸一模一樣。」阮就án-ne kā嬰--a相來相去，siah妳一句、我一句，leh kā評論。

「Tsit个嬰--a，將來可能是一位偉大ê人物--neh，趕緊換我抱。」翠苑ê喙ná講，手就kā嬰--a搶--去。

「若án-ne，後日仔拜託你kā阮多多照顧kah牽成。」

我tsit句笑話一講--出-來，阮三个大笑。其他仝房間ê人，in一時mā sa無貓仔毛，目睭tsũn-na看對阮tsit爿來。

◆ 楊千鶴日文原作〈花咲く季節〉，《台灣文學》第二卷第三號，1942 年 7 月 11 出版。林智美台譯〈花開 ê 季節〉，2022 年 2 月完成；2023 年加寫註解。漢羅版校編：林智美、紀品志；2023 年轉寫全羅版：紀品志。

Hue khui ê kuì-tsiat

(全羅版)

I

"Tshin-ài--ê, guá berh kiông-tiāu, guá tuì lír ê tsîng-gî, sī pí lír tuì guá ê kám-tsîng koh-khah tshim, guá ē iōng kui-sì-lâng hōo lír tsai-iánn, tshiánn lír khuànn-māi."

Lâm-kok ê li̍t-thâu, tsiah sann-gérh-thinn nā-niā, tiō put-tsí-á iām, sio-sio ê li̍t-kng, siā tī tse tshuì-tshinn hāu-hn̂g ê tsháu-poo-á. Ha̍k-sing tī-leh lóng-tho̍k Huat-kok bûn-ha̍k-ka Moo-lóo-à (André Maurois), i sóo siá ê "Kiat-hun, lú-tsîng, Hîng-hok" hit phinn ê bûn-kù, tse lóng-tho̍k siann, tú-hó kah ha̍k-hāu tuā lé-tn̂g lâu--tshut-lâi ê kǹg-khîm siann, phuè-tsò tsi̍t khik iu-bí ê kua, lâu-kèr tse bô guā tuā ê hāu-sià.

Nâ-sik ê thinn, bān-lí-bô-hûn, iā lio̍h-lio̍h-á ū phī-tio̍h tsháu-poo-á ê tshinn-tsháu bī, hōo lâng kám-siū-tio̍h tshing-tshun ê khì-hūn. Gún sui-liân m̄ sī tsi̍t kûn kiàn-kíng-siong-tsîng ê loo-bán-tsik-kirh (ロマンチック; lōng-bān) siàu-lír, tān-sī in-uī tih-berh tshut-gia̍p, lī-khui ha̍k-hāu, sóo-í sim-tiong lân-bián iā ū tām-po̍h-á ê ai-tshiû kah kám-siong. Pîng-siông-sî, tsi̍t kang hā-khò liáu-āu, ta̍k-ke tiō kuánn-kín tshuân berh tńg-khìr tshù--eh, hōo-siong sann-tshui: "Khah kín--leh, khah kín--leh, lír ná ē tshan-tshiūnn bān gû, tsiah-nī-á gâu sô!" Tsit-má siah m̄-kam tńg--khìr, kah pîng-iú kiat-phuānn, ū ê tē hue-hn̂g ta̍uh-ta̍uh-á khuànn ka-kī tsiàu-kòo--kèr ê hue, ū ê tó eh tsháu-poo-á, tin-sioh tse tshun bô guā-tsuē ê ha̍k-sing sî-tāi. Kah tíng-pái uì "lír-ha̍k-hāu" pit-gia̍p bô kâng, tsit pái, it-tàn kiânn-tshut hāu-mn̂g, ta̍k-ke huān-sè lóng tio̍h tsiàu kok-lâng ê miā-ūn khìr bīn-tuì kiat-hun, ia̍h-sī lîn-sing-tiong kok-tsióng ê tshù-kíng, sī bô-huat-tōo phiah-bián--ê. Sóo-í ē ū kuá put-an kah ai-tshiû. Sui-liân bô lâng kóng tshut-tshuì, tān-sī tsit tsióng kám-siū, tiām-tiām teh eh muí ê lâng ê sim-kuann-tué.

"□□--sàng (さん), lír kiat-hun liáu-āu, lán nā tē kue-á-lōo tn̄g--tio̍h, lír kám ē tìnn m̄ pat, ua̍t-thâu--khìr?"

"△△–sàng, koh tsi̍t kò gėrh, lír tiō sī i-sing hu-lîn—looh!"

Hőng mn̄g--tio̍h ê lâng, phái-sè-phái-sè; tān-sī mn̄g-uē ê lâng sī leh kóng tsìng-king--ê, iā tsham kuá kám-thàn ê ì-bī. Tih-berh kò-pia̍t siàu-lír sî-tāi, ta̍h-li̍p to-tshái ê hun-in sing-ua̍h, in tsit-tsūn ê lāi-sim sī leh siūnn sián? Sī kau-tsham-tio̍h sioh-pia̍t ê m̄-kam? Kah tuì bī-lâi ê huâi-sióng? Guá tsiok siūnn-berh thau-khuànn tsit kuá í-king tīng-hun ê tông-ha̍k in ê lāi-sim sè-kài, m̄ tsai sī siánn-khuán? Siōng-khò ê sî, in iá-sī kah kèr-khìr kāng-khuán, tiām-tiām-á leh tsuan-sim thiann-khò. Khuànn--khí-lâi sī leh līn-tsin thiann-khò--lah, tān-sī sánn-lâng tsai-iánn in ê sim-sir sī m̄ sī tsá tiō í-king per-khìr pa̍t-uī--looh? Put-kò, tse mā sī guá ka-kī leh ioh--ê nā-niā. Hā-khò liáu-āu, in iá-koh sī kah keh-piah ê tông-ha̍k tsuè-hér phah-piànn tha̍k pit-kì, khuànn buē tshut kah kèr-khìr ū līm-hô bô kāng-khuán. Kiám-tshái in sī kā kiat-hun tòng-tsò sè-kan tsin pîng-siông ê tāi-tsì, bô siánn-mé ti̍k-pia̍t!

Sann-gėrh-tshue ê tsi̍t kang——im-ga̍k lāu-sir kiânn-li̍p kàu-sik, i kóng: "Uì kin-á-li̍t khai-sí, lán tio̍h-ài khai-sí liān-si̍p tshiùnn pit-gia̍p-kua--looh. Lín í-tsîng tē 'lír-ha̍k-hāu' pit-gia̍p ê sî í-king tshiùnn--kèr--ah, tsit-má ta̍k-ke tiō tsuè-tīn tshiùnn khuànn-māi!" I tsi̍t kóng suah, tiō uȧt-thâu tsēr eh kǹg-khîm thâu-tsîng, gún tȧk-ke tsi̍t-sî siah kan-na tī-leh hōo-siong bīn khuànn bīn.

"Tsá-àm tsuè-hér, tông-tshong kiōng-hȧk. Hér-kim-koo ting, pėh suat ìng kng..."

Tē gún kù-kù ê kua-siann-bér, siah thiann-tiȯh kánn-ná ū tsham-tiȯh lâng leh suè-siann thau-thau-á khàu.

"Sī sánn-lâng?"

Kǹg-khîm phngh--tsi̍t-siann tiām--khìr, lāu-sir khiā--khí-lâi, gún lóng m̄ kánn tshut-siann. Ah! Sī Lín (林; リン)--sàng, i sī gún tsit pan thâu tsi̍t ê tih-berh kiat-hun ê hȧk-sing. Guá khuànn-tiȯh ng eh i ê bīn ê hit tiâu pėh tshiú-kun, khí-khí-lȯh-lȯh leh tsùn, hiông-hiông guá ê sim-thâu iā hōo i ìn-khí tuā pho-lōng. I pîng-siông-sî bô siánn leh piáu-tȧt ka-kī ê kám-tsîng, tsit-má kìng-liân tsiah-nī-á ki̍k-tōng!

"Bȯk-tsiân, pit-giȧp tuì lín tȧk-ke lâi kóng, khak-si̍t sī tsi̍t kiānn hōo lín kám-kak sim-tsîng tîm-tāng, sim-sng ê tāi-tsì, tān-sī, ē-tàng ū tsit khuán ê sim-tsîng, sī in-uī lín tú-hó sī tī-leh hīng-hok-tiong. Uī-tiȯh m̄-kam lín ê siàu-lír sî-tāi tih-berh kèr--khìr, lín nā ū bȧk-sái, tiō hó-

hó-á hōo lâu--tshut-lâi, buē-iàng-kín. Ē-tàng khàu--tshut-lâi ê bak-sái sī tin-kuì--ê. Lāu-sir sui-liân pîng-siông-sī, tiānn-tiānn hiâm lín tshiùnn ê im-kai liah bô tsún--lah, liān-sip ê thāi-tōo bô-kàu līn-tsin--lah, tíng-tíng, tān-sī tú-tioh tih-berh kah lín lī-piat, tsit-tsūn lāu-sir ê sim-thâu mā ē sng, tsí-sī guá bián-kióng lún--loh-lâi. Lín nā í guá ê lip-tiūnn thè guá siūnn-khuànn, lāu-sir muí tsit nî lóng leh sàng hak-sing lī-khui, sî-siông ū tsit khuán kám-siong ê sim-tsîng, lāu-sir kám m̄ sī pí lín koh-khah khónn-liân?

"Hó--ah, tak-ke lóng tsín-tsok--khí-lâi, huann-huann-hí-hí kiânn-tshut hāu-mn̂g. Biān-tuì lîn-sing ê lōo-tôo, buē-īng-eh kan-na tī-leh lâu bak-sái, iā buē-sái ì-khì-iōng-sīr, pit-su iōng tsin-sim sîng-ì lâi kiânn. Tse m̄ sī tshìn-tshái kóng-kóng huah-huah--eh tiō hó, sī su-iàu līn-tsin khìr tsò--ê. Āu-lit-á, lín sóo biān-tuì ê tsîng-hîng, it-tīng sī kah kèr-khìr bô kāng-khuán, muí ê lâng lóng ē tn̄g-tioh lîn-sing-tiong ê khùn-lân, ah-sī tsiok huann-hí ê hó tāi-tsì, tshiánn lín ài ē-kì--eh, pi-siong ê sî, ài théh-tshut ióng-khì, tik-ì ê sî, iā m̄-thang kiau-ngōo tshàu-tshìng, su-iàu í khiam-pi, sīn-tiōng ê thāi-tōo lâi kiânn. Guá m̄ sī leh tuì lín kóng tsit-kuá khang-uē, tse lóng sī guá ka-kī kiânn-kèr lîn-sing ê kham-

kham-khiȧt-khiȧt, sı̍t-tsè thé-giām--kèr-lâi ê kám-sióng, sī guá berh khóo-khǹg--lín ê sim-lāi-uē. Tsit kuá uē lín huān-sè tsit-má tsı̍t-sî bô-huat-tōo lí-kái, tān-sī í-āu, tẽ iá-koh tsin tn̂g ê lîn-sing-tiong, ū tsı̍t kang, bô-tik-khak lín ē siūnn-khí tẽ im-gȧk kàu-sik hit ê lāu-sir kóng--kèr ê uē. Guá mā sī in-uī tsı̍t-sî muá-pak ê kám-tshiok, tsiah kóng-tshut tsit kuá uē——pún-tué lín tiō sī iu-siù ê hȧk-sing. M̄ sī lāu-sir thiau-kang leh po--lín, lín lóng sī un-sûn ê tsa-bóo gín-á, hi-bāng lín ē-kì-eh lín tsit-tsūn ê khì-tsit, tsiong tsit khuán ê khì-tsit íng-uán pó-tsûn--lȯh-khìr.

'Ū iu-ngá, bí-lē ê khì-tsit, iā ài tsò tsı̍t ê siú tsun-giâm ê lír-tsír'

"Tse sī guá ka-kī pîng-siông-sî ê sìn-tiâu, tann lín berh lī-khui hȧk-hāu--ah, guá siūnn-berh iōng tsit kù sàng--lín."

Thiann-tiȯh lāu-sir hut-liân kóng-tshut i ê sim-lāi-uē, siann-im siok-bȯk tîm-tāng, tȧk-ke lóng tsiok siū kám-tōng, tsuân pan hȧk-sing thâu luê-luê, tsı̍t-ê-á-tsı̍t-ê tī-leh kám-siong lâu bȧk-sái. Guá bô khàu, khàu buē tshut--lâi, lāu-sir ê uē, hōo guá kám-kak-tiȯh tsı̍t káng sio-khì tsáu-piàn tsuân-sin. Guá tiām-tiām-á gia̍h-thâu, tsha-put-to sī berh tsún-pī tiong-tàu tshan-huē ê sî-tsūn--looh. Tú-hó khuànn-tio̍h kē nî-kip ê ha̍k-sing uì gún kàu-sik thang-á-mn̂g-pinn kiânn--kèr, in phâng tsi̍t-kuá sa-kú-lah móo-tsih (桜餅) kah tsi-lá-sih jír-sih (ちらし寿司) kiânn hiòng si̍t-tn̂g, hōo guá siūnn-khí kin-á-li̍t tiō sī sann-ge̍rh tshue-sann Thô-hue-tsiat--lah! In kiânn--kèr ê sî, iā hiòng gún kàu-sik thau siam--tsi̍t-ē, ba̍k-tsiu tú-hó kah guá sann-tuì-siòng!

Gún im-ga̍k lāu-sir, i tsin sik-ha̍p tshīng oo-sik, khuah-niá ê Li̍t-pún ua-hú-kuh (和服), ū ko-ngá, gē-su̍t-ka ê khì-tsit, sī gún sóo kah-ì ê lāu-sir. I tē hia kóng kui-poo kú ê uē liáu-āu, siah sîn-sîn, m̄ tsai berh án-tsuánn, tiō koh ua̍t-thâu biān-tuì kn̂g-khîm tsēr--lo̍h-lâi. Guá í-king bô sim-tsîng tshiùnn-kua--looh, ba̍k-tsiu khuànn tuì thang-á-guā ê hāu-hn̂g kíng-sik, tshàn-lān ê li̍t-kong tsiò-tio̍h khu-lóo-tóng (クロトン), tshiū-á-ki-tíng, ū tsi̍t tsiah m̄ tsai siánn-mé tsiáu, i kánn-ná hiông-hiông siūnn-khí siánn, "tsiu tsiu" kiò--kuí-siann tiō per-tsáu--ah. "Phut-sss!" Tuì ha̍k-hāu ê siā-tsìnn liān-si̍p-tiûnn thuân-lâi khin-khuài ê tsi̍t siann, m̄ tsai sánn-lâng siā-tio̍h tsìnn-pé--looh.

Tuì hit kang khai-sí, ta̍k-ke koh-khah khak-si̍t kám-siū-tio̍h pit-gia̍p ê li̍t-tsí berh kàu--ah, iû-kî sī í-king tīng-hun, tih-berh kiat-hun ê tông-ha̍k, kám-tshiok tsin tshim. Uī-tio̍h berh hó-hó tsiáng-ap tse tshun bô guā-tsuē ê siàu-lír suè-gua̍t, í-tsîng bô leh phah the-ní-sirh (bāng-kiû)--ê, tsit-má iā lia̍t-sim leh phah, ū ê lâng iā sann-tsio kiat-phuānn khì kau-iû, ta̍k-ke lóng leh bô-îng, siūnn-berh tsīn-liōng lī-iōng tse tsuè-āu ê ki-huē tsuè-hér, án-ne āu-li̍t-á tsiah buē ū siánn-mé uî-hām.

Gún tsuân pan ê ha̍k-sing khah bô sì-tsa̍p lâng, kî-tiong ê Tâi-uân-lâng hun-tsò sann tsoo, tsi̍t tsoo sī put-tsí-á ē kóng-tshut tsú-kiàn ê Siá (謝; シャ)--sàng tshuā-thâu ê la̍k lâng sió-tsoo, hit la̍k ê lóng sī piau-tsún ê hó koo-niû, ū sì uī í-king tīng-hun--ah. Līng tsi̍t tsoo sī tshin-tshiūnn “sai-kong-á-sīn-pue” tiānn-tiānn liâm tsò-hér ê nn̄g lâng sió-tsoo, tī-leh gún hit pan bô siánn-mé íng-hióng-la̍t, sī uì tsng-kha lâi--ê, sī hiah-nī-á phian-phiah ê sóo-tsāi, hōo lâng siūnn-buē-kàu hia iā ē tshut lír-ha̍k-hāu ê pit-gia̍p-sing lâi tsia tha̍k! Koh-lâi tiō sī ū sió-khuá lī-phóo, ū ka-kī ê tsú-tiunn ê sann lâng sió-tsoo, Tsu-ìng, Tshuì-uán, kah guá. Gún sann lâng iok-sok, tē gún pit-gia̍p-āu iā bô ài suî-suî kái-piàn gún ê sing-ua̍h tsōng-hóng, nā tsiong-lâi ū lâng puann lī-khui, a̍h-sī kiat-hun, mā tsua̍t-tuì tio̍h-ài kè-sio̍k pó-tshî gún sann lâng tsi-kan ê iú-tsîng.

"'Kiám-tsh᷄ái kiat-hun hit kang tsin kín tiō kàu--ah. Nā-sī hun-in sîng-kong bí-buán, tē móo tsi̍t tsām sî-kan-lāi, siàu-lír tsi-kan ê iú-tsîng, sī m̄ sī ē tsũn-na pìnn po̍h--khìr? In-uī nn̄g ê kiông-lia̍t ê kám-tsîng sī tsin phái tông-sî tsûn-tsāi--ê.' Í-siōng tsit kù Huat-kok tsok-ka Moo-lóo-à tuì 'iú-tsîng' ê khuànn-huat, lín kám-kak án-tsuánn?"

Khó-sioh, Tshuì-uán, Tsu-ìng kah guá, iá buē-hù huán-pok, gún tiō tē hér-kim-koo ting, thang-guā ìng serh ê pit-gia̍p kua-siann-tiong, ta̍h-tshut hāu-mn̂g--ah.

II

Pit-gia̍p kah kiat-hun, tuì siàu-liân ê gún, buē-su kánn-ná tsiah kèr tsi̍t iân po̍h piah nā-niā. Khah bô tsi̍t nî, tiō thiann-kóng í-king ū kuí-nā ê ha̍k-sing khìr ha̍k-hāu pun tīng-hun lé-piánn, a̍h-sī sàng kiat-hun hí-thiap hōo lāu-sir. Guá mā hōo lâng tshiánn khìr "Hông-lâi Koh" tsia̍h hí-tsiú nn̄g pái. Sn̂g--khí-lâi, gún tsit pan, í-king ū tsi̍t-puànn ê ha̍k-sing kè--lâng--ah. Tsit kuá ha̍k-sing tsāi-ha̍k sî, tiō leh tsún-pī berh tshut-kè ê tāi-tsì. Sui-liân iā ē-īng-eh lí-kái in sī leh tui-kiû ka-kī sió thinn-tuē-lāi ê hīng-hok, tān-sī iā kám-kak in kánn-ná ū tām-pȯh-á tan-sûn. (Án-ne kóng, bô-tik-khak lâng ē bô huann-hí, tān-sī guá khak-sı̍t ū tsit khuán ê siūnn-huat.) Hiah-nī-á kán-tan tiō kuánn-kín tshut-kè, guá kám-kak tsit khuán ê lîn-sing kánn-ná ū khiàm kuá siánn-mé, ū tām-pȯh-á uî-hām.

"Kan-na lín ê sann lâng sió-tsoo iá-koh sī leh kian-tshî, bô tōng-tsīng--ooh?"

Phái-sè, gún tāi-kài sī bô lâng berh--ah! Kî-sı̍t m̄ sī án-ne, gún sī tē "tsīr-ngóo" ê sè-kài, tsin līn-tsin leh lâi-huê sir-khó.

Tuà eh Suann-lîng-poo ê a-koo hit-tsūn sî-siông lâi gún tau, I tsı̍t khul-tshuì tiō tuì guá kóng: "Lír í-king tshut-giȧp--ah, iā buē tsió hèr, ū hó ê tuì-siōng ȧh m̄ kè, ná ū lâng án-ne--ê!"

I koh tuì guá kóng: "Tuì-hong sī i-sing, tsiong-lâi ū hó ê siu-lı̍p. Lâng koh láu-sı̍t, bô tsiȧh hun, bô tsiȧh tsiú, sing-uȧh phoh-sı̍t khûn-khiām, tse lóng sī guá tshin-bȧk khuànn--tiȯh--ê, ē-īng-eh kā lír pó-tsìng, lír ē-tàng hòng-sim kè hōo--i." "Lín lāu-bú í-king kèr-sin--looh, lāu-pē iā ū-hèr--ah, lír buē-īng-eh tsiah-nī-á kòo-tsip, ài hó-hó khó-līr tsit kiānn tāi-tsì."

A-koo tı̍t-tı̍t kóng buē suah, khuànn guá tiām-tiām,

i tsűn-na bȧk-tsiu liȧh guá kim-kim-khuànn, siūnn-berh uì guá ê bīn tshēr-tshut tsi̍t-si-á tah-ìng ê ì-sìr.

"Tē̋ gún kóo-tsá ê sî-tāi, nā ū lâng lâi thê-tshin, mā kan-na ē-īng-eh ka-kī bih--khí-lâi, ná ē-īng-eh kóng-tshut ka-kī ê sim-ì? Lír tsit-má khónn-lîng iā phái-sè piáu-sī lír ê ì-guān. Lír nā bô kóng siánn, guá tiō liȧh-tsűn lír í-king tah-ìng, lâi tsìn-hîng tsún-pī--looh."

"A-koo——, bān-tshiánn——, guá bô ài án-ne tiō suî-piān kiat-hun."

"Tiō sī kóng--mah, kiat-hun sī lîn-sing tāi-sīr, guá ná ē kā guá kóo-tsui ê tsa-bóo sun-á tshìn-tshái kè--tshut-khìr? Lír nā kau hōo guá lâi pān, tē̋ tīng-hun tsìn-tsîng, guá tsóng-sī ē an-pâi hōo lín siàu-liân-lâng kìnn tsi̍t-ē bīn, hōo-siong kóng kuá uē. A-koo sui-liân sī sinn eh kóo-tsá siā-huē ê lâng, iā bô phah-sn̂g berh iōng gún kèr-khìr ê hong-sik, liân tuì-hong sinn-tsò siánn-khuán, iā tiȯh tán kah kiat-hun hit kang tsiah tsai-iánn!"

Tse sī guá thâu tsi̍t pái hōo lâng thê-khí hun-sīr, thé-giām-tiȯh tse tsóng-sī ē hōo lâng phái-sè bīn-âng ê tāi-tsì, guá tsi̍t hong-bīn hī-khang ná leh thiann a-koo ê uē, guá ê tshiú sī tsi̍t iȧh koh tsi̍t iȧh, ti̍t-ti̍t leh hian guá tshiú-thâu ê tsir.

A-koo kóng-suah, kiânn-tshut guá ê pâng-king, leh

thȧk tiong-hȧk ê ti̍t-á tú-hó lâi-kàu lâu-tíng. "Heh-heh, sī berh tsò sin-niû-á ê tāi-tsì, hōnn? Kín kè--tshut-khìr suah--lah. Tsa-bóo-lâng, m̄-kuán leh kóng siánn-mé tuā-uē, sî kàu tsóng--sī tsi̍t-ê-á tsi̍t-ê kuai-kuai-á kè--tshut-khìr."

"Oo-peh kóng! Lír ké-gâu!" Tsióng-tsióng ê kám-siū tshiong-muá guá ê sim, uân-tsuân bô hit ê sim-tsîng koh khìr tuì tsit ê bô kui-kír ê kâu-gín-á i sóo kóng ê uē lâi siū-khì.

"Tuì-hong sī sánn-n̂g? Guá tsai--ah, guá tsai--ah, sī i-sing, tio̍h--bô? Guá lâi therè lír tshēr tsi̍t ê hȧk-hāu ê siān-pái lâi kā tiâu-tsa--tsi̍t-ē, hó--bô?"

"Mài koh lo-so--ah."

"Sī——, sī——, guá ê tuā-sió-tsiá, án-ne tiō hōo lír ka-kī tsi̍t ê khìr tȧuh-tȧuh-á huân-ló!"

Guá ê tông-hȧk in khónn-lîng tiō sī tshin-tshiūnn án-ne hōo lâng thê-tshin, thiann lâng siann-siann-kù-kù kóng tuì-hong sī guā hó koh guā hó tsi-hā, tsūn-án-ne tah-ìng hun-sīr, liân-āu tiō kè--tshut-khìr--looh. Tsa-bóo-lâng ê it-sing, uì bóng-tóng bû-ti ê âng-inn-á sî-tsūn khai-sí, king-kèr iù-nî, suà--lȯh-khìr tiō sī thȧk tsi̍t ê hȧk-hāu koh tsi̍t ê hȧk-hāu, iá bô sî-kan tháu tsi̍t kháu khuì ê sî, tiō koh suî-suî hōo lâng tshui kóng tio̍h-ài tshut-kè, liân-āu tē sinn-kiánn, io-kiánn tiong thua-buâ, bô-guā-kú tiō lāu--khìr, sí--khìr. Tī-leh tse kèr-tîng-tiong, kám-kóng lóng kan-na kā ka-kī pàng hōo miā-ūn ê an-pâi, siah bô khó-līr-tio̍h kò-lîn ê kám-tsîng kah ì-tsì? Ah, guá iā m̄ sī án-ne berh tsuân-puânn huâi-gî--lah, guá tsí-sī tuì iá bô sim-lí tsún-pī tiō berh hōo lâng an-pâi kiat-hun tsit kiānn tāi-tsì, kám-kak put-an, kah bô-huat-tōo lí-kái. Kám-kóng muí tsi̍t uī kiat-hun ê tông-ha̍k, in lóng sī ka-kī huann-hí kam-guān, tah-ìng berh tshut-kè--ê? Tē sim-tsîng bâng-bâng tsi-hā, ná ē-īng-eh tiō kuat-tīng tsiong-sin tāi-sīr? Guá tsiok hi-bāng ē-īng-eh tsīng--lo̍h-lâi, ū tshuán-khuì ê sî-kan kah khong-kan, sing hó-hó-á lâi liáu-kái guá ka-kī. Kèr-khìr lī-tsa̍p tang ê suè-gua̍t, guá iā ū king-li̍k thòng-khóo kah pi-siong, mā iá bô-îng thang khuànn-tshing ka-kī. Ah——, kóng kah siunn giâm-tiōng--looh, guá tsí-put-kò sī phái-thì-thâu, bô berh kuai-kuai sūn-tsiông tshut-kè nā-niā.

Ū tsi̍t kang, guá thàu-tsá tiō hōng kiò khí-tshn̂g, kóng sī gún lāu-pē kiò guá khìr. M̄ tsai sī siánn-mé tāi-tsì? Guá lóng siūnn-bô. Iá-koh put-tsí-á tsá, tāi-kài lāu-pē àm-sî khùn buē khìr. Hián-liân i iá-sī tshínn--eh, put-sî tiō thiann-tio̍h i leh khuh-sàu.

Tsîng gún lāu-bú kèr-sin liáu-āu, guá kah lāu-pē ê kuan-hē, ē-sái kóng, tîr-khí berh kā i thó-tsînn ê sî, tsiah ū khui-tshuì, pîng-siông-sî hōo-siong pīng bô siánn-mé tshin-tshiat, un-luán ê tuì-uē. Tse khónn-lîng sī in-uī gún lāu-pē ū kóo-tsá ê thuân-thóng kuan-liām, bô siūnn-berh tuì tsa-bóo-kiánn piáu-tát-tshut i ê kuan-ài. Lî-tshiánn in-uī guá sī lāu-bú ê sim-kuann-kiánn, tē lāu-bú ê thiànn-thàng-tiong, tsīr-iû-tsīr-tsāi tuā-hàn, it-tàn lāu-bú kèr-sin--khìr, guá siah piàn tsi̍t ê lâng, tī-leh tshù--eh, iā bô siánn ài kóng-uē. M̄ tsai lāu-pē kám ū thiànn--guá? Siū-tio̍h hiān-tāi kàu-io̍k ê guá, tong-liân iā hi-bāng ē-īng-eh tshin-tshiūnn tông-ha̍k án-ne kah ka-kī ê lāu-pē tshin-kūn, ū siánn-mé siūnn-huat, lóng ē-sái tuì i kóng, a̍h-sī kā i sai-nai, thó-tang-thó-sai. Guá sī tsiok hi-bāng gún lāu-pē ē-tàng tuì guá piáu-tát-tshut i ê kám-tsîng, tì-sír guá liân put-ing-kai huâi-gî ê hū-ài, iā bô pá-ak, siah leh oo-pe̍h tshai-gî.

Ē-kì-eh gún lāu-bú kèr-sin nn̄g sann nî liáu-āu, la̍k-tsa̍p-kuí hèr ê lāu-pē ū tsi̍t pái hiông-hiông phuà tuā-pīnn, siah bô-huat-tōo tsiàu pîng-siông-sî án-ne khìr hiān-tiûnn kàm-kang. Hit-tsūn guá iá tī-leh "lír-ha̍k-hāu". Nā-sī lāu-pē iā kèr-sin--khìr, guá sī berh án-tsuánn--ah! Pi-siong-tiong guá kian-kiông iōng tsuân-sim lâi kiû sîn-bîng, pó-pì i pîng-an, guá sīm-tsì pí gún lāu-bú tī-leh pīnn-tshn̂g ê sî, koh-khah iōng-sim kî-tó. (Îng-pái guá si̍t-tsāi thài m̄ pat tāi-tsì ê giâm-tiōng-sìng.)

Guá tē sim-lāi huah: "Tó tsi̍t uī sîn-bîng lóng hó, kok-hong ê sîn-bîng--ah, tshiánn lín tio̍h-ài lâi thiann guá tsit ê khó-liân ê siàu-lír ê kî-tó--ah. A-pâ sī guá tī tse sè-siōng, tshun--lo̍h-lâi uî-it ē-tàng uá-khò ê tshin-lâng, sui-liân i tsi̍t ê bīn àu-tu̍h-tu̍h, bô kóng-tshut siánn-mé tshin-tshiat ê uē."

Guá tsiok huân-ló lāu-pē ê sin-thé, m̄-kuán sī guá berh khìr ha̍k-hāu í-tsîng, a̍h-sī tò-tńg-lâi tshù ê sî, lóng khiā eh tshù-lāi gún lāu-bú ê sîn-tsú-pâi-á tsîng, it-ti̍t kî-tó. Tān-sī, guá sī tsi̍t ê buē-hiáng iōng tshuì kóng-tshut ka-kī ê sim-tsîng ê tsa-bóo-kiánn.

"I kánn-ná m̄ sī guá ê tsa-bóo-kiánn, tuì guá tsit ê phuà-pīnn kah kiōng-berh kiânn--khìr ê lāu-pē, liân kóng kah tsi̍t-kù-á thé-thiap ê uē mā bô, uì guá ê bîn-tshn̂g-thâu kiânn--kèr ê sî, lóng tiām-tiām bô kóng kah puànn kù uē."

Lāu-pē siong-sim tī-leh tuì lâi kā i thàm-pīnn ê tshin-tsiânn án-ne tâu. Guá thiann--tio̍h, siah siong-sim kah khàu--tshut-lâi, kám-kak hui-siông ê koo-tuann. Í-tsîng lāu-bú tī-leh pīnn-tshn̂g ê sî, iā pat kám-thàn tuì lâng kóng: "Bô-tsháiˊ kā i thiànn kah án-ne-sinn!" Tuì gún lāu-bú hōo guá bû-hān ê ài, guá iá bô līm-hô pò-tap, liân tsi̍t kù an-uì i ê uē lóng iá-bē̄r kóng, i tiō kèr-sin--ah. Tsit-má koh thiann-tio̍h gún lāu-pē siong-sim leh kóng, guá tsiok khì guá ka-kī ná ē án-ne, hiō-hué kah berh-sí, mā buē-hù--ah, ba̍k-sái tuā lia̍p suè lia̍p siah lo̍h buē thîng.

"A-pâ, berh tsia̍h bêr--bô?" Guá hōo tshù ê lâng it-ti̍t khóo-khǹg liáu-āu, sim-lāi iá-koh tám-tám, kiânn-khìr i ê bîn-tshn̂g-thâu kā i tshíng-an ê sî, kóng-tshut tsit kù.

"Guá siánn-mé lóng bô ài!" A-pâ tuā-siann heh--tsi̍t-kù. Tuā-siann kah hōo lâng ē siūnn-khí i iá-bēr phuà-pīnn í-tsîng ê tuā siann-liōng.

Gún sui-liân tiō sī án-ne ê hū-lír kuan-hē, tān-sī tsîng guá uì "lír-ha̍k-hāu" pit-gia̍p-āu, koh kè-sio̍k sing-ha̍k í-lâi, iā khah ē-hiáng kuan-tshat, sî-sî ū huat-kak-tio̍h kèr-khìr bô tsù-ì--tio̍h ê lāu-pē ê iōng-sim, i tuì guá ê bî-bî-á ê ài-sim. Guá siūnn, hân-bān piáu-ta̍t-tshut ka-kī lāi-sim ê ài, bô-tik-khak sī lán Tâi-uân-lâng tsin phóo-phiàn ê sìng-keh. Khuànn gún lāu-pē, lāu-bú, kah guá ka-kī, guá hut-liân huat-hiān-tio̍h tsit ê thong-sìng.

Tsit-má, gún lāu-pē siah ū tāi-tsì berh tuì guá

kóng, tse sī tsin hán--eh ê hiān-siōng--ah. Guá kiânn uá-khìr i hia ê sî, iá-sī tshin-tshiūnn íng-pái án-ne sim-lāi kiann-kiann.

"Huī-ing!"

Hōo lāu-pē huah--tsi̍t-siann, kiann tsi̍t tiô, kui ê lâng siah tìng eh hia. Hian-khui a-pâ ê báng-tà, tsi̍t-ē-á tiō iánn-tio̍h i khì-sik bô hó ê bīn, guá thâu-khak suî-suî koh ànn--lo̍h-khìr.

"A-koo iā ū kā lír kóng--kèr--ah, hit kiānn tshin-tsiânn, guá sī tsàn-sîng. Ún-tiōng, khó-khò, līn-tsin, khíng phah-piànn ê tshing-liân-lâng, sī ē-tàng thok tsiong-sin ê kiat-hun tuì-siōng. Tsâi-sán tsuē-tsió m̄ sī būn-tuê, tsit kiānn tāi-tsì, lír buē-sái koh tshin-tshiūnn íng-pái án-ne kòo-tsip."

A-pâ ê uē, tsi̍t kù tsi̍t kù tîm-tāng ê siann, tn̂g-li̍p guá ê sim-kuann.

"Thiann-kóng lír tiānn-tiānn leh uàn-thàn kóng, lín lāu-bú nā iá-koh tī--eh tiō án-tsuánn koh án-tsuánn. Kì-si̍t, guá mā kah lín lāu-bú sâng-khuán, sīr-sīr uī-tio̍h lír siat-sióng, uī lír leh tshau-huân. Tsóng--sī, tsit pái lír tio̍h-ài siūnn hōo tshing-tshó, hó-hó-á khó-līr--tsi̍t-ē."

Lāu-pē ê uē, lâu-tshut hiah-nī-á tshin-tshiat ê kuan-ài, hōo guá kuat-tīng, bô tiō-án-ne tah-ìng tshut-kè--lah. Tsit pái put-tik-put tsiong guá kèr-khìr hit kuá bô-huat-tōo piáu-bîng ê tiû-tû pàng-sak.

Guá siá phue hōo guá sóo khim-phuè ê lī-ko, i hit-tsūn iá tuà eh lâm-pōo, guá hiòng i kóng-tshut guá ê sim-kíng. Bô siūnn-tio̍h i tuì guá hiah-nī-á ū lí-kái, i ê huê-phue hōo guá tsiok kám-tōng--ê:

"Guá tsiok liáu-kái lír ê sim-ì, mā tsiok tsai-iánn lāu-pē ê sim-tsîng. Guá pīng bô līn-uî lír sim-lāi ê tiû-tû kan-na sī siàu-lír bo̍k-bîng-kî-miāu ê kám-siong. Sui-liân lír bô ti̍k-pia̍t tuì guá kóng-tshut siánn-mé, tān-sī lán sī hiat-be̍h sio-liân ê hiann-bēr, lír ê sìng-keh, guá tsiok liáu-kái. Nā-tsún kóng lír ê pîng-iú, in ē-īng-eh tī-leh bâng-bâng ê sim-kíng-hā tiō lūn kè-tshuā, uānn-tsò lír, tiō buē-sái--ah. Lír bô khónn-lîng hiah-nī kán-tan tiō kam-guān tsiap-siū--ê. Tsit khuán tsîng-hîng tsin phái kóng sī khah hó ah-sī m̄ hó, tse tsóng-sī lír pún-lâng ê sìng-keh. Tāi-thé-siōng, sūn ka-kī ê pún-sìng lâi tsò tiō hó! Lír kóng uī-tio̍h bô ài hōo lāu-pē huân-ló tsiah kuat-tīng berh kiat-hun, nā án-ne lír tiō m̄-tio̍h--looh. Lāu-pē kah guá, gún lóng hi-bāng lír ē-tàng hīng-hok kèr it-sing. Lír nā ē-īng-eh tsin-tsiànn kám-kak hīng-hok, gún tsiah ē an-sim. Lír nā bián-kióng ka-kī, tiō-án-ne kiat-hun, bô-tik-khak kan-na tsi̍t-sî hōo lāu-pē kiò-sī uân-sîng tsi̍t kiānn tāi-sīr lâi hòng-sim, tān-sī, Huī-ing, lír nā kè--khìr, bô kám-kak hīng-hok, tse sī berh án-tsuánn? Tse kám buē hōo lāu-pē koh-khah huân-ló? Ah-bô, án-ne--lah, guá tsiah siá phue hōo a-pâ, kā i suat-bîng. Lír iá-koh siàu-liân, uī-tio̍h ài tshiong-hun thé-giām lîn-sing, tiō-án-ne pó-tshî hiān-tsōng iā buē-bái!"

Tiō-án-ne, guá koh tōo-kèr tsi̍t kuan, ē-īng-eh koh kian-tshî ka-kī ê pún-ì. Iá-m̄-koh guá mā ū tsia̍h-tio̍h khóo tsir-bī. Tē ha̍k-hāu tsāi-ha̍k-tiong tiō tīng-hun ê pîng-iú, kán-tan-kán-tan, kánn-ná bô tsia̍h-tio̍h siánn-mé khóo, tsì-tsió, uì in hit-tsūn tē ha̍k-hāu lóng kah pîng-siông-sī kāng-khuán ê tsîng-hîng khuànn--khí-lâi, guá siūnn tāi-kài tiō sī án-ne.

Ū tsi̍t pái, ko--koh in tē sīr-gia̍p-siōng, m̄ tsai ū siánn-mé sit-kak-tshat, a-pâ tuā-huat-luî-kong, khì kah liân guá hit kiānn tāi-tsì, iā koh the̍h tshut-lâi liām.

"Lín tsîng suè-hàn tiō hōo lāu-bú thiànn kah sīng-phái--khìr, m̄ tsai thinn-kuân-tē-khuah! Tsit ê Huī-ing, thài hó-khuán--ah! Sî-siōng lóng kóng tsi̍t-kuá tsīr-tsok-tsīr-tsuan ê uē, tsiong-lâi nā bô lâng berh ti̍h, guá mā m̄ tshap--ah!"

Guá kiu eh pinn-pinn--a, sim-kuann-lāi leh siūnn:

"A-pâ, guá tsí-put-kò sī lír khónn-liân ê tsa-bóo-kiánn. Lír sī guá tshin-ài ê a-pâ--ah."

III

Tsu-ìng, Tshuì-uán kah guá ê sann lâng sió-tsoo, tē pit-giáp-āu, muí kò gerh sio-kìnn-bīn tsit pái. Tsuè-tīn khìr khuànn tiān-iánn, hōo-siong kau-uānn tsir ah-sī tsap-tsì lâi khuànn, tse tsīng-hīng kah gún tsāi-hak-tiong ê sî, tsha bô guā tsuē. Tān-sī ē-tàng sio-kìnn-bīn ê ki-huē pí pún-lâi siūnn--ê kiám tsiok tsuē, sui-liân iá-sī ū uî-hām, tān-sī tsit khuán ê tsū-huē, í-king tsir-lūn gún ê sing-uah.

Gún tú pit-giap ê sî, ū tsit pún sin tshut-pán ê tsir "Mu-sír-meh Jî-tái" (娘時代) tsin hong-tōng, thok-tsiá tsin tsuē. Hit pún tsir, tsiong gún tsit kuá bī-hun siàu-lír kóng buē tshing ê sim-sir, kóng buē tshut-tshuì ê huân-ló siá--tshut-lâi, gún tsiok ū tông-kám. Tān-sī, hit pún tsir sī Lit-pún-lâng sóo siá--ê, lāi-iông iá-sī ū kah gún tsit kuá tē Tâi-uân tuā-hàn--ê ū kuá bô-kâng ê sóo-tsāi. Ah nā án-ne, gún koh sī iōng siánn-mé khuán ê sim-tsīng leh khuànn-thāi tsit tsām berh tshut-kè í-tsīng ê koo-niû sî-tāi? Sui-liân kóng, tse sī gún tsit-má tú leh tshin-sin thé-giām, mā sī gán-tsiân ê kám-siū, tān-sī berh kuan-tshat-tshut siánn-mé kū-thé ê hîng-sik, ȧh-sī berh tsin-tsiànn kóng-tshut siánn-mé, sī tsiok khùn-lân--ê. Gún kan-na tsai-iánn gún sī giap tī-leh “tsun-tsiàu kóo-hong” kah “kiânn hiòng sin sè-tāi” tsit nn̄g kóo li̍k-liōng ê kiông-lia̍t tshiong-tu̍t-tiong.

Ū tsi̍t kang, gún sann ê khìr khuànn tiān-iánn, liáu-āu sīn-suà khìr pài-hóng tsi̍t uī tsāi-ha̍k-tiong tiō thèr-ha̍k khìr kiat-hun, tsò i-sing-niû ê tông-ha̍k. I ê sing-ua̍h í-king an-tùn--lo̍h-lâi--ah, kan-na leh tán berh tsò má-mah. I tú kiat-hun bô-guā-kú ê sî, gún pat khìr tshēr--i. Hit-tsūn, gún tsi̍t kóng-khí bú-ài, io-kiánn, tsit luī ê uē, i tiō kám-kak gāi-gio̍h, hōo gún kám-kak i sī kuài-lâng. Sánn-lâng tsai-iánn tsit pái gún tsi̍t li̍p-khìr in tau, i tiō suî-suî giú gún khìr khuànn kuà eh in tau ê piah ê tsi̍t pak iû-uē, he sī tsi̍t kûn gín-á tē̃ tsháu-poo-á huann-huann-hí-hí leh thit-thô ê tôo.

I koh kóng: “Ū ka-tîng liáu-āu, iá-sī tshin-tshiūnn ha̍k-sing sî-tāi, siōng huann-hí sī tú-tio̍h lé-pài-li̍t, ē-īng-eh khìr khuànn tiān-iánn, tshut-khìr thit-thô kah phí-ku̍h-ni̍h-kuh, tsiok khuài-lo̍k--ê. Berh tn̍g-lâi tshù--eh tsìn-tsîng, tiō sīn-suà khìr Kha-tá-kú-lah thong tsia̍h sír-sih, lim sio-kún-kún ê bàn-tsià, tsit khuán khuài-lo̍k, lín nā bô ka-kī án-ne sing-ua̍h, tiō bô-huat-tōo thé-huē.”

"Tān-sī, la̍p-tsînn ê sî-tsūn, tiō ài la̍p nn̄g lâng hūn, sóo-í gōo én (円) tsó-iū ê sóo-huì, kánn-ná ū tshah si̍t, tsi̍t-ē-á tiō per bô--khìr--ah." Thiann i āu-lâi póo ê tsit kù, í-king tshin-tshiūnn tsiok gâu tia̍k sǹg-puânn, piau-tsún ê ka-tîng tsú-hū. I koh suà-leh kóng, i kūn-lâi iā piàn-tsò tuì "E-nóo-khén" (榎健), "Lop-pah" (緑波) ê hí-ki̍k kah "tshiáng-bá-lah" (チャンバラ) hit luī ê tiān-iánn ū tshù-bī. I siah ti̍t-ti̍t kóng lóng buē suah, kánn-ná sī tsuan-bûn leh tán gún lâi tsò i ê thiann-tsiòng, thang hōo i iōng "kiat-hun sián-pái" ê sin-hūn lâi tuā huat gī-lūn kèr-giàn--ê.

Gún ta̍k-pái nā siūnn-berh liáu-kái kiat-hun í-āu ê sing-ua̍h tsîng-hîng, tiō sann-iok khìr Tâi-pak Tuā-kiô-thâu hù-kūn tsit uī i-sing thài-thài ê tshù. Gún ba̍k-tsiu sì-kerè khuànn, àm-tiong kuan-tshat, ū huat-hiān i í-king m̄ sī tshin-tshiūnn i tú-á kiat-hun hit-tsūn án-ne tsù-tiōng sann-tshīng, tshù-lāi iā bô khuán kah hiah-nī-á tsíng-tsuê--looh.

"Lín sann ê tiong-kan, sánn-lâng ē siōng tsá kiat-hun?" I ê ba̍k-tsiu thiau-kang tē gún sann ê ê sing-ku sérh-lâi-sérh-khìr, siūnn-berh tshē-tshut siánn-mé suànn-soh.

"Tāi-kài sī Tshuì-uán--lah." I tsuè-āu tsóng-sī tiám-tio̍h Tshuì-uán——tsit ê sann-tshīng káng-kiù, ka-tîng hù-jū ê tshian-kim sió-tsiá.

I nā hiah-nī-á ài tsai-iánn, kui-khì khìr the̍h tsi̍t pún sǹg-miā-tsir lâi hian khuànn-māi, án-ne m̄-tiō hó!

"Huán-tsìng guá sī siōng suah-bér--ê." Ū oo-kim-kim ê tuā luí ba̍k-tsiu ê Tsu-ìng tiānn-tiānn án-ne kóng. Khónn-lîng sī khan-sia̍p-tio̍h i ê ka-tîng puē-kíng. Muí pái thiann i án-ne kóng, guá sim-lāi iā tsin m̄-kam.

"Lín sann ê lóng khah kín kiat-hun--lah! Tsiah ē tsai-iánn lîn-sing tsin-tsiànn ê tsir-bī!" Muí pái khai-káng suah, gún berh tńg-khìr tshù--eh ê sî, tsit uī i-sing thài-thài tiō koh iōng láu tsir-keh ê kháu-khì ke kóng tsit kù uē kā gún thê-tshínn.

"Aih-ioh, i kiò-sī lán kui-kang kan-na leh siūnn-berh tshut-kè--ooh? Tsin bô ì-sìr!" Gún tsiok put-buán--ê.

"Bô-kuán án-tsuánn, lín tsit-má tú-hó sī tshin-tshiūnn lîn-sing-tiong hue-luí tng khui ê hó sî-kî, m̄-bián huānn-ke, iā m̄-bián huân-ló ta-ke-kuann, ē-īng-eh siau-iâu tsīr-tsāi, lóng bô siánn-mé būn-tuê."

Tsit uī i-sing thài-thài, ū-sî iā ē thóo-tuā-khuì, kóng-tshut tsit khuán ê tsin-sim uē. M̄-koh i it-tīng koh ke póo tsi̍t kù: "Tān-sī, lín bô kiat-hun, tiō iá bô sǹg sī tsi̍t ê tuā-lâng!"

IV

Tsi̍t nî ê sî-kan, tī-leh ha̍k-sing sî-tāi, kánn-ná put-tsí-á tn̂g, tān-sī tshut-gia̍p-āu, îng-îng tī-leh tshù--eh, khin-sang kèr li̍t-tsí, siah kám-kak ba̍k-tsiu tsi̍t nih, sî-kan tiō kèr--khìr--ah. Thiann-tio̍h ha̍k-hāu koh berh sàng-tshut tsi̍t phue sin ê pit-gia̍p-sing, gún tsit kuá tshut-gia̍p í-lâi, sing-ua̍h bô bo̍k-piau, bâng-bâng kèr li̍t-tsí ê lâng, siah tio̍h-kip--khí-lâi--ah. Thâu-khak-lāi, iā khai-sí huân-ló sī m̄ sī tio̍h-ài khó-līr kiat-hun, nā-bô, khióng-kiann ē piàn-sîng tsuè-āu tsi̍t ê tshun--lo̍h-lâi--ê? Put-an ê kám-kak tsiām-tsiām tsǹg-li̍p sim-lāi.

Ū kuí pái ū lâng lâi tshù--eh kóng tshin-tsiânn, tān-sī gún lāu-pē bô mn̄g guá ê ì-kiàn, tiō kā sî-tiāu. Tē lua̍h-thinn tsi̍t kang hong thàu ê àm-mî, guá siah hiông-hiông siūnn-berh the̍h guá tsit tsi̍t nî ê li̍t-kì lâi hian khuànn-māi. Huat-hiān guá siá--ê lóng sī tsi̍t kuá tī-sî kah pîng-iú tsuè-tīn khìr tó thit-thô--lah, khuànn siánn-mé sim-sik ê tiān-iánn--lah, bô hōo tshù ê lâng khuànn-tiōng, tī-leh siong-sim lâu ba̍k-sái, tíng-tíng, kan-na tsit khuán tāi-tsì, siá kah lò-lò-tn̂g. Pit-gia̍p tshut hāu-mn̂g í-lâi, tsit tsi̍t nî, guá lóng bô tsìn-pōo, mā bô siánn-mé siu-sîng. Sui-liân guá a̍h bô ti̍k-pia̍t phah-sǹg berh tit-tio̍h siánn, tān-sī sim-lāi mā kám-kak ū tām-po̍h-á khang-hir. Uī-tio̍h berh bián-lē ka-kī, hōo guá tsit khuán suànn-suànn ê sing-ua̍h ka-thiam tsi̍t-kuá-á guân-khì, guá siūnn-berh tshut-khìr tshēr thâu-lōo. Guá tē tsi̍t pái ê bāng-kiû pí-sài, si̍k-sāi-tio̍h tsi̍t uī uì □□ Ko-lír pit-gia̍p ê bûn-iú——Tha-gá-ua (田川)--sàng. Gún nn̄g lâng tsi̍t tàu-tīn tiō tsiok ū uē kóng, kok-tsióng gī-tuê bû-sóo-put-tâm, liân kah Tshuì-uán in bô kóng-khí ê uē-tuê, guá kah Tha-gá-ua--sàng ā ē-īng-eh kóng kah tshuì-kak tsuân pho. Guá tiō sī tī-leh tsit tuānn sî-kan, uì Tha-gá-ua--sàng hia tsai-iánn tsi̍t king pò-siā ê kang-tsok ki-huē.

Sīr-sian, guá bô kah gún tshù ê lâng tsham-siông, tiō tiām-tiām-á kā guá ê lí-li̍k-sir sàng--tshut-khìr, tán kah siu-tio̍h lo̍k-tshú ê thong-ti í-āu, tsiah kā gún lāu-pē pín-pò, iā tshuân berh hōo i tuā mā--tsi̍t-tiūnn, in-uī guá siūnn i it-tīng ē bô huann-hí, tuā-huat-luî-kong. Guá tsá tiō tsai-iánn, tshin-tshiūnn gún ê ka-tîng, sī bô ài hōo tsa-bóo-kiánn tshut-khìr kang-tsok--ê, ē hőng kóng îng-á-uē. Tān-sī guá í-king kuat-sim, bô berh tshap tshù-pinn-keh-piah sī iōng siánn-mé gán-kong lâi khuànn, guá bô ài koh siū sok-pa̍k, guá berh bîng-khak kuat-tīng guá í-āu ka-kī ê sing-ua̍h hong-sik. Gún lāu-pē sī tsi̍t ê lāu-lâng, i put-tsí-á ē kuà-līr-tio̍h tsiu-uî lâng ê gán-kong, tān-sī i kánn-ná pí kèr-khìr khah bô hiah kòo-tsip, tsiām-tsiām iā ē kah guá kóng kuí-kù-á uē. M̄ tsai gún lāu-pē hit-tsūn sī m̄ sī tuì guá kah sin sî-tāi lóng í-king khah ū lí-kái, hit kang, i siah bô in-uī guá berh khìr kang-tsok lâi siū-khì.

"A-pâ, án-ne miâ-á-tsài khai-sí guá tiō berh lâi-khìr siōng-pan--looh." Guá buē hòng-sim, koh án-ne tuì i kóng tsi̍t pái, tān-sī lāu-pē tiām-tiām bô tshut-siann, siánn-mé lóng bô kóng.

Tú-á tī-leh hit-tsūn, bô siūnn-tio̍h tsit ê it-hiòng lóng kóng ē siōng suah-bér tsiah tshut-kè ê Tsu-ìng, i siah khui-tshuì kóng: "Ū lâng lâi kóng tshin-tsiânn--ah, tíng lé-pài-li̍t, guá kah gún lāu-bú tī-leh kàu-huē, ū khuànn-tio̍h hit ê lâng. În-siōng buē-bái, sóo-í guá siūnn-berh tah-ìng--ah."

I kánn-ná sī lâi kah gún tsham-siông--ê, tiō án-ne kóng-tshut tsit kiānn thinn-tuā ê siau-sit. Thiann i ê kháu-khì, koh put-tsí-á a-sá-lih! Sui-liân gún sann ê lóng kāng-khuán sī kám-tsîng hong-hù, siān-kám ê kò-sìng, tān-sī tuì "tsīr-ngóo ì-sik" ê tsú-tiunn tsit tiám, Tsu-ìng tiō bô tshin-tshiūnn Tshuì-uán kah guá hiah kiông, pîng-siông-sî i mā bô siánn leh piáu-ta̍t ka-kī ê tsú-tiunn. Tān-sī tsit pái, liân hōo gún tshap-tshuì ê sî-kan mā bô, tiō tsin kín leh tsi̍t pōo tsi̍t pōo tsìn-hîng--looh. In tī-leh "Kok-tsè Kuán" tsìng-sik siòng-tshin kìnn-bīn liáu-āu, tē sang-hong ka-tiúnn ê ún-tsún-hā, kong-khai kau-óng--ah. Kau-óng tsi̍t tuānn sî-kan liáu-āu, tsiah tsai-iánn tuì-hong ê ha̍k-li̍k kah ka-tîng tsōng-hóng, m̄ sī hm̂-lâng sóo kóng--ê án-ne, sui-liân siong-tsha iā buē tsió, tān-sī Tsu-ìng tuì i í-king tsin ū kám-tsîng, tiō bô berh kái-piàn sim-ì--ah.

I kóng: "Ge̍rh-kip sī pueh-tsa̍p én tsó-iū, án-ne kám ū kàu-īng? Lán tē ha̍k-hāu ê ka-sīr-khò sóo tsò ê 'ka-tîng lí-tsâi kè-uē', lóng sī í ge̍rh-kip tsi̍t-pah én leh tsò--ê, tān-sī hiān-si̍t tsóng--sī kah lí-sióng bô sâng, nā kan-na kian-tshî lí-sióng, iā bô-khah-tsua̍h." Tsu-ìng sui-liân bô kā uē kóng kah hiah-nī-á pe̍h, i ê ì-sìr, tsong-ha̍p--khí-lâi tiō sī án-ne.

Tsu-ìng iā ū kài-siāu i ê tuì-siōng hōo guá kah Tshuì-uán si̍k-sāi. Nā-sī guá kóng i sī tsi̍t ê tan-sûn ê lâng, bô-tik-khak lâng ē bô huann-hí. Tān-sī, "tan-sûn" uì hó ê hong-bīn kái-serh, i khak-si̍t sī tsi̍t ê tsò-lâng tsìng-ti̍t, tsin si̍t-tsāi, koh ē thiànn bóo ê láu-si̍t-lâng. Tsu-ìng tui-mn̄g gún tuì i ê ìn-sióng ê sî, Tshuì-uán kan-na í tsi̍t kù "tsit khuán uē ē kuan-hē lâng ê it-sing, guá bô-huat-tōo kóng" tiō siám--khui. Guá kā Tsu-ìng huê-tap kóng: "Sī ē-īng-eh phīng lír ê kám-kak khìr sìn-lāi ê lâng."

"Sàng-tiānn" hit kang, gún thàu-tsá tiō tsīr-tōng khìr Tsu-ìng in tau, kā tàu-sann-kāng, pang-bâng i huà-tsong, uānn sann, tíng-tíng, kánn-ná pí i pún-lâng iá koh-khah kín-tiunn. Tsu-ìng i ê suí-bīn, hián-liân pí pîng-siông-sî puh-tshut koh-khah tsuē ê thiāu-á-tsí.

"Tsa-àm khùn bô lȯh-bîn ê kuan-hē." Tsu-ìng kóng kah bô-lȧt bô-lȧt. I hit khuán siann, kánn-ná sī tuì hiông-hiông biān-lîm ê hun-sīr sóo sán-sing ê kám-tshiok, kánn-ná sī leh līn-miā tsīr-thàn: "Tsiong-lâi ê it-tshè, tsit-tong-sî tiō berh án-ne kuat-tīng--ah." Guá sir-tué-hā ka-kī án-ne ioh.

Tsu-ìng tshīng tsi̇t niá âng-sik ê tn̂g-sann, kuà tshuì-giȯk ê hī-kau, sī tsiok iánn-bȧk ê suí sin-niû-á. Gún ná leh pang-bâng, iā put-sî bȧk-tsiu liȧh i kim-kim-khuànn, hōo i bê--khìr.

Bô-guā-kú, tiong-tàu tsȧp-lī tiám--ah, lâm-hong lâi "sàng-tiānn" ê tsi̇t tuī lâng lâi--ah, tshù-lāi lâng tsuē, lāu-liȧt--khí-lâi--ah. Tsu-ìng bô kóng siánn, tiō giú guá ê tshiú khìr tah eh i phi̇t-phȯk-tsháinn ê sim-kuann-thâu. Gún nn̄g lâng kan-na sì bȧk siong-tuì, bô kóng siánn-mé uē.

Lâm-hong tōng-iōng kuí-nā tâi ê li-á-khah (nn̄g lián ê thua-tshia), ūn-sàng tsiú, kuàn-thâu, a̍h-piánn lâi. Tsit kuá mn̍gh-kiānn, tē tshap-tsa̍p ê siann-tiong, hōo lâng puann-li̍p tshù-lāi. "Tsi̍t-pah——, nn̄g-pah——, ..." Tsu-ìng ê tshin-tsiânn——tāi-kài tiō sī in a-tsím--lah, leh tàu tiám-siu phìng-lé ê sòo-liōng, i iōng bô kám-tsîng ê siann, kánn-ná ke-khì leh huah--ê, tuā-siann koh tshò-hī. Guá ba̍k-tsiu khuànn-tio̍h lé-phín tsi̍t tsàn tsi̍t tsàn thia̍p-kuân, Tsu-ìng ê lâng iā kánn-ná tsi̍t tsat tsi̍t tsat hōo lâng thê̍h--khìr. Guá tsīr-liân-lî-liân siah ū tsit khuán ê tshò-kak.

Tsu-ìng ê lāu-bú, kiânn li̍p-lâi pâng-king, muá-bīn lóng sī ba̍k-sái.

"Guá kan-na ū tsit ê tsa-bóo-kiánn, uī-tio̍h i, guá tsóng--sī siūnn-berh tsīn tsuân-li̍k. Tān-sī in lāu-pē í-king bô tī--leh--ah, berh tsò kah hōo i ē-tàng kah lâng pí-phīng, iā tsin bô kán-tan. Sui-liân kóng, i berh kè--khìr hia, iā m̄ sī tsiok lí-sióng, tān-sī ū tsi̍t ê kui-siok, an-tùn--lo̍h-lâi, guá iā khah ē-tàng an-sim."

Pîng-siông-sî, Tsu-ìng ê lāu-bú, tiānn-tiānn tuì gún án-ne kóng. Tān-sī tsit-má i uī-tio̍h tsa-bóo-kiánn ê tīng-hun, bô-îng tang, bô-îng sai, siah liân hōo gún khui-tshuì kā i tsio-hoo--tsi̍t-siann ê sî-kan ā bô.

Tsu-ìng i pún-lâng, pīng bô siánn-mé piáu-tsîng, kan-na kah gún tsuè-tīn khiā leh hia khuànn tsi̍t siunn tsi̍t siunn tsiām-tsiām thia̍p-kuân, thia̍p kah kánn-ná suann ê lé-piánn a̍h-á. Guá lân-bián tuì i tsit khuán hîng put-buán. Iá-koh tsi̍t hāng tāi-tsì mā kám-kak put-buán. I tē lâng-kheh-thiann hōo lâng tuà tshiú-tsí liáu-āu, tn̂g-lâi pâng-king ê sî, gún in-uī i ê miā-ūn tiō án-ne hōng kuat-tīng--ah, ū tām-po̍h-á kám-siong. Tān-sī khuànn-tio̍h i sī tshuì-tshiò-ba̍k-tshiò, muá-sim huann-hí ê khuán. Thài ē sī tsit khuán ê sim-tsîng? Tsin-tsiànn siūnn lóng bô. Ū tsi̍t kang, ài hó-hó-á kā mn̄g.

Ah guá ka-kī ê kang-tsok tsit kiānn tāi-tsì, tong-tshoo berh khai-sí khìr pò-siā siōng-pan ê sî, ì-tsì sī tsiok kian-tīng--ê, í muá-pak ê lia̍t-tsîng khìr tsò. Sīr-si̍t-siōng, guá iā ū siū-tio̍h tuàn-liān, hōo guá ū kuá sîng-tióng. Tān-sī puànn nî guā í-āu, guá kám-kak kang-tsok siū-tio̍h tsóo-gāi kiânn buē thong, sóo-í tiō kui-khì kā thâu-lōo sî-tiāu. Tse pīng m̄ sī siàu-liân koo-niû tsoh-sit buē tsuan-it, iā m̄ sī thāi-tōo sàn-bān, kî-si̍t sī hit-tong-sî tsióng-tsióng ê tsōng-hóng sóo-tì--ê. Tsóng--sī, guá tsiū-tsit kang-tsok tsit kiānn tāi-tsì, kiat-kio̍k sī tshin-tshiūnn it-puann lír-sìng ê “tér-kî kang-tsok" án-ne, siah bô-huat-tōo piàn-tsò tsiong-sin ê tsì-giȧp.

"Lír uī-siánn-mé berh sî thâu-lōo?"

Guá tong-tshoo í-king siōng-pan tsi̍t tuānn sî-kan liáu-āu, tuà eh guā-tuē ê Lī-ko tsiah tsai-iánn, hit-tsūn i pīng bô kóng siánn. Tsit pái i tńg-lâi Tâi-pak, huat-hiān guá bô-guā-kú í-tsîng, bô kā i kóng tiō í-king sî thâu-lōo--ah, kám-kak ì-guā, sóo-í tsiah mn̄g--guá--ê.

"In-uī guá kánn-ná kiōng-berh sit-khìr ka-kī--ah."

"Ooh——nā án-ne, sî-tiāu ā hó." Lī-ko kan-na kán-tan tsi̍t kù, m̄ sī kún-tshiò, iā bô thài līn-tsin, i bô koh kè-siȯk tui-mn̄g--lȯh-khìr.

V

Tē tshoo-hā ū tsi̍t kang ê e-poo, sio-lȯh ê lâm-hong, tsher kah hōo lâng bô-lȧt, kiōng-berh ài-khùn--khìr. Guá tsin-tsiànn sī tsi̍t ê siunn hó-khuán ê tsa-bóo-gín-á, bîng-bîng ū tsi̍t tui kai tsò ê tāi-tsì iá-bēr tsò, koh tī-leh huah li̍t-tsí kèr kah tsiok bû-liâu. Gún tuā-ko ê kiánn, peh khí-lâi lâu-tíng, kā guá kóng thȧh-tú-á ū nn̄g ê siàu-liân ê tsa-bóo-lâng lâi tshēr--guá, i kiò-sī guá kám-mōo tī-leh khùn, tiō án-ne kā in kóng, in tsūn-na tńg--khìr--ah. Guá siūnn tāi-kài in berh tsēr ê bá-sirh buē hiah kín lâi, bô-tik-khak in iá-koh tī-leh tshia-pâi-á hia tán, guá tiō kuánn-kín tsáu--tshut-khìr. Bô siūnn-tio̍h khuànn--tio̍h ê hit nn̄g ê lâng, sī tuà eh Kue-lâng ê Siá (謝; シャ)--sàng kah kuân gún tsi̍t kài ê in hiann-só.

"Uah——tsin hán-kiânn, tang-sî lâi Tâi-pak--ê?"

Siá--sàng in hit ê sió-tsoo, kan-na tshun i tsi̍t ê, kî-tha lóng í-king kiat-hun--ah. "M̄ tsai i ē kám-kak guā-nī-á koo-tuann!" Muí-pái tông-ha̍k leh khai-káng ê sî, nā thê-khí-tio̍h Siá--sàng, tiō tiānn-tiānn án-ne kóng. Siá--sàng sī tsi̍t ê guā-piáu phoh-si̍t, hiân-huē, ún-tiōng ê lâng. Hit kang, i tshīng tsi̍t su sòo-sik ê iûnn-tsong, pí liû-hîng--ê khah tn̂g--tsi̍t-kuá. Gún ū put-tsí-á kú ê tsi̍t tsām sî-kan bô sio-kìnn-bīn, khónn-lîng sī án-ne, hit kang guá ti̍k-pia̍t tuì i tuan-tsong ê khì-tsit, ū tsin tshim-khik ê kám-siū. Bô-lūn jû-hô, kú-kú tsiah kìnn--tio̍h, tsiok huann-hí--ê.

"Sing li̍p-lâi tshù--eh tsēr--lah, lán ē-īng-eh tuā khai-káng--tsi̍t-ē."

Pún-lâi siūnn-berh mn̄g i tsi̍t-kuá tông-ha̍k ê kok-tsióng tsîng-hîng, sánn-lâng tsai-iánn i kìng-liân kóng i iá-koh ū tāi-tsì, pit-su kò-sî. Tsin-tsiànn kî-kuài, kì-liân uì hiah hn̄g, tsuan-kang lâi, koh suî berh tsáu! Ah-bô, lán tiō khiā eh kóng.

"Tsuè-kūn hó--bô? Kūn-lâi lóng leh tshòng--siánn? Tíng-pái tông-tshong-huē ū khuànn-tio̍h lír, khó-sioh lán bô ki-huē hó-hó-á khai-káng."

"Guá iá-sī kāng-khuán, ta̍k-kang kan-na pîng-huân kèr-li̍t. Lír tsuè-kūn kang-tsok tsò-liáu siánn-khuán?"

Gún put-tsí-á kú bô sio-kìnn-bīn, kóng-uē siah bô kah guā tâu-ki, tshēr bô uē kóng, kan-na leh kóng kuá piáu-bīn ê kheh-khì-uē.

"Tē Ko-iông kiat-hun ê Lín--sàng, koh puann tńg-lâi Tâi-pak--ah. Hit kang gún ū khìr in tau, khuànn-tio̍h i kū-nî lua̍h-thinn sinn ê âng-inn-á, tsit-má í-king puî-puî-puî, tsiok kóo-tsui--ê. Ah, tio̍h--lah, hit ê Khóo (黃; コウ)--sàng iā tē nn̄g sann kò ge̍rh tsîng, sinn tsi̍t ê tsa-bóo-kiánn."

"Ooh——nā án-ne, lán tsit pan ê tông-ha̍k m̄-tiō lóng sinn tsa-bóo-kiánn. Siá--sàng, lín ko--koh í-king kiat-hun--ah, suà--lo̍h-khìr tiō lûn-tio̍h lír kè, kàu-sî, lír tio̍h phò kì-lo̍k, tē-it ê sinn ta-poo."

Hōo guá kóng tsi̍t-ē, i ê bīn siah âng--khí-lâi. Guá kā sńg-tshiò ê uē, hōo i uî-lân--looh.

"Tsu-ìng i tsit-má án-tsuánn--ah? Kám m̄ sī kè-khìr Tâi-tiong?"

"Sī, tān-sī i tih-berh sinn--ah, sóo-í tńg-lâi tē Tâi-pak. I tong-sî tshân-tshân kuat-tīng, uân-sîng tsiong-sin tāi-sīr, kiat-kó mā kèr-liáu put-tsí-á hīng-hok ê khuán--neh!"

"Huī-ing, lír iā kui-khì kuat-sim kiat-hun--lah, guá pún-lâi kiò-sī lír ē sing kiat-hun--ê."

"Ná ē án-ne? Lír tsiah sī ē pí guá khah-tsá kiat-hun--lah. Guá berh kóng ê uē, ná ē hōo lír sing tshiúnn-khìr kóng? Tsóng-kóng--tsit-kù, lír berh kiat-hun ê sî, m̄-thang buē-kì-eh kā guá thong-ti--ōo!"

Tsa-bóo-lâng tsit khui-tshuì khai-káng tiō án-ne kóng tsit-kuá ū--ê-bô--ê, nā tsit-sî tshēr-bô uē kóng, tiō kóng tsia--ê. Kū-nî iá leh kóng sánn-lâng tīng-hun--lah, sánn-lâng kiat-hun--lah, kin-nî siah tī-leh kóng sánn-lâng sinn ê inn--a án-tsuánn koh án-tsuánn--looh. Tsit khuán uē sī kóng buē suah--ê. Tān-sī, Siá--sàng leh tán ê kong-tshia, bô-guā-kú tiō lâi--ah, i kánn-ná iá ū tāi-tsì, tī-leh kuánn sî-kan, tsio-hoo--tsit-siann tiō kuánn-kín tsiūnn tshia--ah.

Guá tńg-lâi tshù--eh, gún hiann-só kóng: "Tse sī tháh-tú-á hit nn̄g uī sàng--ê." Tông-sî tiō kā tsit áh ū ìn tsit tuì uan-iunn kah sang-hí ê lé-piánn kau hōo guá. Ooh, kàu tann guá tsiah tsai! Siá--sàng i tē kóng-uē-tiong, tsham kuí-kù-á siánn-mé tsuè-kūn ê ko-á-piánn khah bô hó-tsia̍h--lah, tsa-hng tsiok bô-îng--lah, tsit kuá hâm-hôo ê uē, hōo guá thiann kah bū-sà-sà, iā kiò-sī gún kóng-uē bô siánn tâu-ki——guân-lâi sī Siá--sàng i iā berh kè--ah, tsuan-kang sàng tīng-hun lé-piánn lâi--ê.

"Siá--sàng, kiong-hí--lír!" Guá tsiok siūnn-berh tuì tsēr tshia lī-khui--khìr ê Siá--sàng, tuā-siann huah-tshut tsit kù guá tsin-sim sîng-ì ê tsiok-hok. Guá sim-lāi tshiong-muá tsit khuán tshiong-tōng, tshiú the̍h a̍h-piánn, tsi̍t pōo tsi̍t pōo kiânn khìr lâu-tíng.

Tāi-iok tī-leh Siá--sàng lâi tshēr--guá ê nn̄g sann kang liáu-āu, Tshuì-uán phah tiān-uē lâi kóng: "Lír kám tsai-iánn tsa-hng Tsu-ìng tē □□ pīnn-ìnn pîng-an sinn tsi̍t ê ta-poo-kiánn?"

Uā! Guá huann-hí kah kiò tshut-siann, kui-ê lâng siah kánn-ná phû-iû tī-leh thài-khong-tiong, guá tsi̍t-sì-kerè tsha̍k-tsha̍k-thiàu, iōng ki̍k-tōng ê siann-tiāu kā gún tau ê muí ê lâng kóng tsit kiānn hó siau-sit.

Tiān-uē kóng-uân tsi̍t tiám-tsing-āu, Tshuì-uán tshīng tsi̍t su huînn-bûn ê tn̄g-sann lâi gún tau, tsio guá tsuè-tīn khìr pīnn-ìnn khuànn Tsu-ìng. Tsuè-kūn, Tshuì-uán tsiok tsia̍p leh kóng, i tsit nn̄g nî berh khìr ȯh iûnn-tshâi. Sánn-lâng tsai-iánn i sī m̄ sī ē bô-guā-kú tiō koh kái-piàn i tsit-má ê siūnn-huat, hiông-hiông pok-tshut tsi̍t kù "guá berh kè--ah"? Sóo-í guá tiō thiau-kang kā i phuah líng-tsuí. Bô siūnn-tio̍h Tshuì-uán siah kóng: "Ah-bô, kàu-sî tshiánn lír kim-kim-khuànn!" Tsit-tsām-á Tshuì-uán ê tsing-sîn tsiok hó, kóng-uē tuā-siann, ná ū tshin-tshiūnn tsi̍t nî tsîng ê tsit-tong-sî, i ti̍t-ti̍t leh huah kóng "bû-liâu kah berh-sí--ah", kui-sing-ku bô guân-khì, hit khuán hîng, tsit-má í-king siau-sàn kah bô khuànn-eh iánn--looh.

Gún sann lâng sió-tsoo ū tsi̍t ê tsò lāu-bú--ah, guá kah Tshuì-uán iā hun-hióng-tio̍h tsit hūn khuài-lo̍k. Gún berh khìr pīnn-ìnn ê sî, kui lōo lóng hìng-phut-phut tī-leh kóng tsit kiānn tāi-tsì. "Án-ne, tuì tsit-má khí, lán m̄-tiō sī âng-inn-á ê oo-bá-tsiáng (î-bió)?" "Ah——m̄-tio̍h! Lán iá-bēr kiat-hun, bô sik-ha̍p hőng kiò-tsò 'oo-bá-tsiáng'. Á-sī kiò-tsò 'oo-nè-tsiàng' (tsé-tseh) khah thò-tòng." Tiō án-ne, gún nn̄g lâng ì-kiàn buē ha̍h, lír tsi̍t kù, guá tsi̍t kù, tsìnn lâi tsìnn khìr. Tsit khuán tuì-uē buē ha̍h ê khì-hūn, tsīr-liân-lī-liân siah hōo guá koh siūnn-tio̍h lân-bōng ê hit tsi̍t kang.

VI

Hit tsi̍t kang hong tsin thàu, tuā hong-per-sua tsher kah hōo lâng ba̍k-tsiu kiōng-berh peh buē khui. Gún sann ê khìr Pat-lí hái-tsuí i̍k-tiûnn thit-thô, iā sǹg-sī berh huan-sàng tih-berh kiat-hun ê Tsu-ìng. In-uī iá-bēr lua̍h-thinn, lâng bô tsuē, gún tsiah ē-tàng the eh hái-tsuí i̍k-tiûnn ê hiu-khè-sóo hia ê tî̂n-í, hó-hó-á him-sióng tsia ê hó kong-kíng, khuànn-tio̍h tse hōo lâng sim-tsîng sóng-khuài ê nâ-sik ê Tām-tsuí-hô, kah hái-íng tshiong-kik iân-huānn sóo kik--khí-lâi ê pe̍h-sik lōng-hue. Tān-sī, huān-sè sī in-uī berh lâi-kàu Pat-lí ê tôo-tiong, gún tsēr ê kong-tshia ū huat-sing kòo-tsiong, tsű̃n-na hőng an-pâi uānn kuí-nā pan tshia, hit kuá tshia tsi̍t lōo kho̍k-lo̍k kho̍k-lo̍k, tiō lâi tiō khìr, siah tsēr kah put-tsí-á thiám, hit kang, gún ê sim-tsîng iā bô hó. Sim-thâu ê kám-siong, pí gún ta̍h-tshut hāu-mn̂g hit-tsūn, koh-khah tîm-tāng. Sann ê lâng kan-na tiām-tiām-á the--leh, kú-kú lóng bô lâng khui-tshuì kóng-uē.

“Eh——Lán tsuan-kang lâi-kàu tsia, kám bô ài khìr hái-pinn-á ê sua-poo hia kiânn-kiânn, khuànn-khuànn--leh?”

Uī-tiòh berh pâi-tîr tse ut-būn ê khì-hūn, guá khí-lâi tsò tsún-pī, tông-sî iā tsio in nn̄g ê tàu-tīn khìr. Tshuì-uán siah kóng i bô ài khìr. Tshuì-uán kin-á-lit uì tsit-khai-sí tiō tsit ê lâng kuài-kuài.

"Uī-siánn-mé bô ài khìr?"

"Ah hái-íng tiō hiah-nī-á tshoo!"

"Aih--iah, buē-iàng-kín--lah, kan-na berh tuà eh sua-poo hia kiânn-kiânn--eh nā-niā..., kám-kóng lír kiann án-ne tiō ē sí--khìr?"

"Nā kan-na lír kah guá sí--khìr, he sī bô siánn-mé iàu-kín, ah nā-sī Tsu-ìng, he tiō tsin khó-liân--looh!"

Tshuì-uán ê siann, bô kah tsit-tiám-á tshiò-ì, i iá-koh sī ut-tsut ê kháu-khì.

"Ah——mài koh tiunn--ah--lah, guá tsit-má mā iá bô ài sí. Lír khuànn guā-bīn ê thinn sī hiah-nī-á tshing, ah lír ê sim, ná ē tshin-tshiūnn tà oo-hûn?"

Tsu-ìng it-hiòng tiō tsin tiām, thiann guá kah Tshuì-uán ê tuì-uē, i iā bô tshap-tshuì. Kan-na tiām-tiām-á uì i ê nâ-á thėh-tshut i ê mn̍gh-kiānn, leh tsò tsún-pī.

"Hó--lah, mài koh kún-tshiò--ah--lah. Tsuè-tīn lāi kiânn-kiânn--eh!" Guá kah Tsu-ìng nn̄g ê koh tsuè-hér kā tsio, Tshuì-uán m̄ khìr tiō sī m̄ khìr. Gún put-tik-í, tsí-hó pàng i ka-kī tsi̍t ê lâu--lo̍h-lâi. Tsu-ìng kah guá iōng tha-óo-lù (bīn-kun) kā thâu-tsang pa̍k--khí-lâi, nn̄g lâng tshiú khan tshiú tē sang-sang ê sua-poo-á, tsi̍t pōo koh tsi̍t pōo, hiòng-tsîng kiânn--khìr. Kî-si̍t, guá mā sió-khuá ē-īng-eh thé-huē Tshuì-uán tong-sî ê sim-tsîng. Guá ka-kī mā tsiok ut-būn--ê, tsiah ē pàng tsi̍t ê sim-tsîng bô hó ê pîng-iú, hōo i ka-kī lâu eh hia, siah tsuè gún lī-khui.

Pho-lōng, hái-íng, koh tshoo koh kuân ê tuā hái-íng——.

Hit kang ê Tām-tsuí-hô, thàu tuā hong, khí tuā íng. Gún nn̄g lâng kiânn--kèr ê muí tsi̍t pōo kha-liah, suî-suî hōo tsi̍t tsūn, koh tsi̍t tsūn ê kiông hong tsher-suànn kah bô khuànn-eh iánn. Gún ê kha-pōo, kun-pún bô-huat-tōo thîng--lo̍h-lâi. M̄ tsai sī hōo kiông hong uì āu-piah leh sak eh kiânn, a̍h-sī hōo ka-kī sim-lāi put pîng-tsīng ê kám-tsîng, giú eh hiòng-tsîng khìr. Tshuì-lāi kâm-tio̍h hong-sua, sim-thâu kám-siū-tio̍h tuì tse tih-berh siau-sit--khìr ê siàu-lír sî-tāi ê bû-nāi.

M̄ sī in-uī tuì tih-berh kiat-hun lâi lī-khui ê pîng-iú iú-sóo-put-buán, siàu-liân tsa-bóo pîng-iú tsi-kan ê iú-tsîng, pit-liân bô-huat-tōo tuì-khòng kiat-hun tsit ê tuā hái-íng, tān-sī iú-tsîng nā tsi̍t-ē-á tiō hōo tshiongtó--khìr, án-ne mā siunn-kèr tshuì-jio̍k, siunn-kèr buē-kham--eh, hōo lâng kám-kak khó-liân koh siong-sim--ah. Kī-si̍t, tse ho̍k-tsa̍p ê sim-tsîng iā m̄ sī lóng in-uī "iú-tsîng" khìr-hōo "kiat-hun" ah-tó--khìr nā-niā. Thiann-tio̍h pîng-iú kóng berh kiat-hun ê sî, sui-liân ta̍k-ke ê tshuì lóng kóng-tshut tuì i tsiok-hok ê uē, tān-sī siok-bo̍k ê sim-tsîng, iā tiām-tiām-á tsn̂g li̍p-lâi sim-kuann-tué. Thán-pi̍k kóng, kánn-ná sī hōo lâng pàng-sak, sī tshun--lo̍h-lâi ê lâng, sóo-í sim-tsîng tiō ū kuá hi-bî. Lân-bián ē ū tsit khuán ê sim-kíng, tse tāi-kài iā-sī in-uī siàu-lír in muí kang îng-îng, leh kèr bô bo̍k-piau ê sing-ua̍h, tsīr-liân-lî-liân tiō ē tuì hit khuán ê ka-kī, kám-kak khó-pi koh khó-liân.

Guá leh siūnn tsia--ê ê sî, m̄ tsai Tsu-ìng ê sim-lāi sī leh siūnn siánn? I ê tshiú-sim leh lâu tshìn-kuānn. Ua̍t-thâu tsi̍t khuànn, hái-tsuí i̍k-tiûnn ê hiu-khè-sóo, í-king piàn-sîng hn̄g-hn̄g-hn̄g ê tsi̍t ê sió tiám nā-niā, hōo gún kám-kak tām-po̍h-á put-an, tiō-án-ne gún kā kha-pōo thîng lo̍h-lâi hioh-khùn, bô koh kè-sio̍k kiânn. Guá khuànn-tio̍h guá sin-pinn ê pîng-iú, i ê suè ki kha, hōo guá siūnn-tio̍h i tsit ê lám-lám ê sing-ku, tsit-má sī tshiong-muá ióng-khì, tshuân berh biān-tuì hiān-si̍t sing-ua̍h ê thiau-tsiàn, hōo guá tsiok kám-tōng--ê. Háipho-lōng phah tuì hái-huānn, tsi̍t tsūn tsi̍t tsūn ê tsiat-tsàu. Ah——tsi̍t tîng koh tsi̍t tîng ê íng! Iú-tsîng ê íng, kiat-hun ê íng, lîn-sing ê tuā hái-íng! Hn̄g-hn̄g ê tsuí-bīn-siōng, ū khuànn-tio̍h m̄ tsai sī siánn-mé mn̍gh-kiānn, tshin-tshiūnn sī tsi̍t phìnn sió-sió ê hio̍h-á tī-leh hái-tsuí-tiong, phû--tsi̍t-ē phû--tsi̍t-ē.

"Guá bîng-bîng tsai-iánn, suán kiat-hun ê tuì-siōng buē-sái kan-na khuànn i ê ha̍k-li̍k kah guā-tsāi ê tiâu-kiānn, put-lî-kò, nā siūnn-tio̍h kiat-hun liáu-āu, ē hōng tuà eh āu-piah kóng îng-á-uē, guá berh kè--i ê kuat-sim tiō siū-tio̍h íng-hióng."

Tsu-ìng sui-liân bô in-uī tuì-hong ê ha̍k-li̍k kah guā-tsāi in-sòo lâi kái-piàn berh kè--i ê kuat-sim, tān-sī Tsu-ìng kánn-ná iā ke-kiám ū siū-tio̍h khùn-liáu, ū kuá tiû-tû.

"Tsí-iàu lír ka-kī kám-kak kèr-liáu hīng-hok tiō hó, guá siūnn pa̍t-lâng sī bô siánn-mé lí-iû thang kóng îng-á-uē. Lîn-sing tiō sī berh tui-kiû hīng-hok--ê, kám m̄ sī án-ne? Bô-tik-khak hīng-hok tiō tshin-tshiūnn ū si̍t ê tshinn-tsiáu, i nā per-lâi lír ê sin-pinn, lír bô ki̍p-sî lâi tsiáng-ap--tio̍h, sī buē-īng--eh--ah!" Hit-tsūn, guá tú-leh phah-piànn siōng-pan, khah ū phik-li̍k, tsiah ū-huat-tōo kóng-tshut tsit kuá bián-lē lâng ê uē, nā-sī pîng-siōng-sî ê guá, tiō tian-tò su-iàu lâng lâi kóo-lē--looh!

"Lír khuànn, tī-leh thàu-tuā-hong ê sua-poo, hia ū nn̄g ê siàu-lír, bák-tsiu leh khuànn nâ-sik ê hái-tsuí, uī-tio̍h berh tui-kiû hīng-hok, hōo-siong leh kóng bián-lē ê uē. Tse kám bô tshin-tshiūnn tiān-iánn-tiong ê tsi̍t bōo?"

Bô-gī-niū-tiong, guá siah bô-tiau-bô-tî leh that guá kha-pinn ê sua-tsio̍h. That--ah that, āu-lâi siah piàn-tsò iōng kha-thâu-bú-kong tē sua-poo siá-tshut tsi̍t lī "友" (iú), he ē-kha koh ka tsi̍t lī "情" (tsîng), ah gún ê ba̍k-tsiu tsūn-na lia̍h tsit nn̄g lī kim-kim-khuànn. Tān-sī tsit nn̄g lī, bô tsi̍t-sî-á kú tiō hōo hong tsher-suànn kah bô khuànn-eh lánn. Tiō-án-ne, gún nn̄g lâng siah kánn-ná leh kah hong kìng-tsing, phah-piànn tē sua-poo tíng-bīn, tsi̍t pái koh tsi̍t pái leh siá "iú-tsîng" tsit nn̄g lī.

"Oo——eh——."

Tī-leh kiông hong hiù-hiù-háu ê siann-tiong, kánn-ná mā ū tsham-tio̍h tsit khuán ê kiò-siann, tān-sī gún kan-na kòo leh sua-poo ti̍t-ti̍t siá, siá kah kî-tha siánn-mé lóng bô tsù-ì--tio̍h.

"Ah——, kám-sī Tshuì-uán leh kiò lán?"

Gia̍h-thâu tsi̍t-ē khuànn, sūn Tsu-ìng sóo kí ê

hong-hiòng khuànn--khìr, tẽ hñg-hñg-hñg ê sóo-tsāi, sa-si̍t ū-iánn ū khuànn-tio̍h pau thâu-kun ê Tshuì-uán, i sió-sió ê sin-iánn, tī-leh kā gún ia̍t-tshiú.

“I khónn-lîng kám-kak koo-tuann--ah.”

“Berh tńg--lâi-khìr--bô?”

“Bô ài!”

Guá tsiok gín-á-sìng--ê, iā bô-kuán Tsu-ìng sī m̄ sī ē huân-ló, tiō ka-kī hiòng koh-khah hñg hit pîng kiânn--khìr. Tẽ tsìnn-hong-tiong, hong-per-sua khau guá ê ba̍k-tsiu, guá ê bīn, guá ê hī-á, khau kah guá tsiok thiànn--ê.

VII

Sî-kan put-thîng leh liû-tsuán, tsîng gún hit pái tsuè-tīn khìr hái-pinn thit-thô, koh tsi̍t nî kèr--khìr--ah, bû-hîng-tiong gún lóng ke-kiám ū kuá kái-piàn.

Guá kah Tshuì-uán lâi kàu pīnn-ìnn, thǹg uê berh li̍p--khìr ê sî, tsiah siūnn-tio̍h buē-kì-eh mn̄g Tsu-ìng sī tẽ tó tsi̍t king pâng. Lâi-kàu lâu-tíng, khuànn-tio̍h tò-tshiú-pîng thâu tsi̍t king pâng ê mn̂g khui--leh, gún tiō thàm-thâu hiòng lāi-tué khuànn, tú-hó tsi̍t ba̍k tiō khuànn-tio̍h tsiok kú bô kìnn--tio̍h ê hó pîng-iú, i siān-khuán-siān-khuán, tú berh uì bîn-tshn̂g peh khí-lâi tsēr.

"Sī ta-poo--ê? Tāi-kong-kò-sîng--looh!"

Iá buē-hù kah i hó-hó-á sio-tsioh-mn̄g, kóng kuá kheh-khì-uē, guá tiō kuánn-kín kiânn li̍p-khìr kā tú-á tsiah leh tsia̍h-lin ê âng-inn-á tsiap kèr-lâi phō. Tsiok khin--ê! Kan-na ū kám-kak-tio̍h nńg-nńg ê be-bí-hú-kuh (ベビー服) nā-niā.

"Lír kám ū-iánn ē-sái peh--khí-lâi--ah? Kám m̄ sī tsiah tē-lī kang nā-niā?"

"Bô--lah, kin-á-li̍t í-king sī tē-gōo kang--ah. Tsîng kuí-kang-á guá mā ū phah tiān-uē hōo--lín, ah lín tiō lóng bô tī eh tshù--eh."

Tsu-ìng ná kóng, ná phái-sè-phái-sè kā i hing-khám ê sann, khàm hōo hó-sè, i bî-bî-á tshiò, tshin-tshiūnn sī tsi̍t uī hīng-hok ê bú-tshin tú uân-sîng sè-siōng tsi̍t kiānn tiōng-tāi ê sír-bīng.

"Ē kan-khóo--bô?"

"Iá ē-kham--eh, bô guá siūnn--ê hiah-nī-á kan-khóo."

"Inn--a tshin-tshiūnn sánn-lâng?"

"Phī, tshin-tshiūnn lāu-bú." "Bīn tuì thán-pîng khuànn--khí-lâi, kah lāu-pē it-môo-it-iūnn." Gún tiō-án-ne kā inn--a siòng lâi siòng khìr, siah lír tsi̍t kù, guá tsi̍t kù, leh kā phîng-lūn.

“Tsit ê inn--a, tsiong-lâi khónn-lîng sī tsi̍t uī uí-tāi ê lîn-bu̍t--neh, kuánn-kín uānn guá phō.” Tshuì-uán ê tshuì ná kóng, tshiú tiō kā inn--a tshiúnn--khì̤r.

“Nā án-ne, āu-li̍t-á pài-thok lír kā gún to-to tsiàu-kòo kah khan-sîng.”

Guá tsit kù tshiò-uē tsi̍t kóng--tshut-lâi, gún sann ê tuā-tshiò. Kî-tha kāng pâng-king ê lâng, in tsi̍t-sî mā sa-bô niau-á-mn̂g, ba̍k-tsiu tsũn-na khuànn tuì gún tsit pîng lâi.

◆ Iûnn Tshian-ho̍h Ji̍t-bûn guân-tsok “花咲く季節”, Tâi-uân Bûn-ha̍k tē 2 kuàn tē 3 hō, 1942 nî 7 gue̍h 11 tshut-pán. Lîm Tì-bí Tâi-i̍k “Hue khui ê kuì-tsiat”, 2022 nî 2 gue̍h uân-sîng; 2023 nî ke siá tsù-kái. Hàn-Lô pán kàu-pian: Lîm Tì-bí, Kí Phín-tsì; Tsuán-siá tsuân-Lô pán: Kí Phín-tsì.

感謝 kah 話尾

Beh出版一本書，所需要經歷ê辛苦真正hōo我想buē到，人leh講「事非經過不知難」，只有家己peh山、親身行過tsit條路，tsiah ē-tàng體會著其中ê滋味。本來我家己mā無leh記家己ê歲數，但是tsit兩年投入tsit件大工程，tsiah感覺著身體kiōng-beh buē堪--eh。雖然講家己mā真拍拚--ah，但是tse規个過程也是tio̍h靠濟濟人ê協助，tsiah有法度出版tsit本書。我beh感謝每个人in ê貢獻kah支持。

長時間陪伴我行過出版書ê每一階段ê人，ē-sái講就是我ê台文老師紀品志；台文ê校編、查資料、錄音ê指導，一擺koh一擺ê修改，遇著困境時tàu想辦法解決，每一項伊lóng有參與，真正m̄止是一位語言學家ê顧問角色nā-niā。本來互相並無熟sāi，suah變成親像戰友，tse也是我出書所得--著ê好處。佳哉有伊，ah無，恐驚就無可能出版

tsit本書。Suà--落-來就愛講著我家己ê查某囝；阮本來因為互相ê年代kah文化差別加減有無仝觀點，tsit擺做陣翻譯tsit篇小說做英文，自然也有無仝做法ê意見。Ē用eh合作完成tse小說ê英譯版，阮查某囝陳愷瑩做不止仔濟ê妥協，付出有孝ê心意。阮先生陳文彥也tī生活上支持--我，hōo我有充分ê時間來做我ê代誌，若無，恐驚無法度完成tsit本書。

Tsit本書內底每一種語文ê小說文本，lóng是我家己做文字ê電子檔，tsit个過程也逼我家己克服真濟技術問題。每一種語文版本lóng有無仝ê挑戰。Tī-leh做台語錄音ê時，我ê腔口、語詞khah特別；是m̄是有人án-ne講？Ah是kan-na我家己講m̄-tio̍h--去？Tse mā時常需要確認；若查無資料ê時，就lóng請教洪惟仁教授。我也有麻煩伊ê小妹洪淑卿tàu聯絡，kā伊借洪教授出版ê書，借tsiok久--ah，iá未還。關於一寡舊地名、íng過用ê語詞，我也四界問親友來做比對，除了我家己ê兩个小弟kah弟婦仔以外，koh包括賴國龍、林英侯、許福連、周明宏、潘美玲等朋友。也有受著台文先進陳豐惠老師kah張秀滿姊ê幫忙、鼓勵，tsit寡恩情lóng記tī我心內。台語錄音ê後製，配樂ê部分也得著賴思涵（Stephanie Wu）kah蔡懷恩提供in家己演奏ê音樂hōo我用，真感謝。曾文溪電台ê賴嘉仕台長也隨就答應ē-tàng幫忙做語音檔ê後製，也提供一个連結錄音檔ê網站空間hōo我用。

日文ê部分，就日文小說ê電子檔案，我也有為著日文表記ê方式感覺困擾。日本tī第二次世界大戰了後已經改變日文ê表記，拍字也是現代表記，所以楊千鶴tī 1942 年發表ê〈花咲く季節〉原文，beh收入2001 年出版ê hit本《楊千鶴作品集 3：花開時節》ê時，有重拍字，suah tsũn án-ne有摻buē少新ê表記方式ê文字入--去。Tsit擺我用tsit个版本做ê日文電子檔，就變成án-ne新舊表記透濫ê文本，hōo我真煩惱現時一般ê日文讀者kám ē-tàng接受。我寫電子批請教過日本ê河原功教授，伊認為新舊表記混雜無妥當，必須ài統一用一款ê表記方式。感謝得著tsit位專家ê見解，但tse也造成我真大ê困擾kah難題。佳哉透過我tī日本ê朋友黃麗卿，聯絡著前輩王育德教授ê千金王明理來參詳，最後竟然得著伊大學時代ê同學、山崎亜也ê幫助。Tsit項困難ê代誌，tī伊ê手頭，一暝就kánn-ná leh變魔術，lóng轉換做日文現代ê表記，王明理也koh做一擺校對，我真正好運，現在tsit篇〈花咲く季節〉有一致ê日文現代表記，hōo我ē-tàng tháu一大氣，心頭tsit粒大石頭tsũn-na lak--落-來。

我雖然ē-hiáu聽日語、讀日文，但是日文寫buē suí氣，所以我用中文kah英文寫ê作者簡介、小說文本ê註解、話頭、話尾，hit寡lóng tio̍h拜託人來翻譯做日文。話頭kah作者簡介ê部分是朋友歐昭惠ê囝新婦武津宣子費心翻譯--ê。註解ê部分是由留日學者陳昱甯kah日本中央大學ê

八木春奈教授共同完成--ê。另外也有受著我北美洲教授協會ê好姊妹鄭麗伶in先生小林博仁教授tàu-sann-kāng。鄭麗伶是現任ê總會會長，ah我是25年前（1997-1998）ê總會長，sâng款是歷史悠久ê北美洲教授協會（tī 1980年創立）罕有ê女會長，但是阮前後任職ê時間也相差四分之一世紀。

歲月流逝，無聲無說，uȧt頭一看就hōo人感嘆無量。Kah我sâng沿ê人一个一个老--去、死--去，阮母--à hit輩--ê，koh-khah是揣無--ah，老朋友、熟sāi人是愈來愈減少--去。Tsit擺出書得著林淇瀁教授（向陽）撥工寫序，伊減我11歲，真難得iá ē記eh一寡kah阮母--à tī文學活動ê往事，讀伊寫--ê感覺真親切，也真多謝伊ê o-ló kah推薦。其他寫序文--ê iá有廖炳惠、張文薰kah呂美親三位教授，in我lóng iá未見過面，in各人寫ê論述，提出in寶貴ê看法，真感謝。向陽先生ê中文序也透過林水福kah橫路啓子兩位教授合譯做一篇日文序，我也beh說多謝。

張文薰教授ê英文序，是伊寫好中文稿了後，由溫若含教授參陳昱甯kah in先生Joseph Henares做陣翻譯做英文。溫若含教授也是我tī疫情期間uì線頂辦ê學人演講tsiah熟sāi ê少年輩。溫教授一知影我beh出書，就真熱心願意幫忙。溫若含kah陳昱甯íng過是台大前後期，張文薰教授ê學生。少年人做翻譯mā tsiok有效率，in將來tī學術界也真有前途。張文薰教授也有kā我提議講小說文本上好koh

加一寡註解，增加讀者對小說內容ê理解。所以我也將tsit擺tī翻譯過程中進一步知影ê資訊，寫入註解內底，希望少年讀者ē用eh對tsit篇tī八十外年前、無仝歷史文化背景下所發生ê故事有khah了解。

自從我tī 1999 年翻譯tsit篇小說做中文以來，網路發達--起-來，beh查mn̍gh件ke真方便，但是阮mā有經歷過khah複雜ê追蹤。小說起頭hit句學生朗讀法國作家莫洛亞伊寫ê文句，tī 1999 年hit當時我就感覺真歹翻譯，主要是因爲tse原本是法國ê文句，透過日文翻譯ê書tsiah hōo楊千鶴寫入去伊ê小說。單獨一句，法文koh再轉寫做日文，文化無仝、氣口表達ē有改變，所以beh koh來uì日文翻譯ê時，就不止仔歹掌握hit句ê意思。Tī 2021 年，有一位蹛eh英國ê林子玉教授kā我訪談，問一寡關於我翻譯ê經驗，其中伊有問著我翻譯ê時遇著上困難ê是啥mé，hit-tsūn就hōo我想起為著tsit句法國作家書內寫ê話，m̄知前後用去幾十點鐘leh思考beh按怎翻tsiah妥當。Tsit擺beh出書，我也是仝款koh tī tsit句想規晡，改來改去。後--來就決定規氣來kā揣原文、追真相。阮不但查出日文書，也追到原作ê法文書。Tī tsit位作家hiah-nī濟ê作品中，tio̍h-ài決定是佗一本，然後tio̍h koh uì hit本書內底揣出tsit句ê所在，kánn-ná是leh海底摸針ê感覺。結果紀品志伊蹛tī法國ê朋友彭彥儒提供tsit本法文書ê書名，阮查某囝就趕緊uì網路去買電子冊來掀看。佳哉伊有學過法文，總算是揣著tsit段文字ê前後文句等等。然後，tī美國kah tī法國兩地，koh揣法國人朋友來幫忙了解hit句古典法文ê意思。阮查某囝tī美國揣--ê，mā是tsîng細漢leh厝--eh講法語ê朋友，因為是古典ê法文寫法，beh確認文意kah hit个表達ê氣口，也無簡單。竟然親像是國際ê文學偵探事件，koh不止仔趣味。總算目前已經查出真相，tsit句古典法文，原來是莫洛亞所舉ê一句例句，講智識女性朋友之間有真深ê友情。Tsit个例，就是用koh-khah早期ê兩位女作家in寫tī批信內ê對話，in leh相爭講beh為對方付出khah濟ê感情。用tsit句女性朋友之間表達--出-來ê友情來起頭，tú好是楊千鶴小說ê一个奇妙ê伏筆！原來我ê母親tī伊 20 歲ê時寫ê小說是安排kah tsiah-nī仔suí氣！

另一位寫序ê廖炳惠教授，是因為我初中好朋友吳京ê先生葉榮秋pat提起tsit位tī美國加州大學聖地牙哥分校所設立ê「川流講座」ê教授，後--來由婦女會ê歐春美紹介，pat講過電話。感謝伊認同我beh重新出版tsit篇小說ê英譯。伊也有推薦我ê出版計劃hōo tī紐約hia ê哥倫比亞大學ê出版社，但是美國ê出版社無法度處理我ê多元語文ê文稿。總--是，我確實tī各階段有收著濟濟溫暖、親切ê鼓勵。2021 年ê時，台南大學戲劇系ê學生pat寫批揣到北美洲教授協會來，因為in想beh tī in畢業編劇創作中用著我中譯ê「花開時節」hit篇。Suà--落-去tī 2022 年ê春天也kah hit个系ê學生kah in ê指導教授有寫電子批聯絡，無想到應用戲劇系ê許瑞芳教授對我ê中譯文真o-ló，hōo我增加信心。2022 年台文館研究典藏組長林佩蓉，伊個人tī-leh教會公報有出一个企劃案，為著tsit項計畫來kā我邀稿，刊出我寫ê一篇紹介阮老母ê文章。我想tse lóng是對我華文書寫ê肯定kah鼓勵。我寫華文一向lóng寫寫--eh就隨隨交--出-去。有一位今年tsiah熟sāi ê朋友，伊對我leh無閒處理ê文章內容好奇，所以就hōo伊看。無想著伊對標點符號特別看kah真詳細，koh有意見。Tsit位熱心ê陳淑婉tsiok頂真，也tsiok貼心--ê，有幾句華文伊特別用心替我考慮真久。朋友ê關心kap協助lóng hōo我感覺真溫暖。舊年也新熟sāi一位法律學者周宜勳，伊以Fulbright ê訪問學者身份去到捷克ê大學教冊。無閒ê生活中iá時常寫批來關心--我，mā想beh替我揣蹐eh捷克出版ê機會。其實tī十幾年前，有一位政大研究所ê捷克留學生，伊pat寫批徵求阮老母授權hōo in翻譯做捷克文出版。無想著tsit位文學碩士，周宜勳有探聽著伊tsit-má已經搬去庄跤種作，過伊kah意ê田庄生活。看--起-來，tī土地上種作，比擇筆tī紙頂以文字來種作kánn-ná khah快活、khah ē用eh兼顧著身體健康ê款？

確實，坐eh寫字、準備出書是不止仔辛苦ê代誌，tsit个體會，也hōo我更加佩服阮老母tī伊 70 歲以後koh出書，iá有做公開演講，活動力真強。伊ê文稿，尤其是《人生的三稜鏡》hit本書全本ê日文原稿，lóng是伊家己拍字--ê。

拍日文ê文字處理機kah電腦，mā是伊家己tȧuh-tȧuh摸、家己學，然後伊親手一字一字拍--出-來--ê。伊hit輩ê人，tī hit个年代，有幾个ē用eh家己用電腦拍字寫文章--ê？我ê老母，楊千鶴，伊lóng一直leh充實家己，繼續行tī時代頭前，伊ê精神是我ê榜樣kah鞭勵我家己ê動力。不論是少年時ê伊，iah是已經有歲ê時ê伊，我愈了解--伊，愈發覺著伊實在真無簡單，ah我對伊ê了解ē-sái講是日日加深。

楊千鶴ê hit本《人生のプリズム》ê日文書，由張良澤教授kah我合譯做華文，tī 1995 年ê時，由前衛出版社kah林衡哲ê「台灣文庫」合作，出版一本《人生的三稜鏡》ê書。Tsîng hit-tsūn熟sāi前衛出版社ê林文欽社長，到tsit-má伊iá-koh leh堅守台灣文化事業ê工作，為著出版本土ê書付出四十外年ê心力，hōo人真敬佩。真歡喜知影伊ê第二代林君亭先生kah台文專長ê鄭清鴻主編，以及楊佩穎主編等人也lóng加入tsit个團隊。前衛ê台文出版是高水準--ê，真歡喜看著in ê新書一本一本suà-suà leh出版發行，可見in逐家每工lóng是偌仔nī無閒、偌仔nī辛苦！Ē用eh由前衛出版社來編印出版我tsit本書，十分感謝。也祝福前衛出版社ê文化事業日日興旺，繼續堅持創社ê理想。

林智美

2023 年 9 月 tī 美國維吉尼亞州 寫

花開時節

花咲く季節

四語文新版

（華・日・台・英）

楊千鶴 著

林智美 譯

二〇二三年・前衛出版

國家圖書館出版品預行編目（CIP）資料

花開時節(花咲く季節)四語文新版(華・日・台・英)/
楊千鶴原作;林智美編譯.-- 初版.-- 臺北市:前衛出版社,
2023.12
416面;15×21公分

ISBN 978-626-7325-64-3(平裝)

861.57　　112019811

關鍵字：日治時期；台灣小說；楊千鶴；花開時節；
女性意識及婚姻、友情

花開時節（花咲く季節）

四語文新版（華・日・台・英）

The Season When Flowers Bloom

Hanasaku Kisetsu (花咲く季節) in Four Languages
(English, Taiwanese, Japanese, Chinese)

原　　作　楊千鶴
編　　譯　林智美

出 版 者　前衛出版社
地址：104056 台北市中山區農安街 153 號 4 樓之 3
電話：02-25865708 ｜傳真：02-25863758
郵撥帳號：05625551
購書・業務信箱：a4791@ms15.hinet.net
投稿・代理信箱：avanguardbook@gmail.com
官方網站：http://www.avanguard.com.tw
出版總監　林文欽
法律顧問　陽光百合律師事務所
總 經 銷　紅螞蟻圖書有限公司
地址：114066 台北市內湖區舊宗路二段 121 巷 19 號
電話：02-27953656 ｜傳真：02-27954100

出版日期　2023 年 12 月初版一刷
定　　價　500 元
I S B N　978-626-7325-64-3（平裝）

獻給我敬愛的母親　楊千鶴女士

愛する母に捧げる

楊千鶴
〈花咲く季節〉

花咲く季節

楊 氏 千 鶴

「美しい方よ、あなたが私を愛して下さるよりも尙一層私があなたを愛してゐることを、一生涯、私が雄辯を振つて主張するのをどうか御覧下さい。」

南國の太陽が、三月にしては强すぎる暑い陽ざしをなげかけてゐる青い校庭の芝生で、モロアの「結婚、友情、幸福」を讃む聲は講堂から流れるピアノの音ととけ合つて美しい旋律を狭い校舍一ぱいに漂はしてゐた。碧い空とかすかに匂ふ芝草の香りに青春の息吹きを感ずるほど、私達はローマン・チックなむすめ達ではなかつたけれども、もう一しよにゐる日も殘り少いといふ卒業を間近かにひかへた淡い感傷が、いつもは、「スピード〻スピード、あなたの御仕度はいつも牛みたいにのろいのね」とせき合つてそゝくさと歸る放課後の時間を四人、五人とそれ〲のグループで日頃丹精の花園をそゞろ歩いたり、芝生にねころんだりして、短かい學窓の日を惜しんでゐるのであつ

發表於 1942 年 7 月
《台灣文學》第 2 卷第 3 號，頁 144-160

花開時節

（Chinese）

花咲く季節

（Japanese, Original work）

花開時節

Chinese

華文版目次

花咲く季節

Japanese, Original work

日文版目次

華文版

作者簡介

楊千鶴

一九二一年九月一日—二〇一一年十月十六日

楊千鶴在一九二一年九月生於日治時期台北市兒玉町，即台灣人俗稱的「南門口」，今台北市南昌街一段的地方。「台北第二師範附屬公學校」及「台北靜修高等女學校」畢業後，更入學於當時台灣唯一的一所女子最高學府——「台北女子高等學院」，簡稱「學院」。一九四〇年由「學院」畢業後，開始以日文隨筆文（散文）寫作。一九四一年入當時最大報社「台灣日日新報社」擔任家庭文化版的記者，被公認為台灣第一位女記者。難得的是，報社接受了她所提出的必須與日本記者同工同酬的聘任條件，這顯然突破了當時日人有六成加給的成規。楊千鶴採訪、報導包括台灣文化、藝術、人物（譬如郭雪湖、

賴和），以及介紹教育、醫藥衛生等現代新知，並以不同筆名寫書評。一九四一年十二月八日，日本偷襲珍珠港引發美國加入太平洋戰爭，一九四二年日方情勢日益惡化，加強皇民奉公運動，並下令裁縮報章雜誌。在那軍國主義高張的政策下，新聞報導也受到嚴重牽制，楊千鶴遂辭去記者工作。

在一九四〇至一九四三年間，楊千鶴廣受邀稿，見稱於當時日文寫作蓬勃的台灣文學界，曾發表文章於《文藝台灣》、《民俗台灣》、《台灣文學》、《台灣時報》、《台灣藝術》、《台灣公論》、《台灣地方行政》等刊物。以她作品的質與量，均堪稱為日治時期最為優異的台籍女作家。一九四二年的小說創作〈花咲く季節〉發表於《台灣文學》，被認為是日治時期唯一的一篇描寫受高等教育的台灣女性，她們在青春期的思想及精神風貌，也提出對婚姻自主、女性的自我概念、女性間的友情、家庭親情與溝通，以及幸福等的思考，相當突出。

楊千鶴於一九四三年結婚，隨即因家庭狀況及戰局惡化，帶著嬰兒躲空襲過「疏開」生活而擱筆。在一九四五年第二次世界大戰結束後，更由於語文遽變、日文受禁等政治環境而輟筆多年，直至解嚴之後，才又復出台灣文壇。期間，在一九五〇年曾以「無黨無派」的身分參選，當選為台灣地方自治首屆民選的台東縣議員。一九五一年亦任台灣

省婦女會理事等職。

楊千鶴自認是個愛看書，求自己內在充實，對「真」、「誠」執著的人。一九八九年秋重拾文筆，以日文寫作，一九九三年在日本出版《人生のプリズム》一書，中譯本《人生的三稜鏡》於一九九五年在台北出版。繼之，又將她戰前、戰後所寫的日文、中譯文，及部分演講稿結集付梓，於二〇〇一年元月出版了《楊千鶴作品集3：花開時節》。楊千鶴的日文文筆流暢優美，細膩真誠，創作文類包括散文、小說及評論，她在戰前與戰後兩個不同時代的文學寫作，展現敏銳的觀察及反思，也提供了許多珍貴史料。

寫在出書之前

台北的天空——楊千鶴〈花開時節〉的重現

林智美

此番準備將母親的〈花開時節〉短篇小說，以（華、日、台、英）四語文出版一書，在反覆閱讀日文原作，以及琢磨英譯文、台文表達及中譯文的修訂，這些過程中，越發使我體認這篇文學作品，是一個珍貴的台北故事，台灣歷史中一頁少女成長心理的圖像，也是反映知識女性對自我、友情、女性等議題的探討，是台灣文學史的一個重要里程。

緣起：母親的「台北的天空」

台北是我母親楊千鶴永遠的心靈故鄉。在一九九三年楊千鶴以一篇篇散文寫成自傳性質的《人生のプリズム》（一九九五年中譯為《人生的三稜鏡》）一書，裡面記載著她在二十歲時買了新出刊的高村光太郎所著的《智惠子抄》豪華版時，讀了有關智惠子懷念她所熟悉的天空的一些詩句。感動之餘，楊千鶴也不知不覺抬頭仰望自己看慣了的台北的天空，那時她覺得「還算是青色的天空」。七十二歲出書當時，楊千鶴繼續追述道：「但現在的台北，卻只能看到濃煙瀰漫的灰色天空。」、「為了追求青色的天空，我離開了故鄉，現在正眺望著異邦美國的清澄藍天。當年我那文學少女的一場夢，已隨著流雲不知消散何方，但如思念故鄉青空的智惠子的心情，直到現在還強烈地燃燒於我的心中。我故鄉的清澄天空，跑到哪裡去了？想起被污染成混濁的故鄉天空，我就心痛。**日暮、鐘聲，歲月如流、唯我獨留**。流逝了歲月的彼岸，有我的故鄉，父母永眠的故鄉，那裡有飽嘗了溫暖母愛的我所享有的少女時光。何等急速飛逝的歲月呀！」

如今我母親楊千鶴也永眠了，我記掛著強烈燃燒於母親心中的那片故鄉的天空，也不禁在自己心中反覆問道：「我故鄉的清澄天空，跑到哪裡去了？」我的父母，他們的

父母，還有我自己，都出生於台北市，可以說是道地的老台北人，台北是我們世代祖先永眠的故鄉，是會使我心疼的故鄉。然而現實使我在一九六六年大學一畢業就來到美國讀研究所，竟踏上不歸路，在美國教書，成家育女，現在連英語人的孫女也長大就業了。我蠻驚訝也欣慰地發現到這樣的孫女竟然也自發自動地心繫著台灣的淵源。熱愛台灣的楊千鶴所寫的〈花開時節〉，如此一個在台灣土地上發生的故事，台北歷史的一頁，也是台灣文學史的一個重要里程，我想要讓後代知道，繼續流傳給所有關心台灣及愛好台灣文學的人們知道。

台北人是誰？

自我出生以來，以中文書寫的台灣文壇似乎在我一九六六年出國後才開始活絡起來。在一九七〇年代，我有機會讀到一些台灣出版的文學作品，其中包括白先勇一九七一年發表的〈永遠的尹雪豔〉（《台北人》的首篇）以及黃春明一九六八年的〈青番公的故事〉。記得當年我同時讀到這兩篇截然不同風味、不同內容的作品時，簡直像是挨了當頭一記棒喝，令人昏厥；震驚、嘆息久久不能自已。小小台灣島上，竟然有兩

個極端對比的世界如此赤裸裸地攤在陽光下——有這般好似等閒客居的族群棲息在台北都會，對照著在土地上必須面對氣候的挑戰，勤奮苦幹討生活的宜蘭在地居民；一個是顯露出蒼茫虛華的生活，一個是展現著阿公殷切叮嚀孫子阿明對土地的疼惜與尊重。

《台北人》有英譯版，至今還被美籍亞洲文學系所的教授們津津樂道，讚賞有加。「台北人」一詞也因此被人掛在口上。或許是因為生爲台北人，我對此一名詞特別敏感，我一直很納悶，白先勇的《台北人》一書收錄的十四篇小說所刻劃的人物，可以說是台北人嗎？如今再仔細重讀每一篇，雖然讚佩作者在字裡行間非常生動地勾勒出歷史洪流中令人心生憐憫的漂泊天涯人，有其文學性及歷史性的份量，但這些人物，沒有一個是心繫台灣這塊土地的，而且這些人也沒有把當時真正的台北在地居民看入眼裡。《台北人》這本小說，深入描繪的是一群跟隨國民政府的退敗而被突兀地移放在台灣的形形色色人物。經由小說人物，透露出他們在中國大陸的前塵往事，以及這些人在他們流逝年華及錯置的時空中，還耿耿於懷、糾結於他們過去種種的那般心境。雖然能夠理解作者或許是帶著苦笑及幾絲的冷諷與嘆息，稱這些人為「台北人」，但這些人物，其心態與生活，能代表「台北人」嗎？世界會不會誤以為台北人就都是這樣的面貌？世居台北的人有被看到、聽到嗎？其實台北還有許許多多的故事及歷史值得關注與正視。楊千鶴的

〈花開時節〉便是一篇台北的故事，是一九四〇至一九四二年間的正港台北人的寫照！如果說白先勇寫的小說是戰後一部分的新台北人，那麼楊千鶴寫的小說是戰前的老台北人！白先勇寫的是年衰、過氣、離根漂浮的中國出生人物；楊千鶴寫的是年輕、邁向前程、根生在地的台灣出生人物；只是這些台灣少女，她們當時萬萬沒料到，戰爭一結束，她們的天地隨即瞬間整個改變了！

台北天空下的兩樣情

「台北的天空」這個名詞，許多人也不陌生。在一九八〇年代，隨著王芷蕾的蕩漾歌聲，留駐於許多人的記憶裡，竟然在二〇二〇年台灣總統大選的競選活動中，韓粉們還曾大唱這首國語流行歌曲！他們也懷念台北的天空，還是懷念他們年輕時那兩蔣的年代？一般人難免會感懷自己的青春歲月，正如歌詞那樣「台北的天空，有我年輕的笑容」。但是當年與我同輩在台北長大，曾經一起歡笑的「北一女」高中同學們，我從網頁上得知她們不論是在大陸經商當老闆，或者是在美國進修後當了美國公家部門什麼長的，個人資料卻都寫著是中國大陸的某省人，頂多只記載著少時曾在台灣就學。由這許

多事例使我醒悟到，原來在她們的心中，台灣僅僅是她們人生過程中的一個小站，一個為了求學曾經暫居之地。很多出生於台灣、比我更年輕的韓粉，不也是還認定自己為中國人，希冀要兩岸一家親，甚至寄望未來被中國統一嗎？他們也是沒有認同自己雙腳所踏的台灣這塊土地，不把孕育他們成長的台北當作心靈的故鄉。他們都具客居台北的心態，無論他們是否長久住在台灣，或曾有過一段在台北歡笑的生活。

林強在台語歌曲〈向前行〉中，唱出從台灣南部到台北找工作時的感嘆：「台北不是我的家！」（最早語出羅大佑〈鹿港小鎮〉）這一句不也正好道出了《台北人》裡的小說人物以及唱著〈台北的天空〉的許多韓粉們的心意嗎？對有些人來說，台灣不是他們的過去，也不是他們的未來，無論他們不喜歡也好，喜歡也好，都只是以旅客般的優越姿態看待台北。這是與我母親及我的那種會為故鄉牽腸掛肚、感到心疼的戚戚情懷相差十萬八千里，完全不同的呀！我不禁想問，不愛惜、不認同台北這塊土地的人，稱得上是台北人嗎？

楊千鶴的〈花開時節〉短篇小說

楊千鶴的〈花開時節〉，其日文原作〈花咲く季節〉發表於一九四二年七月號的《台灣文學》雜誌上，是受中山侑（他與張文環及王井泉一起在一九四一年創辦了《台灣文學》雜誌）的邀稿而創作的。生長於台北都會，當時還未滿二十一歲的楊千鶴，寫出與台灣男性作家不同的題材與筆調，小說內容不是台灣文學常有的農村社會寫照，也沒有刻意強調抗議或描述窮困不幸的悲慘命運；而是寫一群在台北受高等教育的女學生，在畢業之際所面臨到結婚的人生轉折點的故事。由現實與反思的穿梭對話，呈現出那個時代的真實社會面目，以及小說敘事者頗具前衛性的「自我」觀念。以整體的閱讀氛圍而言，類似這樣有別於同年代作品而展現出清新題材與文筆的，我也在一九七〇年代讀到吳念真的第一篇小說《抓住一個春天》（一九七七年出版）時感受到。吳念真描寫的一群男學生，是在面對高中與大學的人生轉折點上，他們的徬徨苦悶以及趁機到陽明山郊遊的那份年輕朝氣，也留給我很深的印象。對照吳念真的這篇小說，在更早三十多年前、在不同的語言文化背景下，楊千鶴的〈花開時節〉所刻畫出台北的女學生們的焦慮與互動，這不也是值得探究、玩味的「青春圖像」的歷史比對或性別比對嗎？

為何在一九四〇年代會寫出〈花開時節〉這樣的題材呢？楊千鶴在一九九四年為漢英文對照的摘文小集《花開季節（台灣文學選譯第一輯）》寫的序文中提到：「（即使在）連連受到外來政權壓迫的台灣裡，還是會有花開的季節，存在著燦然的青春氣息，以及年少時的煩惱。就如同沙漠中，亦有瞬間的春天，得以看見沙堆下生長著的小花。在那索漠的殖民地時代的生活中，也（仍有）不忘編織著夢想，如此楚楚可憐的台灣少女的（這般）成長心理。如果〈花開季節〉能讓讀者（感到）豁然釋懷，（筆者）便可感到心慰了。」日治時期台北都會少女的心情與生活，也是真實的台灣歷史面貌，怎可不見容或被忽視呢？在那歷史巨輪下，在那混沌的時代裡，一片純真的台灣少女情懷，她們與親友們的各種關係，她們在互動中認真地思索未來，我彷彿親眼看見這些鮮活的情景。我設想她們的處境，也用心去傾聽這些纖細、坦誠、私密的心聲，不禁為之怦然心動，不捨之情也油然而生。楊千鶴細膩入微的心理刻畫，與著重劇情敘述的一般小說手法也大異其趣，是頗具獨特性的文學作品。在流暢、雋永的文筆下，這篇小說內容針對友情、女性、自我、家庭，以及那個新舊交雜時代的反思，是超乎抒情的一篇理性探討，可算是在台灣文學史上更邁前一步的發展。以往女性早早地就被安排了婚姻，在那樣的時代裡，楊千鶴的小說主角卻想要爭取時間與空間來先瞭解自己，如此開拓了「自

我」的概念；小說主角所做的許多反思，也樹立女性獨立思考的現代行為模式。精神層面的這些前衛思維及表現，已不僅是戀愛情愫的憧憬，這是此篇小說很值得注意的特質。

小說背景的一九四〇年代是個怎樣的年代？當時的台北生活樣貌如何？受高等教育的女性的前途又如何？小說人物的反思、掙扎、抉擇的種種過程，這一切的一切，並不是像許多人以一句殖民地或皇民化就能簡單概括解說的。當今很多台灣文學歷史的研究者，往往著重於一九四〇年之前，或一九四五年之後的研究討論，而輕易忽略了一九四〇至一九四五年之間的這一段文學活動及作品。在這段經常被忽略的歷史夾縫，時局是日益變化、每況愈下，政策、生活隨著不同年份月份都有不同狀況。以「台北女子高等學院」（不是「高女」，是更進一級的女專程度的學院）的學生而言，她們的課程、活動，甚至有沒有畢業典禮也都要看到底是哪個年次。自從日本在一九四一年十二月發動了太平洋戰爭，由於引起美國參戰，日本的戰況因此急轉直下、物資見絀；台灣在日本偷襲珍珠港之前還算能過著某種水準的生活，不是如許多人以為從一九三七年就已劃為戰爭期，而想像著每天都生活在戰爭砲火中。對於讀者或研究者在閱讀或討論一九四〇至一九四五年期間的作品時，不能不注意分辨故事的特定時間點。楊千鶴的〈花開時節〉

是反映一九四〇至一九四二年代的台北情況。這篇以實際經驗為基礎的小說，其文本內容的細節豐富與正確性，自然會比一些光是在概念上以大正或昭和時代背景就虛構而成的創作要來得有實質意義與價值。

重現楊千鶴〈花開時節〉的意義

關於這次重新出版〈花開時節〉這篇小說，還有兩層特別的意義。一來是對於內容的新認知，二來是對於這次出版的語文更多元。

1 更多的發現與更深的領略

我曾在一九九九年將母親的日文短篇小說翻譯成中文的〈花開時節〉，該文除了在《楊千鶴作品集3：花開時節》一書中出版，也被收編於《島嶼妏聲》、《日據以來台灣女作家小說選讀》、《二十世紀台灣文學金典》等書中。我由網路看到，大部分的研究論文或台文系所課程中的討論，重點多半針對該小說敘事者所萌發的新女性意識、婚姻主導權，以及小說內容呈現的社會關懷——受高等教育的女子，在當時社會氛圍及戰

時體制下，除了走入家庭，還是少有工作機會及其他出路。這些重要的關注面之外，在二〇一二年的《台灣文學評論》終刊號中，我也特別就〈花開時節〉的文學性及題材發表看法。我認為這篇是在當時就以「意識流」的新寫作風格脫穎而出，不像一般直線性地敘述故事經過，而是以多面向的方式反映敘述者起伏的思緒及感情，呈現出內在心理。許多文句也一語雙關，既寫實、卻同時抽象地反映出內心的複雜思維。我也對在那個年代就能以友情、幸福、家庭內的親情溝通，以及探討自我的概念這樣的議題為題材，頗覺得是難能可貴的眼界。因此楊千鶴的寫作，似乎不只是能與國際潮流接軌，也算是走在時代先端的台灣文學之作。

如今我自進行多語文的翻譯過程中，由於有了網路資訊方便查詢，可以比二十多年前更進一步發現與瞭解一些以前沒注意到的珍貴記述。譬如，你們可知道以前台北城內的片倉街嗎？你們知道當時的喜劇王是誰嗎？你們知道台北近郊曾有膾炙人口的八里海水浴場嗎？如今細讀之下，才重新發現台北以前的面貌。當然，還包括了故事場景之一的那所高等女子學院（台灣在日治時期唯一存在的女子最高學府「台北女子高等學院」，簡稱「學院」），一所在戰後已不復存在的學校（戰爭結束時尚未畢業的學生，就納入台灣大學了）。一九四〇年「學院」的各種課程，從朗讀法國作家的文學作品、教育、

心理、國際情勢，及至射箭、打網球、做家庭理財計劃，還有全校師生共同午餐是由各年級的學生輪流負責親手準備的，這都是與我學生時代的體驗大不相同。隨著小說，昔日的台北影像以及母親的學生生活，一幕幕浮現眼前；我走入歷史，窺見前所不知的台北，思索未曾想過的事。「隨著母親的足跡，追尋昔日的天地，挽著夢裡的時光，留住回憶的溫馨。」這或許就是我的心情寫照。也是想重新出版楊千鶴的〈花開時節〉短篇小說，來與大家分享的用意之一。

其實最令我吃驚的大發現是此篇小說的第一句，那段學生們朗讀的法國作家莫洛亞寫的文句，竟然不是異性間愛情的告白，而是兩位女性朋友之間深厚感情的誓言（那文句是莫洛亞引述更早期的兩位法國女作家，她們之間書信往返中所流露出的情誼，這句也點出了此篇小說的一個重點——女性的友誼）。細讀研究，真的會有更多的發現、認識與收穫！學生時代的楊千鶴不僅讀了不少外國文學作品，畢業不久也以這樣一篇〈花開時節〉回應日本新出版的暢銷書《娘時代》，呈現出以台灣為本位的「台灣少女情懷」來對照日本崛起的年輕女作家大迫倫子筆下的「日本少女情懷」！總之，〈花開時節〉的重現，提供給新舊讀者一個機會，用新的視角來品嚐這篇文學作品，做更深層的體認及思考。

2 多元語文的版本及完成母親的心願

這次除了將以前我發表過的中譯文稍加修訂外，整篇小說我也做了英譯及台文的版本。十幾個月前的二〇二一年，不但是台灣文化協會成立的百年紀念，也是楊千鶴的百歲之時。這一年，在疫情中，我也經由線上講習的機會，學會了台文的書寫。我發覺原來台灣教育部自二〇〇六年，對台文的書寫方式已有相當的整合，並推出母語教學的方案，於是激起我想急起直追台灣的少年人，學習用漢羅、台羅寫出母語，成就「我手寫我口」的文字表達能力。我的母親生於日治時代，受教育期間，不得不學習殖民統治者的語文。日本自一九三七年四月開始，在台灣全面廢除漢文課及報刊的漢文欄。楊千鶴的家裡雖然依舊是講台灣母語，但她執筆寫的是日文。儘管她的日文能力可以傲比日人職業水準，但她一直覺得使用日文表達是背負著被殖民統治的歷史傷痕，而深感遺憾。當然，即使在日治時代，縱然是用日文書寫，楊千鶴也從來沒有忘記自己是台灣人。在日本的軍國主義下，她總是本著台灣人的立場，以她的散文書寫，提出問題與微詞。

我自己這一輩的經驗也與母親一輩同樣被迫以非母語為「國語」。我們母女兩代，在長遠的歲月裡，都不得不各自使用不同的外來語做為書寫的工具，這真是台灣人的悲哀，

是多麼令人傷心的事！距離楊千鶴在一九四二年以日文發表〈花咲く季節〉以來，經過了整整八十年，我在二〇二二年才終於得以母語來完成台文版的〈花開 ê 季節〉，真不能不令人浩嘆！雖然〈花開 ê 季節〉未必一定是一項還原之舉，但我總算達成母親的心願。母親在好幾次公開的場合以及她出版的書裡，曾述及身為台灣人的她、卻只能用外來語文書寫，心理是多麼的矛盾，她始終耿耿於懷未能用自己的母語寫文章。但過去對於台文書寫方式，眾家意見紛紜，不曾出現整合方案；母親終歸沒有機會，也沒有餘裕來重新學習以台文寫作，而留下遺憾。八十年後的今天，母親的這篇小說得以台文出版，我覺得意義重大，想必也聊可告慰母親在天之靈。但無論如何，台灣人走過艱辛的歷史是鐵一般的事實，我與母親都深信，只要是認同母土台灣的台灣人，他們以前在不得不使用外來語的情形下所書寫的作品，只要是具有文學價值，都應該視之為台灣文學的一部分。

目前，我之所以能夠完成台文版〈花開 ê 季節〉的這個心願，是得力於我的台文老師紀品志的協助與鼓勵。他雖然年紀還不到我的一半，但他是非常專業、敬業的語言學家，並且對台語、台文的研究及資料考查，都仔細透徹。更難得的是年紀輕輕的他，非常耐心地遠距陪伴及鼓勵我走過這一整年的翻譯及錄音過程，實在是不可多得的貴人。他還鼓勵我儘量用我原生家庭慣用的語句及台北泉腔來寫，也不在乎我已蒼老的聲音，

而要我自己用尚保留著的泉腔朗讀做成錄音檔。他協助我做校編，並且也將漢羅版轉寫成全羅，讓不看漢字的人也能讀出文本內容。我用母語朗讀這篇台北的故事，聽在自己耳裡，彷彿回到以往原生家庭，置身於熟悉的親朋間。母親小說中的人物原型，我也都認識，事實上、這三人小組的友情維持到她們人生終點，甚至延續到下一代，實在非常可貴。這篇小說也好似讓我走入時空隧道，倒帶補看一段前所未識的母親們未婚前的少女時光，即她們由「學院」畢業前後那幾年間的互動與心情。

此外，我也非常重視這次英文版的呈現。其實早在一九九四年，也曾蒙一位有心人士來要求母親提供她文章的許多不同段落，以漢、英對照的方式，並且用母親的小說名稱，出版了《花開季節：台灣文學選譯第一輯》，但那是薄薄的小冊，畢竟只是片段文句而沒有全文。後來在我們不知情之下，於二〇〇二年也有被全文英譯放在《台灣文學英譯叢書》中出版，可惜不甚通順也有不少錯誤。很遺憾地，外國學人以英文看寫有關〈花開時節〉的學術研究論文報告時，幾乎就是憑著閱讀那篇沒經授權、又詞不達意的英譯版，我們也著實感到委屈。忍耐二十年之後，在二〇二二年我與女兒合作，重新翻譯成英文。希望今後的研究者，能採用我們這次出版的比較正確的英譯文本。在美國出生的女兒，大學時也雙修英文及寫作，她的參與，使得這次以四語文出版的這本書，成

為三代合作之下的成果，別有一番意義。如今台灣走向國際化，政府也在鼓勵並加強英文的學習及使用；此外，也有不少的年輕人在學習日語及日文。相信這次以多元語文出版這本書，更能符合各類讀者的需要。在此必須一提的是：由於日文的平假名、片假名寫法在戰後已有改變，母親曾在二〇〇一年元月出版一本與小說篇名同樣的厚書《楊千鶴作品集3：花開時節》（六三六頁），那時這篇小說〈花咲く季節〉在重新打字出版時就消失了一些舊式的寫法，所以這次要出版的日文小說，就完全改成現代的日文表記，以求全文統一方式呈現，也方便現代日文讀者的閱讀。

想及當年楊千鶴發表〈花咲く季節〉時還未滿二十一歲，如今她的曾孫女都比那個年紀大了，令人不甚感慨！從楊千鶴算起的這第四代之際，我們將楊千鶴的原作〈花咲く季節〉這篇小說以四種語文出版，紀念這位在台北出生，具有獨到見解及卓越才華，以日文在戰前與戰後兩個不同時代寫作的台灣文學作家，我的母親楊千鶴。也將此書獻給所有心中有台灣的讀者們，謝謝您們傾聽正港台北人的聲音。

林智美

二〇二三年三月三日

寫於美國維吉尼亞州家中

作者代序（摘錄）[1]

楊千鶴

今年（一九九四年）八月，從台灣來了一通意想不到的電話，說是為了要介紹台灣文學到國外，而計劃把台灣人的作品譯成英文，出版《台灣文學選集》。為此，希望能將我以前（一九四二年）發表於《台灣文學》的一篇〈花咲く季節〉也收入書中。

（中略）

出生於日本殖民統治的這一世代台灣人，不得不使用非家庭母語的外來語，繼之，在轉成本期待為祖國的中華民國政權下，又受到不合理的政治壓制而飽嚐淚水，這些台

1 譯自一九九四年十二月，前衛出版《花開季節：台灣文學選譯第一輯》之楊千鶴序〈《花開季節》の序に代えて〉。林智美於二〇〇三年重新中譯摘錄。

灣人字字所綴成的作品，是滲入了說不盡的辛酸體驗。無論處於哪一個時代，總受阻於語文劣勢的障礙高牆，致使台灣文學難免有延宕發展的感覺。

欲使台灣文學開花結果之路依然險阻。出版書本的文化事業，往往也非得承擔虧本犧牲的覺悟不可。明知如此，仍為了宣揚台灣文學而有此英譯台灣文學選集的出版計畫，……其勇氣與熱心，令人感佩！……我也動員了女兒修改從我作品摘錄的台語及英文翻譯，力求能更通順貼切地表達出日文原作之意。

（中略）

〈花咲く季節〉此篇小說是五十二年前（一九四二年）我少女時代的作品，去夏（一九九三年）我剛在日本出版了《人生のプリズム》（人生的三稜鏡）一書，於今重讀昔日舊作，感到當年那小說未臻成熟，尚有些不滿意之處，但總算是難得地描寫出了那個時代年輕少女的心理，想來也蠻懷念的。

即使在連連受到外來政權壓迫的台灣，還是會有花開的季節，透露出燦然的青春氣息及年少的煩惱。就如同沙漠裡亦有瞬間的春天，從被風吹動的砂石中，可以發現到綻放著的花朵；在那索漠的殖民地生活裡，依然有懷著夢想，令人心生憐愛的台灣少女們的成長心理歷程。

倘若〈花咲く季節〉能夠舒緩讀者的心情，筆者也可感到心慰。

〈花咲く季節〉此篇小說，在戰後（二次世界大戰後），曾以〈花開時節〉之題目，兩度被翻譯為中文。但是要希冀中譯文能傳達出原文細膩的心理描寫，似乎是太苛求，難以達到的。所以我實在是希望能將原作的日文也與台譯文及英譯文一起對照出版。只有片段的選文，實在難以看出全文的情節以及文章起承臻峰的全貌，頗覺遺憾。

（中略）

其實台語文目前還在開發階段，使用的文字也尚未統一，期待大家在此現狀下更加努力、共同協力研修。深信在經過不斷的嘗試及努力，必能迎接那開花結果的一日。

台灣有歷經了五十年的殖民統治，生來就不得不以外來語書寫的這一世代；以及在接踵而至的中國國民黨政權下，必須拚命學習華語的世代；此外也有一群人不遺餘力，努力在搶救被國民黨那壓制偏頗的政策而幾近消失的母語；這些人全都是由這塊土地所孕育成長的台灣人。

我堅信，凡是秉著對母土台灣的一片愛心，所有這些人所書寫的作品，只要是具有文學價值，則無論是用何種語文書寫，無可置疑的都屬於台灣文學。台灣的歷史是無法輕易否定、是不可能抹煞的既定事實。我們台灣人彼此都親身經歷過歷史的悲哀，共同

咀嚼著悲傷而存活下來的。由這些人們的心聲所寫成的作品，將之以台灣語文及英譯問世，……的此一盛舉，無疑地可在台灣國內外開拓出更廣的台灣文學讀者群，我深信會有助於台灣文化的宣揚。

我希望……的熱心能得到更多人的回應及協力，蔚成一股台灣文學界大團結的新風貌，以促進台灣文學今後的發展，我如此期待著。

藉此機會，陳述我自己的信念，並以這些祈望，代為序。

一九九四年十月二十三日
於美國馬里蘭州

序

台灣女性書寫的先聲

——歡喜楊千鶴〈花開時節〉以四種語文重現

國立台北教育大學名譽教授　向陽

楊千鶴（一九二一年九月一日~二〇一一年十月十六日），是日治時期台灣文壇第一位以女性書寫崛起的作家，也是台灣報業史上第一位女性記者，一九二一年出生於台北市的她，先後從台北第二師範附屬公學校、台北靜修高等女學校、台北女子高等學院畢業，是當時為數不多的台籍女性菁英。她開始寫作，始於一九四〇年，最初是隨筆散文；一九四一年，進入《台灣日日新報》，擔任家庭文化欄記者，也是唯一的台籍女記者；一九四二年七月，她在《台灣文學》雜誌發表小說〈花咲く季節〉（中文譯名〈花開時節〉），描寫當時台灣女性青春時期的夢想和人生之路，發表後就受到文壇矚目。

楊千鶴創作〈花開時節〉之際，未滿廿一歲，小說帶有濃厚的自傳小說味道。她以流利的日文，纖柔、細膩的文筆，寫出一九四〇年代日本統治下台灣年輕女性離開學校後，面對愛情、婚姻與人生之路的徬徨與選擇，同時也探究對於當時的女性來說「幸福」的意義何在。小說中三名女性（朱映、翠苑、我）在日本統治末期，是少數接受高等教育的女性知識分子，但在傳統父權文化下，都面對家庭和周遭環境預期的婚嫁壓力：要遵循社會習俗，接受父母安排結婚，還是要掌握自己的命運，不被舊社會羈絆？成了她們無可迴避的課題。最終，朱映結婚生子、翠苑決定研習洋裁，而「我」則進入社會工作。三條不同的人生道路，呈現了日治時期台灣女性三種不同的選擇。小說最後是朱映生子，三人在醫院面對新生命降生的喜悅。從少女的「花開」，到新生兒降生的「蒂落」，這篇小說寫出了一九四〇年代台灣女性的內在世界，以及她們在愛情、婚姻、家庭、自我成長與友情多重交織的生命體驗，今日讀來，仍然令人動容。

相較於日治時期多數台灣男性作家筆下的世界，左翼、貧苦、農村、工人的題材，反抗、憤怒的筆調，以及多半悲哀、傷痛的結局，楊千鶴的〈花開時節〉更顯得鶴立，她寫的是台北都市知識女性的故事，青春和夢想、徬徨和選擇，以及對幸福人生的尋索，使得這篇以女性為書寫題材的小說，在反殖民、抵殖民的風潮中顯得獨特、清新，並能

映現較不為讀者熟知的殖民地台灣女性的視角；其中「我」拒絕接受長輩安排婚姻，進入社會工作的自主意識，在那個年代更顯得前衛與進步。這是台灣小說中顯露女性自主意識的先聲，在台灣新文學史上具有相當重大的意義。

從另一個角度來看，〈花開時節〉故事發生的場所是日治下首善之都的台北市，女校校園中朗讀法國作家安德烈．莫洛亞（André Maurois）的名句、禮堂飄出的鋼琴聲、蓬萊閣的喜宴、看電影、交換書刊閱讀、「國際館」相親、公共汽車候車站、八里海水浴場、淡水河、醫院……，小說中出現的這些場景和氛圍，在在映現了一九四〇年代尚未發生戰爭時的台北都市風情，三位少女在其間結為好友、閨密，她們行踏過的場所，她們面對人生轉捩點所做的選擇和故事，十足就是描述一九四〇年代台北人（女性）日常、台北都市的風情畫。就都市小說的發展而言，這也是台灣新文學史不可忽視的作品。

〈花開時節〉從一九四二年發表迄今，倏忽八十餘年過去，一九九九年楊千鶴愛女林智美已將這篇小說從日文譯成中文，收錄於二〇〇一年由南天書局出版的《花開時節》單行本，其後多種選集，如《島嶼奴聲：臺灣女性小說讀本》（江寶釵、范銘如主編，巨流，二〇〇〇）、《日據以來台灣女作家小說選讀》（邱貴芬主編，女書，二〇〇一）以及《二十世紀台灣文學金典．小說卷》（向陽主編，聯合文學，二〇〇六）等都曾收入，

是國內大學台文系所都會研讀的小說。

現在，在林智美為傳揚母親的文學書寫而做的努力下，〈花開時節〉以專書的形式重現於廿一世紀的台灣，並且以原作日文、中文譯本、台文譯本和英文譯本四種文本，統合於一書之中正式發行。其中，林智美幾乎親力親為，中文、台文都由她親譯，英文則是她和愛女陳愷瑩合作翻譯。以祖母、女兒、孫女三代的愛和親情，合力完成的這本《花開時節》，蘊含的意義何其深遠，這是一篇小說的四種語文重現，更是一部作品三代之愛的血脈相連，而構連於其中的則是楊千鶴一家三代對台灣這塊生養之地的深摯認同。

楊千鶴是跨越日治和國民黨威權年代的作家，〈花開時節〉在日治時期發表，以日文寫出；一九九三年以隨筆方式串成的自傳《人生のリズムプ》，也是日文。這對她來說，應該是心裡最大的痛，一直是她耿耿於懷的事。林智美為〈花開時節〉所做的台文譯本，是她為完成母親生前心願，從頭學習台文表述，費盡心力譯成，更屬意義重大，因為〈花開時節〉的台譯文本，不僅止於一個女兒為傳衍母親文學志業所盡的孝心，同時也為日治時期台灣作家的日文作品台譯工程開了先河，讓在殖民體制下不得不使用殖民者語言的台灣作家作品，重新返歸為這些作家原本使用的喉舌之語，應該為台灣文壇

和出版界所重視，這也是值得所有關心台灣文學的人歡喜的大事。

很高興我能為林智美策畫、主譯的這本《花開時節》寫一些心內話。我與千鶴女史初識於一九八五年秋天，當時我和楊青矗赴美參加愛荷華大學國際寫作計畫，其中一趟旅行，曾夜宿她在美國的住所；一九八六年台灣筆會在台北成立，她專程回台參加，當時她與走過日治時期的台灣作家杜潘芳格、鍾逸人相談甚歡，拉彭瑞金和我與他們合影的照片，我珍惜至今；一九八九年八月，張良澤在日本筑波大學舉辦「台灣文學研究會」，她與我又在日本相會；一九九三年，她出版日文傳記隨筆《人生のプリズム》（後有中文譯本《人生的三稜鏡》），持贈予我的慈藹神情，記憶猶新。我與她最後一次談話，是二〇〇六年主編《二十世紀台灣文學金典》，收錄〈花開時節〉，打電話徵求她同意，她很高興，但指定我要寫導讀，才肯授權。電話中她殷殷垂詢我的近況，希望我有機會到美國時能再見面。那是我聽聞她的聲音的最後一次了。

初秋之夜，重讀千鶴女史的〈花開時節〉，想念她生前的形影和音聲。她已離開我們很久了，但她的作品仍不斷被閱讀、被討論，如今通過翻譯，可望讓更多不同語文的讀者更加閱讀她、親近她，她的生命因而常在！

花開時節

（一）

「美麗的人兒，比起妳對我的情誼，我對妳的情誼是更深厚的。我一輩子都可以振振有辭地如此主張、說服妳。請看吧！」[1]

南國的太陽，雖說才只是三月天卻已相當強了，暖烘烘的陽光照射在這青翠校園的草坪上。學生們朗讀著莫洛亞《結婚．友情．幸福》[2]書篇中的詞句。誦讀的聲音，恰

---

1 學生朗讀的這段話，出自法國作家莫洛亞（1885-1967）的書《感情與習俗》（*Sentiments et Coutumes*, published in 1934），是莫洛亞談論到知識女性間的理想友情時所舉的例子。莫洛亞舉出兩位更早期的法國女作家拉法葉特夫人（Madame de La Fayette, 1634-1693）及塞維涅小姐（Mademoiselle de Sevigne, 1626-1696）的親密友情為例，陳述她們之間若有爭議發生時，也不過是如公開信件中所寫的那樣：兩人相互爭著為對方表達出更深厚的情誼。

2 莫洛亞的書《感情與習俗》，在一九三九年由日本文學家河盛好藏翻譯出版為《結婚．友情．幸福》一書，岩波書店發行。楊千鶴小說中所寫的莫洛亞的詞句就是出自這個版本。

好與禮堂飄出的鋼琴樂曲，融合成優美的旋律，洋溢於這不算大的校舍。

藍天一碧如洗，綠草地也散發著淡淡的草香味，令人感受到一股清新的青春氣息。我們雖不是一群容易因此動容而多愁善感的羅曼蒂克少女，但由於即將要畢業了，心裡也泛起一縷縷淡淡的哀愁與感傷。平時，只要一上完課，大家便匆匆趕著回家，互相催促著：「快點！快點！妳的動作怎麼慢如牛！」如今卻是與各自的近朋好友，三三五五、成群結伴地漫步流連於平日精心照顧的花圃間，或悠悠然地躺在草地上，留戀著所剩無幾的學生生涯。與以前從「女學校」[3]畢業那次不同，這回一旦踏出了校門，大家勢必得依各自的命運去面對結婚或其他現實人生中的種種境遇。因此而引發出的不安與哀愁，雖然誰也沒說出口，但一直盤踞在每個人心底的深處。

「〇〇，妳結了婚之後，在街上碰到我們，該不會裝做不認識而揮袖一去吧？」

「△△，再過一個月，妳就要成為醫生太太了吧！」

被問的人顯得難為情，而問話的人倒是一本正經，而且還摻雜著幾絲喟嘆。要告別少女時代，開始踏入多彩的婚姻生活，幾多惜情？幾多憧憬？這些人的心中，不知正交織著多麼複雜的感情！我真想一窺究竟，瞭解這些已訂婚的同學她們的內心世界。在課堂上，她們看起來一如往常，靜靜地專心聽講。雖然狀似認真聽課，誰知她們的心思是

否已飛到九霄雲外了呢？不過，這也只是我自個兒的忖度而已。下了課，她們依舊與鄰坐的同學一起用功讀筆記，並未顯出任何不同的樣子。或許，她們只不過是將「結婚」看做世上極為尋常的一件事罷了。

三月初的某一天——音樂老師走進教室來，她說：「從今天起，我們該開始練習唱畢業歌了。妳們以前在『女學校』畢業時已唱過了，現在大家就先一起唱唱看吧。」說完就轉身面對著鋼琴坐了下來。我們大夥兒一時怔住，不禁面面相覷。

「朝夕相處，同窗共學。螢蟲之光，白雪輝映。」[4]

3 「女學校」在當時日本的學制裡，是中等（中學）程度的女子學校。在日治時期的台灣，女子修完六年的義務教育（公學校或小學校）之後，再考入的四年制「高等女學校」，一般簡稱「高女」或是「女學校」。義務教育中的「公學校」是為台灣人所設，而「小學校」則是為日本人所設；「公學校」與「小學校」所用的課本教材不同。要進入「高女」時，除了考試以外，也常需憑推薦信而決定錄取與否。不同所的公立「高女」，考試都是在同一天分別舉行的，所以考生必須事先決定要去報考哪間學校。在台北的「第一高女」及「第二高女」的考題是取自小學校的課本，而「第三高女」的考題取自公學校的課本；換言之，第三高女主要是為台灣人所設的。公立的高女以外，也有私立的高女，譬如位於大稻埕的「靜修高等女學校」，由天主教在一九一六年創辦，提供日本人及台灣人的高女教育。總之，「女學校」就是「高女」。

4 這是日本傳統（從明治到大正，乃至昭和年代）的畢業歌〈仰げば尊し〉（仰望師恩）歌詞。歌詞裡引用了「囊螢映雪」的典故，形容夜以繼日，苦學不倦的情景。晉朝時家貧的車胤在夏天用袋子裝螢火蟲來照亮書本讀，

在我們歌聲的餘韻中，卻夾雜著一陣陣細微的啜泣聲。

「是誰？」

鋼琴聲戛然而止，老師站了起來。我們都屏息不作聲。啊！是林同學，是我們班上第一位即將結婚的同學。看到她臉上摀著的白手帕，正隨著她的啜泣而在微微顫動著，我的心頭也猛然震憾出洶湧的波濤。這位向來不太表露出自己感情的林同學，如今竟然也會如此激動——。

「畢業，目前對於妳們各位來說，的確是件令人傷感的事。然而，能夠沉浸於這般心境的妳們，是正處於人生無比幸福之中。感懷少女時代而引發出的所有淚水，就讓它盡情地流吧！能哭出來的眼淚是珍貴的。老師平常總是嘮叨地罵妳們音階沒唱準，練習態度不夠認真等等，如今到了這離別的時刻，其實老師也感到心酸，只是我把它給忍了下來。妳們想想，我每年都必須經歷這般離別感傷的情懷，相較之下，妳們不覺得老師更可憐嗎？好了，大家提起精神，以高高興興的心情邁出校門吧！在這人生的旅途，不能只靠淚水，也不能單憑意氣用事，必須以發自內心的真誠去面對一切。光是說說、喊喊也沒用，是需要好好認真去做的。今後擺在妳們面前的人生道路，必定是與往昔不同，每人都難免會遭遇到人生中的一些困難或欣喜的事。請妳們記住，在悲傷中要拿出勇

氣，而在得意時不要驕恣忘形，需持以謙遜、戒慎的心而行。我不是用空泛不實的高論來激勵妳們，這些都出自我個人的人生歷鍊，由失敗中體驗過來才說的，是打從心底說出來的一番忠告。老師現在所說的話，妳們可能一時無法全然接受，但是在往後漫長的人生旅途中，有朝一日，或許妳們也會記起曾經在音樂教室裡聽老師所說過的這番話。我也是一下子感傷，情不自禁地說了這許多話。其實妳們都是優秀的學生，這不是我在這裡故意誇獎妳們，妳們都是本性純樸、溫順的好女孩。希望妳們能永遠記住現在這樣的氣質，一直將它好好地保持下去。」

「在優雅、美麗之中，少女應持有一縷凜然之風。」

「這是我日常生活的信條，就以這句話做為各位的畢業贈言吧！」

突如其來地聽了老師幽然道出一番肺腑之言，同學們一個又一個感動得哭了，頓時全班都垂著頭、黯然神傷。我沒有哭，哭不出來。只覺得老師說的話好像匯聚成一股暖流，流貫了全身。我悄悄地抬起頭來，瞥見了窗外有幾個正在準備那天中午聚餐的低年

而孫康在冬日利用窗外積雪的反光來讀書。至於這首畢業歌的旋律及歌詞大意，在二〇一一年被發現是來自美國一八七二年的一首放學時的歌（Song of the Close of School）。日本學制，每學年是在三月結束，學生也是在三月畢業。一九四五年後的中華民國年代，這首日本畢業歌被改填中文歌詞，成為〈青青校樹〉的畢業歌。

級同學，她們手中端著櫻餅及散壽司從走廊經過而往餐廳去，使我猛然想起今天正是三月三日的桃花節[5]。經過我們教室時，她們也往室內偷瞧了一眼，恰巧與我的目光碰了個正著。

這位我們一向心儀的音樂老師，她很適合穿一身素黑色寬領的日本和服，總是顯出高雅的藝術家氣質。當她講完了相當長的一席話之後，好像一時不知所措，便又轉身面對著鋼琴坐了下來。然而我已是了無心情唱歌，便將目光投往窗外的校園景色。燦爛的陽光照耀著那美麗的變葉樹，枝頭上停著一隻不知名的小鳥，牠像是突然想起了什麼似的，不一會兒「啾啾」地叫著飛走了。由學校的弓道場傳來「噗！」的一聲清響，不知哪個同學正射中了箭靶。

從那一天開始，大家更是切切實實地感受到畢業的時刻真正臨頭了，尤其是已訂了婚、不久就要結婚的同學，感觸必定很深。平時不打網球的，也忽然熱衷打球，有的也成群結伴去郊遊等等。為了把握所剩無幾的少女歲月，不願空留任何遺憾，大家都忙碌地將自己投入於各種各樣的活動中。我們全班的學生才四十人不到，其中的台灣同學聚成三組小圈圈。其一是以說話頗有見地的謝同學為首的六人小組，她們已有四個訂了婚，成績相當可觀，是屬於「好姑娘」典型的一群。另一組是焦孟不離，我們稱之為「好

搭擋」的兩人，在班上並不足以構成什麼影響力；是來自極偏僻的鄉下——偏僻得幾乎使人想不到從那裡居然也會有「女學校」的畢業生來我們「學院」[6]就讀呢。此外就是瀟脫不羈、不按牌理出牌的三人小組——朱映、翠苑與我。我們三人決定在畢了業之後也不立刻改變生活狀況。並且還約定好了，將來即使有任何一人結了婚，或搬離到他鄉，也應該要繼續保持我們三人目前的友誼。

「『或許，始料未及的，結婚之日突然來臨。如果婚姻美滿、成功的話，至少在某段時期內，少女之間的友情將為結婚所扼殺。因為兩份同樣強烈的感情是很難雙全並立的。』以上是莫洛亞在書篇中針對友情的詮釋，你們的看法如何？」老師在課堂上提問。

可惜，翠苑、朱映與我，都還來不及發出反駁的言論，我們就已在「螢蟲之光，窗

5 三月三日是日本的桃花節，也是日本女孩的特別節日，稱為雛祭（ひなまつり）。有女孩的家庭，在一、兩星期前的吉日就開始擺飾許多日本人形娃娃在梯狀的陳列台上。桃花節也需準備特殊食物，包括散壽司及櫻餅；後者是用櫻花葉裹著糯米做成的甜點。

6 「學院」是「台北女子高等學院」的簡稱。這是日治時期全台灣唯一的一所女子最高學府，設立於一九三一年，學生包括日本人及台灣人，她們都是已經從「高女」畢業之後才來就讀的。當時是半官方設立的學校，教師很多是由台北帝大的教授兼任的。這間學校在二次世界大戰之後已經不存在，當時尚未畢業的學生轉入台大就讀。（舊的校址在台北市南海路，植物園對面，如今的建國中學隔壁的國語實小那一帶。）

下映雪」的驪歌聲中，踏出校門了。

（二）

畢業與結婚，對於年輕的我們而言，似乎只有一牆之隔。還不滿一年，就已聽說有好幾位同學曾先後到學校分送訂婚禮餅或分發喜帖等等。我也曾兩度受邀去參加了在「蓬萊閣」[7]辦的喜宴。屈指算來，班上的同學竟然已有一半出嫁了。這些同學還在上學時，就已相當熱衷於準備出嫁的事。雖然我也頗能理解她們那安份知足地、僅求片隅幸福的心願，然而也難免覺得她們太過於單純了。（這樣說或許會招致他人責怪，但無論如何，我個人的想法確是如此。）那麼倉促、輕易地就嫁人了，我總覺得這樣的人生像是短缺了些什麼似的，有點遺憾。

「只有妳們的三人小組，全都依然堅定不移啊！」

沒面子，我們大概是沒人要吧——。不，其實不然，那陣子我們相當認真地在找尋「自我」，在自我的世界裡徘徊思索。

住在三重埔[8]的姑媽那時經常到我家來。她總是對我說：「已經從『學院』畢業了，

年紀也不小了，有好的對象也不肯談婚嫁，哪有這種道理？」

她又說：「對方是醫生，將來賺錢不可限量；人又老實、菸酒不沾、生活儉樸，這都是我日常親眼目睹，可以向妳保證的。實在是不可多得的好對象，妳可以放心嫁給他。」「妳的母親早逝，父親年紀也大了，不要再任性固執，好好考慮考慮吧！」姑媽一口氣說個不停，打量著一直沒開口說話的我，想要從我臉上找出一絲應允的跡象。

「以前我們那個時代，如果有人來提親，就只有自個兒悄悄躲起來的份兒，哪能說出自己的心意？現在妳可能也不好意思明說自己的意願。妳不答腔，我就當做妳已答應，來進行安排吧！」

「阿姑——，請等一下，我不能如此簡單、莫不在乎地就步入婚姻啊。」

「就是嘛！結婚是人生大事，我也不可能就這樣倉促地將自己可愛的姪女嫁出去呀。只要妳交給我來辦，在訂婚之前，我總會安排讓你們兩個年輕人見見面、彼此也談談話。阿姑雖是生長在舊式社會的人，但也不打算再用我們過去那套老方式，連對方長

---

7 「蓬萊閣」是台灣日治時期台北市大稻埕名氣響亮的高級台菜飯店，附有藝旦表演。是一九二七年由淡水富商黃東茂在「東薈芳」的原址重新開幕的豪華酒樓。

8 「三重埔」是目前新北市三重區的傳統地名。

個什麼模樣，也要等到結婚當天才知道呢。」

那是我生平第一次被人提起婚事，體會到這古往今來，一向總是會讓人面紅耳熱、感到難為情的事。我一邊兒聽著姑媽說的話，一邊兒卻一頁又一頁地猛翻著我手中的書本。

當姑媽終於走出我房間時，唸中學的侄兒正好上樓來。

「嘿嘿！是要當新娘子的事吧？就乾脆嫁出去算了！女人家嘛，雖逞強說著大話，終歸是時候一到，一個個毫無問題地就嫁出去了呢！」

「胡說！」

我心中充塞了太多的感受，還不斷地澎湃擴張著。沒功夫去理會這小子，也懶得為他那自以為是的一派胡言發脾氣。

「對象是誰？我知道了，是醫生，對吧？我去找個學長幫妳打聽、調查看看，好嗎？」

「囉嗦！別來煩我了。」

「是，是，我的大小姐，那就讓妳自個兒慢慢地去煩惱吧！」

同學們大概就是這樣子被提親，在口口聲聲對方是如何如何地完美的說辭下，答應

了親事，然後就出嫁了吧。女人的一生，從懵懂無知的初生嬰兒時期開始，經過幼年時代，然後便是一個學校接一個學校唸下去，尚且無暇喘口氣的時候，又緊接著被催促要出嫁，然後在生兒育女之中，轉眼就衰老而死了。在這過程中，難道就真的可以撇開個人的感情與意志，而將自己完全託付給命運，任意受安排的嗎？啊，我也不盡是要全盤質疑推翻，而是對於尚無心理準備就要被安排結婚，感到不安與不解。果真每一位已結了婚的同學，她們都是心甘情願、同意出嫁的嗎？在茫然的心境下，哪能將終身大事給決定了呢？我渴望能靜一靜，有喘息的時間與空間來瞭解自己，好好審視我自己。過去二十年的歲月裡，經歷了痛苦與哀傷，我尚未能有餘裕來好好認識自己。啊，說得也未免太嚴重了吧？我只不過是乖迕，不肯順從地出嫁罷了。

有一天，我一大清早就被叫起床，說是父親有事要我過去。不知是什麼事？我心裡直打悶鼓。還相當早呢，大概父親夜裡睡不著覺。顯然他正醒著，不時還傳來無力的咳嗽聲。

自從母親去世以來，我與父親的關係，可以說，除了當我需要錢而向他開口的時候以外，是缺少了一般父女親情所該有的溫馨對話。這或許是因為父親具有古老的傳統觀念，不想對女兒表露關心。再者也因為我曾是母親的寵兒，過去只纏著母親，在無邊的

母愛下，自由自在地長大；一旦母親去世了，似乎突然變了個人，在家裡也不願多說什麼話了。可不知父親他自己是否也疼愛著我這女兒呢？受著現代教育的我，當然也期望能像其他同學那樣，與自己的父親能相互溝通、親密地自由交談，或者向他撒撒嬌、要東要西的。我多麼渴望父愛能如此表露出來，因此竟連不該置疑的父愛，也沒把握了，而胡亂猜疑起來。

想起在母親逝世兩三年後，當時六十多歲的父親有一次突然病倒了，無法勝任以往每天到現場監工的職責。那時我還在上「女學校」，如果父親去世了，我可怎麼辦呀！懷著悲壯的心情，我全心祈求神明保佑父親平安，甚至還比母親臥病時更用心祈禱。（那時我實在不懂事態之嚴重。）我在心裡呼喚著：「什麼神明都好，各方神明啊！請聽聽我這可憐少女的祈願吧！父親可是我在這世上僅剩下一個可以依賴的親人呀！雖然他是常繃著臉，沒能說出一句親切的話。」我為父親的健康擔憂極了，不管是上學前、或是放學後回到家裡，我都站在母親的靈牌前，不斷地祈禱。然而我卻是不善於開口表達自己心情的女兒。

「她簡直不像是我的女兒。對我這瀕死的父親也不能說出一句體貼的話，從我床前走過時，總是默不作聲的。」父親傷心地向前來探病的親戚們如此訴說。我聽了不禁泫

然淚下，感到萬般孤寂。當年母親在病床上也是一再地對別人喟嘆道：「真是白疼了那女兒。」對於母親浩瀚無邊的愛，我未能做任何回報，連一言半語的安慰話也來不及向她說，她就這樣走了……。如今又聽父親痛心地埋怨，我真是氣憤自己怎麼這個樣子，無盡的懊恨從中而來，滂沱的淚水也泛濫泗流。

「爸爸，要不要吃稀飯？」我被家人連連勸說了之後，怯怯地走到床前去向他請安時，說出這樣一句。

「我什麼都不要！」父親咆哮著。那聲音之大，幾乎可令人憶起他生病前原有的聲量。

我們雖是這樣的父女關係，但自從我由「女學校」畢了業，再繼續升學以來，也能察覺到過去沒注意的細微之處，體會出父親縷縷的愛心。我想，不善於表達自己內心的愛，說不定是台灣人的性格傾向吧。看看父親、母親、還有我自己，我忽然發現到這個通性。

如今父親有事要對我說，真是稀有的事啊！趨近父親時，我仍然如往昔那般，怯怯地。

「惠英！」

被父親一叫，我畏懼地釘在那裡了。掀開蚊帳，父親憔悴的臉龐驀然映入眼簾，我隨即又俯下了頭。

「妳姑媽也告訴過妳的那門親事，我是贊成的。穩重、可靠、認真、肯上進的青年，是可以託付終身的對象。至於對方有無財產，那不是問題。對這件事，妳不可再像以前那樣任性固執了。」

父親的話，字字、句句，鏗鏘有聲地落入我的心坎。

「據說妳總是埋怨著，如果母親還在世的話，就如何、如何。其實我也是想要像妳母親那樣，事事為妳著想、為妳操心的。總之，這一次妳該想清楚、好好考慮考慮。」

父親的話，流露著多麼親切的關愛，使我下定了決心，好吧，就出嫁吧。這回我不得不拋開以往那些莫可名狀的猶豫了。我寫信給住在南部、我一向心儀的二哥，透露出這般心境。沒想到我竟收到了二哥他明察秋毫的回音，他的理解使我感動極了。

「妳的心意我十分明白，父親的心情我更是清楚。我倒不認為妳的心境該歸諸於少女莫名的感傷。雖然妳不曾當面對我說出什麼，但我們是血脈相連的兄妹，我對妳的性格十分瞭解。縱使妳的朋友們，在茫茫然的心境下也可以論婚嫁，換做妳就不一樣了。妳是不可能簡簡單單地就甘願接受的。雖不能說妳這樣子是較好與否，但畢竟那是妳的

本性。大概在某種程度內，順著自己的本性行事也好吧！妳說是因為不想讓父親為妳操心而決定要出嫁，其實那就大錯特錯了。對父親以及對我而言，無非是期望妳能終生幸福。如果妳能真正得到幸福，我們才能安心。如今妳若冒然地勉強自己結婚，或許暫時可讓父親以為是完成了女兒終身大事而放下心來；但是，惠英，如果妳嫁過去而不感到幸福，那將會如何？父親的憂慮豈不是要比現在更加深了嗎？這樣吧，父親那裡，我會寫信去取得他諒解。妳目前還年輕，為了要充分體驗人生，就這樣保持現狀，或許是不錯的吧！」

於是我終究又得以堅持己意，渡過了一關。不過，為此我也著實嚐了各種苦滋味呢！在學生時代就已訂婚的朋友們，她們似乎沒經歷什麼痛苦就簡單地決定了婚事吧？至少，從她們那時在課堂上仍然顯出與以往無異的情形看來，想必就是如此的。

「你們就是從小被母親寵慣了，長大也變得不知天高地厚，惠英這丫頭，也盡說些任性的話，將來沒人要，我也不管了。」

有一次，哥哥在事業上不知有什麼閃失，父親氣得東吼西吼著，連我的事也提出來罵。我縮著頭、站到邊邊去，心裡直想著：「爸爸，我只不過是你可憐的小女兒。爸爸，你仍然是我親愛的爸爸。」

（三）

朱映、翠苑與我的三人小組，在畢業後大約每個月相聚一次，一起去看看電影或互相交換書刊來看，這情形似乎與以前在學時差不多。只是彼此見面的機會要比原來所預期的少了很多，總覺得是一項缺憾。但是能有這樣的聚會，已著實滋潤了我的生活。

我們剛畢業的時候，一本《娘時代》（少女時代）的新書風行一時，讀者很多。那本書將我們這群未婚少女內心裡含糊不清、莫可名狀的煩惱寫出來，我們頗覺心有戚戚焉。不過，再怎麼說，這一本書是出自於日本人之手，所描述的內容，畢竟與我們這些生長在台灣的姑娘也有多處不相吻合。那麼，我們又真正以什麼樣的心情看待這「待字閨中」的少女歲月、姑娘時代呢？雖說那正是我們自己的親身體驗、也是眼前的感受，但真正要我們觀察出什麼具體形式，或要說出個所以然來，卻是件相當困難的事。只知我們是身處於「沿襲古風」與「趨向新世代」的夾縫中，受到兩者之間的一層強烈的磨擦力所羈絆、綑套。

有一天，我們三人看完電影之後，也順便去拜訪一位我們在學時就退了學去結婚，已成為醫生太太的同學。如今她已安頓下來，就等著要當媽媽了。我們曾在她新婚不久

時去看過她。那時，她每聽到我們在談話中提到了「母愛」、「撫育孩子」之類的字眼，心裡就起疙瘩，使我們覺得她真是個怪人。誰知這一次我們一進到她家，她就直拉著我們一起去欣賞掛在她家牆上的一幅油畫，那竟是一群小孩在原野嬉耍的溫馨景象呢！

她還說：「有了家庭仍然和學生時代一樣，最盼望的是星期天的到來！可以去看電影、去郊遊、野餐，真是最快樂不過了。歸途也順便去片倉街[10]吃壽司，喝熱騰騰的番茶[11]。個中樂趣，若非如我這樣置身其中的人，也許不容易體會到的吧。」

「但是每次付錢的時候，都得付兩人份，所以五円左右的零用錢就像插了翅，一下子就花光了呢。」聽她補上這樣的一句，已十足成了個精打細算的標準家庭主婦！接著

9《娘時代》是日本當時的年輕作家大迫倫子（一九一五～二〇〇三）在一九四〇年五月出版的一本十分暢銷的書（偕成社發行），自述少女心理的躍動及內心的憂傷。本書在一九九八年又重新出版。

10片倉街（片倉通）是在日治時期台北市西門町其中的一家電影院「新世界館」後面的一條小巷，林立了二十多家日本料理店。壽司、佃煮、蒲燒、燒鳥等日式小吃，應有盡有。片倉通附近也有日式、西式的大酒家，整個西門町一帶都是繁華的娛樂場所。（日治時代的西門町範圍比現在小，只約今中華路以西至康定路之間的成都路兩側一帶而已。片倉通似乎就是現在的台北市成都路二十七巷。）

11番茶是一種日本的綠茶，咖啡因的濃度較低，是日常飲用的、味道比較柔和的茶。

她又說，這陣子似乎變成愛看「榎健」、「緑波」[12]等的喜鬧劇，以及「刀劍武打」[13]之類的影片了。她繼續喋喋不休，幾乎是專等著我們這些好聽衆來讓她能以結婚先輩的身分大談一番、過過癮。

我們每次若想要一探究竟、瞭解結婚之後的生活情形，便相約一起去台北大橋[14]附近這位醫生太太的家。我們的目光四處打量、暗中觀察，結果發現到她近來已不如剛結婚時那麼注意打點自己的衣著以及收拾屋內的東西了。

「妳們三人當中，誰會最早結婚呢？」她也用促狹的眼光，在我們每個人身上溜來溜去，想要觀察出什麼新苗頭、新動靜來。

「大概會是翠苑吧！」醫生太太終歸是將矛頭指向翠苑——這位衣著講究、家境富裕的千金小姐。既然那麼想知道，何不乾脆找本算命卜卦的曆書，拿出來翻翻看，不就行了嗎？我心裏不禁如此嘀咕。

「反正我一定是最後一個了。」有著一雙烏溜溜大眼睛的朱映總是這麼說。這大概與她的家庭背景有關吧。每次聽她這麼說，我心裡也都覺得難過。

「妳們三人都趕快結婚吧！人生真正的苦樂滋味，盡在其中呢！」

大家東拉西扯、聊個夠了之後，正準備要起身回家時，這醫生太太常以老氣橫秋的

口吻，又加上那樣一句奉勸的話。

「真是的，她以為我們每天盡想著要出嫁的呀！沒意思！」我們真大不以為然。

「不管怎麼說，妳們確是正處在如花似玉的錦繡年華呢！既沒有柴米油鹽的煩憂，也不需為公婆費心，逍遙自在，什麼問題都沒有。」有時這位醫生太太也會嘆口氣，吐露出這樣的真心話。可是那時她也必定不忘又再加上一句：「但是，未結婚的妳們，還

---

12 榎健是榎本健一（一九〇四～一九七〇）的藝名。綠波是古川綠波（一九〇三～一九六一）的藝名。兩人都是一九三〇、一九四〇年代非常出名的喜劇王，以歌唱喜劇在舞台表演、收音機廣播、電視及電影螢幕出現，是二戰前極受歡迎的諧星，也影響了戰後喜劇的振興。榎本健一從東京淺草的歌舞劇表演開始，自一九二七年起在電影中演出，一直演到一九六五年。古川綠波是東京出生，在早稻田中學時就開始寫影評，一九三一年投入電影的演出，也擅長歌唱及模仿聲音。兩人是競爭對手，直到一九四五年才首度共演。古川綠波晚年多病，一九六〇病倒於舞台上，次年身亡，他一直有寫日記，出版了《古川ロッパ昭和日記》，以其文才記錄日本喜劇史、昭和風俗史，他也是美食家。

13 刀劍武打（チャンバラ）是日本的時代劇電影或舞台劇，劇中很多持長刀打鬥的殺陣。這類電影從一九〇八年開始，在一九二〇～一九四〇年代很盛行，也稱為劍劇電影，戰後到一九五〇年間也有量產。

14 台北大橋，位於台灣北部淡水河上，連結台北市的大同區與新北市的三重區。一八八九年時是木橋，兩端分別為三重埔與台北大稻埕。一八九五年時，日本人改稱為淡水橋，當時是大龍峒及大稻埕一帶的重要轉口港。一九二〇年改名為台北橋，後改建為鐵橋，於一九二五年通行。台北市這端的地名，台灣人稱為「大橋頭」。台北橋在一九六九年完成為四線道路的水泥橋，一九八七年改為六線，最後完工是一九九六年。

不能算是成年人呢！」

（四）

一年的時光，在學生時代似乎是相當漫長。然而，畢了業之後，閒著待在家裡過著輕鬆的日子，卻覺得才一眨眼功夫，一年就過去了。聽到學校又送出新的一批畢業生，不由得使我們這些畢業以來一直是生活漫無目標的人，心也突然著急起來。概念上，開始覺得該考慮結婚不可了。要不然，自己是否會落為「碩果僅存」最後的一個？這樣的焦慮很快地就潛入了心頭。

有幾次媒人來我家提親，但父親沒問我的意思之前，就全打消了。在一個颳著強風的夏日夜晚，我突然心血來潮，翻開畢業後這一年所寫的日記來看。上面盡是寫著何時與朋友到某某地方郊遊啦，看了什麼有趣的電影啦，不被家人重視而傷心落淚等等。可說是連篇長句，別無其他。自從踏出了校門，這一年內，我真是沒什麼長進，毫無收穫可言。縱然我不曾特別打算要去獲得什麼，但也不無感到心有未足的一份空虛。為了鞭策自己，給懶散、缺乏幹勁的自己注入一股新活力，於是我想到要出去找份工作做。我

曾經由一次網球賽的機緣，結識了一位〇〇高女畢業的文學同好——田川小姐。我們兩人在一起就高談闊論，連我與翠苑她們所未能話及的議題，我與田川也都能談得口沫橫飛。我就是在這段期間，從田川獲知機會而進入一家報社工作。

事先我並沒有和家人商量就暗自將寫好的履歷表送出，直到錄取通知來了之後，才去向父親稟明，並準備好好挨他一頓罵，心想他一定會大發雷霆的。我本來就已明白，像我們這樣的家庭是不會喜歡女兒出去工作的，因為怕被人說閒話。但我已下定決心，不再去擔憂左鄰右舍會投來什麼異樣眼光而受到拘束，我要明確地決定今後自己的生活方式。父親是頗在乎周圍眼光的老人，但他並不如以前那樣固執，也已漸漸地能跟我交談幾句了。那陣子，不知父親是否對於新時代的趨勢以及對我都已有了一番理解；總之，不知何故，那一天他並沒有因為我要出去工作而動怒。

「爸爸，那麼明天開始我就要去上班了。」我不太放心地又對他說了一遍，但父親依然是一言不發、默不作聲。

我才上班沒多久，剛好那時候，一向常出口說她自己一定會是最後一個出嫁的朱映，竟意料不到地話及：「有人來提親了。上個星期天，母親與我在教會裡瞥見了那個人，印象還不錯，所以我想或許就答應下這門親事了。」

狀似來商量，她就這樣子說出了這天大的消息。聽她的口氣還十分乾脆的嘛！雖說我們三人都有容易受感動的共同點，但就「自我意識」的強度而言，朱映不像翠苑與我，她總是不常表達出自己的主張。然而這次朱映的婚事，我們尚無置喙的餘地，便已迅速地次第進展下去。他們在「國際館」[15]正式「相親」[16]見了面之後，已在雙方家長認可下，公開交往了。過了一段日子後，朱映才得知對方的學歷及家庭狀況，都與媒人所說的有相當大的差距，但那時朱映對他已有深厚的感情而不會輕易動搖心意了。

「他說月薪是八十円左右，這樣是否夠用呢？我們在學校的家事課上所擬出的家庭理財規劃，都以月薪百円的設定來做的，但現實與理想畢竟不同，拘泥於理想也於事無補的呀！」朱映雖然沒有將她的意思說得十分明白，不過，把她的言外之意也綜合起來，大致就是如此了。

我與翠苑兩人也被介紹與朱映的對象認識。如果我說他是個單純的人，或許人家會不高興。但「單純」往好的方面來解說，那他確實像是個為人正直、踏實，又能永遠摯愛妻子的老實人。被朱映催問著我們對他印象如何時，翠苑倒是以「攸關人家一生的話，我無法說出」而開脫了。我則回答朱映說：「可以憑妳自己的感覺而信賴下去的人吧！」

「送定」[17]（訂婚）那天，我們一早就自動到朱映家幫她化妝、換衣服等等，幾乎

比她本人更興奮。朱映她那美麗的臉龐，顯然長出了比平日更多的青春痘。

「昨夜睡不著覺的關係。」朱映有氣無力地說。那聲音，像是她對這匆匆來臨的婚事所產生的莫大感觸，似乎是認命地喟嘆著：「將來所有的一切，從此就這樣被決定了。」我擅自如此揣想。

朱映穿著紅色長衫[18]，戴著翡翠耳環，真是個醒目亮眼的美麗新娘。我們在幫忙的當兒，也被她吸引而不時地注目欣賞。

不久就正午十二點鐘了，男方「送定」的一行人也來了，屋裡熙熙攘攘、熱鬧起來。

---

15 國際館在一九三六年開幕，是位在日治時期台北市的西門町，一座非常豪華的建築物，是全台灣第一間有冷氣設備的電影院。這是日本東寶映画的直營戲院，第一層樓有餐飲部門。二次世界大戰後的民國時期，改名為國際戲院，如今的萬年商業大樓所在之地。

16 相親（日語：見合い）是一種傳統的婚姻介紹的社交活動。由親友或媒人介紹安排，在公開場合與男女雙方及其親友代表一起出席，通常在餐廳以餐飲形式進行，讓有可能婚配的男女首次見面。男女雙方經相親之後才決定是否要繼續以結婚為前提而開始交往，甚至直接結婚。

17 送定是男方送聘禮（喜餅、首飾等等）到女方家的台灣人傳統訂婚儀式。擇日、擇時舉行，男方出發前先鳴炮，男方親友與媒人到女方家也有一定的人數（六人、十人或十二人），到達後也有一定的流程，包括新娘奉甜茶，男方家長給新娘戴戒指等儀式。日後女方以喜餅分送給親友們，讓人知道已經訂了婚的消息。

18 長衫是日治時期台灣人的傳統服裝之一，領子與旗袍同為立領，但腰身比較寬鬆，兩側下擺也有開衩。

朱映什麼話也沒說，拉起我的手，按在她怦動的胸口上。我們兩人四目相對，說不出話來。

男方動用了好幾台的「利亞卡」[19]所運來的酒、罐頭、糕餅等等，在嘈雜聲中被搬進屋裡。「一百——，兩百——……。」朱映的親戚——大概就是嬸嬸吧，正幫忙清點著聘禮的數量，她那機械性、不帶任何感情的聲音，相當大而刺耳。隨著一層層疊高了的物品，朱映的人也好像是一節節被取走了，我禁不住有這樣的一種錯覺。

朱映的母親走進房來，她已是滿面淚痕。

「我就只有這麼一個女兒，為了她，我總想竭盡所能去做。不過，要為一個父親已逝的孩子，做到讓她能比得上人家，畢竟是件不容易的事。雖說嫁到那裡並不是十分理想，但總算能有個歸宿安頓下來，我也可放心了。」

平時，朱映的母親常對我們說那些話的。但如今她為了女兒訂婚而忙來忙去，張羅周旋著，竟連我們想向她開口問好的一個空檔也沒有。朱映她本人，倒是沒什麼特別表情地與我們一起望著一箱箱的禮餅盒漸漸疊積如山。我對她這副莫不在乎的樣子頗不以為然。另外還有一件事也使我感到不滿。當她在客廳裡被戴上了訂婚戒指之後，回到房裡來，那時我們覺得她的命運就從此被決定了，而不禁感傷，卻看到她嘴角掛著微笑，

眉宇間掩不住欣悅，確實是一副喜不自禁的模樣。為什麼會是那樣的心情？真令人費解！真想有一天該好好問問她。

至於我自己，當初我決定要開始上班時，意志是那麼堅定，是懷著滿腔熱血而去的。事實上我也因為工作而得了一些磨鍊，使我有所長進。但是半年多以後，我覺得情勢的變化造成工作窒礙難行，所以就把工作辭掉了。這並不是因為年輕姑娘做事不能專一，或態度散漫，其實是因為時局下種種的情況使然。然而，我就職上班之事，結果僅如一般女性的暫時就業，畢竟沒能成為我終身從事的志業。

當初我已上班一段時日之後，住在外地的二哥才得知消息的，那時他並沒有特別說什麼。這次當他回來台北，發現不稍久之前我竟然沒對他說什麼，卻已辭掉工作了，不禁感到意外，便找我來問個究竟。

「妳為什麼辭職？」

「因為似乎快要迷失了自己。」

「啊！那麼辭掉也好。」

---

19 利亞卡（リヤカ）是以前運貨用的二輪拖車。日治時期非常普遍，直到一九六一年才為三輪馬達小貨車取代。「利亞卡」一詞是來自英文的 rear car。

既不是玩笑，也不是太認真，二哥輕淡地說了這句，而沒繼續追問。20

（五）

一個初夏的午後，熱烘烘的南風吹得人懶洋洋、昏昏欲睡。我這個任性的女孩，明明有著一大堆該做的事還沒做，嘴裡卻直嚷著日子過得太無聊。大哥的兒子上了二樓來，告訴我剛剛有兩位年輕的女人來找我。他以為我因感冒在睡覺，所以就這樣子告訴她們，她們便回去了。大概公共汽車不會那麼快就來，或許她們還在候車站等車呢，於是我急忙奔出去。很意外地發現了這兩人就是住在基隆的謝同學以及比我們高一屆的她嫂嫂。

「哇，真難得，什麼時候到台北來的？」

謝同學她們那一小組，除了她一人以外，全都已經結婚了。「不知她感到多麼寂寞哩！」每當同學們在閒話家常時，提到謝同學，就往往這樣說。謝同學是個外表樸素、賢淑、穩重的人。那一天她穿著一身素色洋裝，裙長還是比時下的流行標準長了些。或許是因為我們已太久沒碰面吧，那天我特別對她那端莊的氣質，有很深刻的感受。無論

如何，久別重逢，真是太高興了。

「先進來家裡坐，我們可以好好聊聊。」

本想可以聽她說些同學們的各種消息，誰知她竟說還有事，需要到別的地方去而必須告辭。真是奇怪的人，既然專程從老遠來訪，卻又立刻要走。那麼就站著聊吧。

「最近好嗎？這陣子都做些什麼事？上次在同學會上碰到，可惜沒機會好好與妳聊呢！」

「我還是老樣子，每天過著極平凡的日子。妳現在工作做得如何了？」

我們已有好一段日子沒見面了，居然聊起天來也變得不順暢，好像總是找不到話頭，不時還插入一些客套話來。

「在高雄結婚的林同學，又搬回台北了。前些日我們到她家，看到她去年夏天生的嬰兒，已長得胖嘟嘟的，非常可愛哩。對了，黃同學好像也在兩、三個月前，生下了一個女兒。」

「咦，那麼我們班上的同學都生女兒呀。謝同學，妳哥哥已經結了婚，接下來就輪

---

20 二哥沒有追問，是因為處在那時代的人，能夠明瞭在時局惡化下，報社的記者受到軍方政策規範的苦楚。

到妳出嫁了，到時候，妳就打破紀錄，第一個生個男孩吧！」

顯然，紅霞立刻飛上了她的面頰。啊，我真是個淘氣姑娘，為難了她。

「朱映她現在如何？是嫁到台中去的吧？」她問到。

「是的，但她現在因為待產而回到台北來了。她當初果斷地下了決心，完成終身大事，結果好像過得蠻幸福呢！」

「惠英，妳也下決心結婚吧！我原以為妳會先結婚的呢！」

「哪裡！妳才會比我先結婚呢！我要對妳說的話，怎麼反倒給妳搶先說了呢？總之，要結婚時，可別忘了通知我呀！」

女人家談話就是如此無聊，一時找不到話題，終歸就扯到這些。去年還在談誰訂婚了、結婚了，而今年已是在講誰生的娃娃如何、如何了。我們出了校門還不到兩年光景呢！總之，這種話聊起來，永遠是談不完的。但是，謝同學所等的公車不久就來了，她好像還有事，趕著時間似地，匆匆打了招呼，便與她嫂嫂上車去了。

回到家裡，我大嫂說：「這是剛才那兩位送來的。」同時就遞給了我一個印著鴛鴦以及「囍」字的餅盒。天啊！我恍然大悟！剛才謝同學說什麼最近的糕餅比較不好吃啦，又說什麼昨天非常地忙啦，她吞吞吐吐的話中所夾雜的這些句子，當時我聽得莫名其

妙，還以為是扯進不相干的話──。原來她也要出嫁了，是特地送訂婚禮餅來的！

「謝同學，恭喜妳！」我真想對那已乘著公車離去的謝同學，大聲地說出這樣一句衷心的祝賀。心中懷著這股衝動，我捧著餅盒，一步步地走上樓。

「妳知道朱映昨天在○○醫院平安地生下了一個男孩嗎？」大約在謝同學來訪之後兩三天，翠苑打電話來。

哇！我高興地叫出聲來。興奮得像是飄浮於宇宙間，我按捺不住地以高亢的聲調，四處宣揚這個好消息給我家裡的每個人知道。

掛了電話約一小時之後，翠苑穿著一身漂亮的橫紋長衫來到我家，邀我一起到醫院去看朱映。最近，翠苑熱衷地談著她今後兩年要去研習洋裁。誰知她是否過不了多久，還是會突然冒出一句「我要嫁人了」，而打消現在的念頭吧。因此，我故意澆她冷水。她卻說：「那就請妳拭目以待吧！」這陣子，她突然變得很起勁，講起話來也意氣風發、精神百倍，哪像一年之前的這個時候，她還直嚷著「無聊死了」，那副無精打采的模樣，如今已消失得無影無蹤。

我們三人小組之中，有一人當母親了，我與翠苑也分享著無比的快樂。兩人一路上興致勃勃地談論著。「從此我們可不是要變成小寶寶的『姨媽』了嗎？」「啊，不，未

婚的我們，可能不適合被稱呼為『姨媽』的，還是以『姐姐』稱呼，比較妥當吧。」[21]如此妳一句，我一句，我倆意見相左，爭論不休。這樣爭鋒相對的情形，不由得又使我憶起那難忘的一日。

（六）

那是一個颳著強風，風沙吹得叫人睜不開眼的日子。我們三人一起去八里海水浴場[22]玩，也當作是歡送即將要結婚的朱映。幸好還未入夏，所以遊客並不多。我們斜躺在海濱休憩所的藤椅上，飽覽眼前一望無邊，海闊天空的景色，那怡人的藍色淡水河，以及海浪沖擊岸邊所激起的白色浪花。但我們總覺得心情特別凝重，或許是因為前來八里的途中，我們所搭乘的公車發生故障，臨時被安排換乘了幾部喀隆喀隆作響、極其顛簸的車子，如此一路下來頗為疲倦。那天，我們的那份感傷，似乎要比當年踏出校門時更沉重。三個人都只是靜靜地躺著，久久沒有人開口。

「喂，專程來到這裡了，難道不去海灘走走、看看嗎？」為了排除沉悶的苦楚，我迅速起身做著準備，同時也邀她們兩人同行。翠苑卻說她不想去。她這個人，打從今天

來的時候就開始不太對勁兒。

「為什麼不去？」我問翠苑。她說：「浪不是太大了嗎？」

「啊呀！沒關係的啦。只是在沙灘上走走而已……難道妳怕這樣就會死掉？」

「如果死的只是妳和我，那也沒什麼大不了的，如果是朱映，那就可憐了！」她依然是意氣消沉的聲音，沒有一絲兒笑意。

「啊，不要鬧彆扭了嘛！我自己現在也還不想死呢。天空那麼清澄，而妳的心境為何這般陰霾？」

朱映一向話就不多，聽著我與翠苑這樣的對答，也一直沒插嘴，只是默默地打開她的手提籃，開始拿出衣物，做著準備。

「好了，不要開玩笑了。總之，一起去走走吧！」我與朱映兩人又合起來邀她，而

---

21 日本文化下，年輕未婚的女子，不喜歡被她同輩朋友的孩子用日語叫做「おばちゃん」（姨媽或叔母），而情願被叫做「おねえちゃん」（姊姊），雖然被叫做姊姊是輩份降低了。到底女子要到幾歲之後，才適合被稱呼為姨媽或叔母，並沒有很清楚的界定。但大約在四十歲之前，未婚狀態下，很多人是不願被稱呼為姨媽或叔母。

22 八里海水浴場，曾經是一個距離台北市不算太遠的海水浴場，位於淡水河出海口的左岸，即目前新北市的八里，大約在「十三行博物館」的附近一帶。一九三〇年代的八里海水浴場範圍，北起挖子尾，南至下罟子，是長達四公里多的黑沙海灘。

翠苑卻硬是不肯同去，那我們只好就讓她一個人留下來了。我與朱映用毛巾紮住頭髮，手牽著手，在鬆散的沙地上一步步往前走去。其實，我似乎也能體會出翠苑當時的心情。我自己何嘗不也是鬱悶不堪、坐立難安？因此才會任由一個心情不好的朋友自個兒留下來，而我們自行離去。

浪，波浪，波濤洶湧的大浪——。

那天的淡水河，風浪洶湧。我倆走過的每步腳印，立即被陣陣強風吹散得了無蹤跡。我們幾乎無法停下腳步。不知是因為被強風往前推送著，還是被自己內心不平靜的情感所驅策著。口裡咀嚼著吹入的風沙，心頭回味著稍縱即逝、虛無縹緲的少女時代。

不是對那即將要出嫁而離去的友人有所不滿，少女之間的友情，必定是抵擋不住結婚浪頭的沖擊。然而，友情若一下子就動搖了，那也真是脆弱得可憐，叫人心裏難過的。其實也不見得全都是因為「友情」遭「結婚」所摧敗的關係。聽朋友說要結婚時，大家雖然口頭上說著對她祝福的話語，一絲寂寞卻也同時悄悄地潛入自己的心底。坦白說，那就像是被人丟下時所感受到的一份落寞吧。難免會覺得這樣，大概也是因為少女看著自己每日過著漫無目標的生活，於是對剩留下來的自己感到可悲又可憐的。

當我心裡想著這些事的時候，不知朱映在想什麼？她的手滲著冷汗。回頭一看來時

處，發現休憩所已成了遠方的一個小點而已，使我們頓感不安，於是就停住腳步，不再前進了。瞥見我身旁友人她纖細的雙腳，使我想著她這羸弱的身軀，如今卻正充滿了勇氣要面對現實生活的挑戰，而倍覺感動。

波浪有節奏地直直拍打著岸邊。啊！這一波波的滾滾浪潮！友情的波濤，結婚的波濤，人生的波濤！遠方恰有一不明之物，如一小片樹葉似的，在海水中沉浮漂搖。

「我明知選擇結婚的對象不能只看學歷及一些外在的條件，但一想到若是結婚之後，會因此遭人在背地裡風言耳語，使我好不容易已下定了的決心，就又不禁遲疑、動搖了。」朱映雖然不為對方的外在因素影響而決定要結婚，卻好像仍然為此感到困擾與徬徨。

「只要妳自己能過得幸福，我想誰也沒理由說什麼閒話的。人生無非是要追求幸福，可不是嗎？幸福或許就像長著翅膀的青鳥[23]，稍縱即逝，當牠飛近我們身旁時，不及時抓住是不行的呀！」那陣子，我幹勁十足地在上班工作，才能說出這番鼓舞人的話，平時的我，是反倒需要別人來勉勵呢！

23 青鳥（the blue bird）是羽毛呈藍色的鳥，很多文化中都把青鳥看做是幸福的象徵，牠帶給人們快樂與希望。

「妳看，颳著強風的沙灘上，有兩個少女眺望著碧藍的海水，為了尋覓幸福而彼此說著些鼓勵的話。這可不正像是電影中的一幕嗎？」

突然間，我好像禁不住一股傻勁兒，開始踢著腳邊的石子。踢著、踢著，不知不覺之間，竟然變成是用腳的大姆指在沙灘上寫出了「友」字，下面又加了個「情」字，並且兩眼也牢牢地盯著這兩字。但是，這兩個字不一會兒就被強風吹得消失了蹤影。於是，無意中我們兩人便與風競賽也似地，一遍又一遍地猛在沙地上寫起「友情」這兩個字來。

「喂——。」

在怒吼的狂風中，或許也摻雜著這樣的呼喚，但我們只顧在沙灘上一個勁兒地寫，寫得渾然忘我。

「啊——是翠苑吧！」

抬起頭來，順著朱映所指的遠方看去，果然發現到頭髮包著圍巾的翠苑，她那小小的身影，正在遠處向我們招手呢！

「她大概感到寂寞了。」

「回去吧？」

「不要！」我真是個十足孩子氣的少女，也顧不得朱映會擔心，撇下她，逕自朝相

反的方向，疾行遠去。逆風中，我的眼睛、面頰、耳朵，被風沙刮著，刮得我好痛。

（七）

自那次我們三人到海濱出遊之後，又已流逝了一年多的時光，無形中，大家都有或多或少的一些改變。

當翠苑與我來到〇〇醫院，脫了鞋要上去時，這才突然想到竟忘了問朱映是在第幾室的房間。我們一上了二樓，看到左邊第一間的房門是開著的，便探了頭，往裏邊瞧。正好一眼就瞧到那久未謀面的好友，她面帶倦容地正要從床上坐起來。

「是男的？可真是勞苦功高了啊！」也沒來得及招呼，或說什麼客套話，我馬上趨前將剛餵過奶、還是肉團也似的嬰兒，抱了過來。好輕啊！只能感覺到他柔軟的嬰兒服而已。

「妳真的可以起來了嗎？不是才第二天嗎？」

「哪裡！今天已經是第五天了。我早先也打過電話給妳們，但妳們都不在家。」朱映一邊說著，一邊兒帶著幾許羞赧地將胸口的衣襟闔起來。她像是完成了重大使命，成

了世界上一位幸福的母親那樣地微笑著。

「辛苦吧？」

「還好啦，沒想像中的那麼難受。」

「嬰兒像誰呀？」

「鼻子與母親很像」，「側臉看來倒是與父親一模一樣」，就這樣你一言我一語地，我們妄自評頭論足。

「寶寶將來可能成為偉大的人物呢！快給我抱抱。」翠苑一邊說著，伸手就把嬰兒搶了過去。

於是，我一本正經地對著嬰兒說：「那時、就得請你多多關照了！」

我的這句玩笑一說出，三人不禁哄然大笑，也頓時引來同室其他產婦及訪客們的好奇，用大惑不解的眼光投注到我們身上。

◆日文原作題目〈花咲く季節〉於一九四二年七月十一日刊載於《台灣文學》第二卷第三號。本文〈花開時節〉由林智美譯於一九九九年，二〇二三年新修。

附錄

開創自我、走在時代先端的楊千鶴

林智美

「文學母親」的重現

我初識「文學的楊千鶴」，約始於一九八九年，當她前往日本筑波參加國際台灣文學會議的時候。此後先母楊千鶴重拾文筆陸續寫文章，並於一九九三年以日文出版了《人生のプリズム》一書，在我與張良澤合作將此書翻譯成中文《人生的三稜鏡》的過程，透過詳讀文本，使我重新認識了我們母女在平日生活互動之外的楊千鶴，瞭解她的精神內涵與才華，以及她所走過的路。我認識了歷史上一個優秀的台灣人，一位不同凡響的女性。然而在一九八九年之前，我與兩個弟弟卻對母親的文采全然無知。因為自從

一九四三年之後，直到一九八九年復出文壇，楊千鶴輟筆四十六年之久。很難得的，輟筆多年後還能銜接復出，高齡下亦有亮麗的作品，而且自一九九五到二〇〇二年間，在台灣、美國各地及加拿大，做了很多場不同題目的演講，是罕見的年長者。

《人生的三稜鏡》此書的首章「一冊古老的札記本」，開頭寫著楊千鶴翻閱那褪色的本子，看到她曾於一九四〇年（十九歲時）親筆記下的幾段她所感動的美國詩人懷特曼的詩句——「堅強、滿足地，我要闊步於開廣的大道上」（I travel the open road）等等。我也彷彿看到了一個純真、執著的台灣少女，帶著如此豪情與憧憬，勇敢地邁上她人生的道路，開創未來。《人生的三稜鏡》這本書是楊千鶴要獻給她雙親的，「感謝賜給了我豐富的感性，以及處於逆境也不氣餒的勇氣」。當時已經是七十二歲的她，仍流露出此般孺慕真情，同時也透露出她的價值觀。對於這本書，楊千鶴說要將自己走過的一生紀錄下來，留下一本活過那時代的台灣女性的紀錄。依我看，楊千鶴沒有辜負她父母所賜予的生命，沒有虛度她的一生，她終生努力充實自己的內在，誠實地本著台灣人的良知，勇敢地一路走來，過了有意義、有尊嚴的一生。「女書店」老闆蘇芊玲也曾為楊千鶴寫道：「謝謝妳走過的人生，謝謝妳的筆，謝謝妳為那一代女性留下了最真誠動人的見證。」

日治年代，令人刮目相看的台灣女子

整整八十年前（一九四二年）楊千鶴所寫的短篇小說〈花開時節〉（日文原作〈花咲く季節〉），至今還影響著不少的讀者與作者，今年（二〇二二年）台南大學的應用戲劇系在畢業劇作表演中，還朗讀了此小說中的部分段落與場景。小說中，楊千鶴以學生們誦讀法國作家莫洛亞的《結婚，友情，與幸福》書篇中的詞句，開展對此議題及其相互關係的探討。即便身為楊千鶴的兒輩，我在攻讀心理學博士時，「友情」這樣的研究議題，尚未在學界出現，連「幸福」都還算是很新穎的題材。所以，楊千鶴不啻是走在時代的先端，有早發性的敏銳思考及獨特的寫作風格。

該小說細膩入微地描述即將從「女子高等學院」畢業的一群，生動地呈現出她們在畢業前後的情形，也捕捉了知識女性在花樣年華當下，面臨人生過渡期的心態。小說中的「我」，提出對畢業後立刻被安排步入婚姻存有疑慮及困惑，她極力要為「自我」爭取一個思考的空間，除了拒絕被動地完成婚姻大事，也主動地出外謀職，踏入傳統男性的職場，憑學識及文才的腦力工作，而非僅止於換取生活費用的身體勞動，打破了「女

子無才、女性智力低於男性」的迷思。凡此種種，以當年的時空環境衡量，算是非常前衛的。也因此有人認為楊千鶴的小說〈花開時節〉是新女性主義的先聲，啟發了女性的自主意識。

八十年後的今日社會，已非昔比，但被父母催婚的困擾，仍時有所聞。然而結婚與否，並不是新女性的座標。難道新女性還要被侷限於「事業」與「家庭」兩者只能選一的窘境，而不能兩立雙全嗎？我認為小說的重點應該是激發「反思」的能力，新女性最重要的是要具備「獨立思考」的習慣及擁有「自主權」，也因此涉及了必須靠自己自力更生、有經濟能力，為自己負責、敢於反歧視及伸張兩性平權與人權，並且繼續發展自己的才能，而不是只強調「性開放」或潑辣的舉止。

有別於日治時期台灣男作家的文學作品，楊千鶴的〈花開時節〉沒有高聲疾呼、搖旗吶喊的抗議，也無刻意經營出悲苦女性的小說情節，但在溫文的筆調下，彰顯出社會問題，也關懷受教育後的女性的出路，以及家庭的親子溝通問題。她小說中嶄新的女性形象，充滿活力，有自信，有自尊，有思考力，可說是打破了男性作家壟斷、詮釋的女性形象。以女作家的書寫，改變了過去片面的詮釋及話語權，這也是深具意義的成就。楊千鶴在文中刻劃的友情也是扣人心弦，一幕幕，既寫景，也抒懷，令我也十分感動佩

服。「浪，波浪，波濤洶湧的大浪——。那天的淡水河，風浪洶湧。我倆走過的每步腳印，立即被陣陣強風吹散得了無蹤跡。我們根本無法停下腳步。不知是因為被強風往前推送著，還是被自己內心不平靜的情感所驅策著。口裡咀嚼著吹入的風沙，心頭回味著稍縱即逝、虛無飄渺的少女時代。」多麼雋永細膩地描述著那複雜的心思！

母親楊千鶴曾活躍於日治末期（一九四〇～一九四三年間）蓬勃的台灣文壇，廣受各雜誌邀稿，是當時鮮見的參與了台北文化活動的年輕知識女性，如今她也被視為台灣史上的第一位女記者。畢業於台灣當時唯一的一所女子最高學府「台北女子高等學院」（教師多由台北帝大的教授兼任），楊千鶴滿懷自信與本著台灣人的尊嚴，在她應徵記者工作時，開出了必須與日本人有同等薪資待遇的條件，打破當時在台灣的日本人有六成加俸的成規，進入了日本人經營的台灣最大報社「台灣日日新報社」，為家庭文化欄新增聘的唯一一名台籍女記者。楊千鶴之所以會開出這樣的求職條件，是有鑑於她先前畢業後第一份工作的體驗。她擔任台北帝大理農部的中村副教授的研究助理（中村副教授則是有「蓬萊米之父」尊稱的磯永吉教授的研究夥伴），竟赫然發現了日本同事有比台灣人多出六成的薪資加俸的通規，她不能忍受不公平的薪資待遇，立刻憤而辭職。難得台灣日日新報社，在一九四一年不僅答應了楊千鶴開出的條件，實際上她的月薪還高

出另外兩位日本女記者。可惜不久台灣在日本進入太平洋戰爭後，全面軍國主義的戰時體制在一九四二年變本加厲，更為高張、嚴峻，使得不願意配合政策去歌功頌德日本軍方的她，在報紙裁縮聲下，毅然決然自動辭去了她的記者工作。（西川滿在《人生的三稜鏡》寫序文時透露，其實身為上司的他本人，也在一星期後提出了辭呈，沒再去報社上班。）

楊千鶴在當時那樣日益吃緊、不安的時局中過日子，同時也因為念及已經喪母而不適合長久住在長兄家，便決定要自組家庭，而於一九四三年六月與自己選擇的對象結婚（就是楊千鶴在中學時第一次收到情書的那位筆者）。沒想到身為夫家的長媳，她每天在嚴厲的婆婆驅使下煎熬，疲於繁雜苛刻的家事勞動，喪失了個人支配屬於自己時間的一份人身自由，可憐完全無暇看書及寫作。一九四四年十月十二日盟軍開始轟炸台北，楊千鶴帶著剛滿月的小嬰兒（我），過著「疏開」、躲空襲的生活。第二次世界大戰結束後，隨即轉進到台灣的國民黨政府驟然實施新的語文政策、禁用日文，並帶來混亂及高壓的政治氛圍，楊千鶴原具有優質的語文書寫表達能力，頓時好比陷入英雄無用武之地，在政體切換下，成了失聲的台灣人。往後的日子裡，楊千鶴身為三個孩子的母親，每日為柴米油鹽的生計把關、操煩，遠離文壇，所以我們姐弟在成長過程中，都不知道

那曾經在日治時期的台灣文壇發光發熱的楊千鶴，只是如我大弟曾在他的作文課題「母親」中所描述的：「看到每晚在燈光下寫著家計簿，記下支出、打著算盤的身影。」

一生傲骨及實力的展現

因政局及語文遽變而輟筆時近半世紀後，母親因為曾在台灣人的美東夏令會中被張良澤看到她所戴的名牌寫著「楊千鶴」，而被認出為日治時期的作家。在家父過世的次夏（一九八九年），楊千鶴應張良澤之邀，遂赴日參加七月舉辦的國際台灣文學會議。在會中，她發現無人見過呂赫若、賴和，頓感自己對台灣文學、歷史傳承的一份使命（鍾肇政及葉石濤都小她四歲，未涉入一九四〇～一九四二年間蓬勃的台灣文學活動），她也受後輩鼓勵繼續用她所熟悉的日文書寫，所以在台灣解嚴後，楊千鶴以七十二歲高齡，重拾未老寶刀、接受挑戰，以文學真劍，於一九九三年在日本自費出版了《人生のプリズム》一書，二度自我驗證了一個出身於台語家庭的台灣人，照樣可以寫出專業水準的日文。

我在翻譯復出文壇的楊千鶴那篇篇帶自傳性質的散文體《人生的三稜鏡》一書時，

首度會見了幼年及年輕未婚前的楊千鶴身影，我感受到她個人的感情及內心世界，我更深入、理解她的為人及個性。同時我也呼吸著台灣過去的種種文化氣息，以及必須面對的政治現實。我感動、我嘆息、我哭泣、我讚佩；我沉浸於時光隧道，迂迴再三。全書的字裏行間，道出了怎樣的時代，以及多麼坎坷的人生旅程！

作家葉石濤曾記述他稱為先輩作家的楊千鶴女士具有「敏銳的思考性和豐富的文學才華」。林曙光則說：「益見其日文造詣之深，流暢一詞不足以涵蓋，因為格調及意境均俱高超。」張良澤在譯後記中寫道：「整整一年，我每天對著她的日文稿，真是『苦悶的象徵』。我苦悶的原因，是她的日文造詣高過後生的我有十倍百倍以上；她的描寫既富女性作家特殊的細緻筆調，又帶女丈夫的豪氣骨氣，這種深層心理，不易使用天生『言簡意賅』的中文表達。她的閱讀閱歷，又高出後生的我有十倍百倍以上；她隨手拈來一本書一句子，都要令我費思半天。」我的母親楊千鶴確實是個很愛看書的人，從年少就透過日文，閱讀很多世界名著及吸取新知，每天都有看書的習慣，所以知識豐富廣博，而且日文能力也能隨日本在戰後之語文改變而與時俱進。閱讀也支撐及滋潤她的心靈，不論是在喪母孤獨的歲月裡，在戰時體制逃避空襲時，甚或是在受到國民黨政治迫害的苦難中。

楊千鶴具敏銳的觀察力及獨到的見解，並有源源不斷的文思及創意。所以在她當「家庭文化欄」記者時，每天都能充滿活力地主導採訪什麼對象及要介紹什麼給讀者。雖迫於時局，任職不超過一年，但她寫了很多文章，舉凡幼兒健康、幼兒教育、產婦保健、營養衛生、台灣烏龍茶、台灣魯肉飯、台灣宴席料理、台灣陋習、台灣植物、養菊達人楊宗佐、台灣畫家郭雪湖、女子高等教育等等，包羅萬象，也曾遠道去採訪台灣新文學之父賴和醫師。總之，由於彰顯及推廣台灣本土文化，而增進了台灣人的自信；也因提供衛生健康教育新知，而有助於促進台灣社會的現代化。

楊千鶴豐富的思想與創意，早在幼年公學校時就受到老師欣賞及鼓勵。老師更讓她一人飾演兩個對講的角色，她不打底稿地，就一下子面對這邊，一下子又換位去面對那邊的假想人物，自個兒對話熱演起來，簡直難以相信當時有這樣的學生，及這般開明的老師讓學生自由發揮才能。

楊千鶴保有罕見的率真個性，以真誠為貴，最忌矯情、八股及趨炎附勢。她有道德勇氣，及對正義的執著。因緣際會下，在一九五〇年台灣開始實施地方自治時，以無黨籍身分競選台東第一屆女縣議員，以建立托兒所為政見，二十八歲的她，以清新的形象與口才，打敗國民黨籍的對手。在一九五一年時也當選為台灣省婦女會理事及台東縣婦

女會理事。身為台東第一屆縣議員的她也積極促成了全台灣的省縣市的女議員聯誼會，在台北舉行會議，這是一種全台灣婦女參政者聯線的創舉。很不幸，這一切導致國民黨惡勢力的恐慌及痛恨，遂成為國民黨的眼中釘，政治迫害也接踵而至。

楊千鶴的才能是多方面的，在台北女子高等學院就讀時，她也是學校的桌球隊隊長，並且贏得全島學生桌球單打以及雙打的雙料冠軍。畢業後也獲得了社會組的桌球雙打冠軍。她蘊藏了無比的生命力，活出精彩的一生，從年幼至年老的她本人，以及她的寫作，有如透過三稜鏡散發出各色光彩。如果生於不同時代，沒有戰爭陰影、政局動盪，以及語文的遽變，一定會有更不可限量的發展。在台灣文學的脈絡裡，如《復活的群像》一書所列出的自賴和開始的二十八位台籍作家中，楊千鶴為最年輕的一位（所以戰前寫作時間也相對較短），她晚年又重返文壇，其文學活動跨越了台灣歷經兩個不同國族的政權，是台灣作家中少有的獨特例子。或因為女性，或因她以日文書寫，而成為以中文寫作小說的作家為主的台灣文學討論中的遺珠，是很遺憾也很不公平的事。

楊千鶴以心出發，深入生活、敏銳思考的寫作也精準地反映出什麼樣的時代及台灣的歷史。她無論處於何時何地，都秉持了真誠與勇氣，也不斷充實自己，展現出一個台灣人的優秀素質及尊嚴，是值得喝采肯定的實踐者。

◆此文原刊載於一八八五年創立的《台灣教會公報》紙版的特別企劃：「文字，溫柔的力量」，二〇二二年七月十一～十七日，第三六七二期，以及電子版，二〇二二年七月十三日。

後記與感謝

林智美

出版一本書，所需經歷的辛勞真是超乎我本來所預期的，確實是「事非經過不知難」，只有自己登山走過這路程，才能了解個中滋味吧。本來忘了自己年齡的我，這兩年投入了這件大事，才體認到身體幾乎是不堪負荷了。雖說自己已經付出相當大的努力，但期間卻也需仰賴許多人的協助。能夠有這本書的出版，是得力於親友們良善的貢獻及支持。在此我必須鄭重表達我的感激之情。

長時間陪我一起受煎熬的，首推我的台文老師紀品志；舉凡台文的校編、查資料、錄音的指導，反反覆覆的修改，各階段碰到困境時的分憂，每一件事他都參與其中，真是遠超過一位語言學家的顧問角色。從彼此不認識到成為親密戰友，是我出書的意外收

穫。沒有他，就沒有這樣的一本書。再來，就是我自己的女兒了；本來不但彼此難免有代溝，也有文化上的差異，所以要合譯這篇小說，自然有處理方式上不同意見的摩擦。能夠合作完成了英譯版的小說，我的女兒陳愷瑩（Katherine Chen Jenkins）是做了相當多的妥協及付出了她一片孝心。我先生陳文彥也在生活上十分配合支持，給予我充分的時間來做我的事。沒有他的輔佐，我也無法撐下去到書的完成。

這次出這本書，每一語文的小說文本都是自己做出的電子檔，這過程迫使自己克服許多技術問題。每一種語文版本也都有不同的挑戰。在做台語錄音時，我的腔調語詞確認，也請教了洪惟仁教授，並多次麻煩他妹妹洪淑卿好友的聯絡，也向她無限期借用洪教授出版的書籍。關於一些舊地名、舊辭彙，我也四處與親友們比對，除了我自家兩個弟弟及弟媳，還包括賴國龍、林英侯、許福連、周明宏、潘美玲等友人，並且也曾受到台文先進陳豐惠老師及張秀滿姐妹的幫忙及鼓勵，都是點滴在心頭。台語錄音的後製，配樂的部分也立刻得到朋友提供自己的演奏音樂讓我使用，真感謝賴思涵（Stephanie Wu）及蔡懷恩慷慨相助。曾文溪電台的賴嘉仕台長也很爽快的答應願意承擔語音檔的後製，並提供網站來存放錄音檔。

日文小說的部分，因為日文的表記方式，在第二次世界大戰後做了改變，家母在

一九四二年出版的〈花咲く季節〉原文，當被納入二〇〇一年所出版的書《楊千鶴作品集3：花開時節》時，這篇日文的小說原作，由於重新打字，也因此摻入了不少新表記方式的文字。這次我以此版本為依據所做成的日文電子檔，使我感到十分困惑，因為我不知這樣新舊式表記參半的文本內容，是否能為一般日文讀者所接受。我曾經以e-mail請教過日本的河原功教授，他認為新舊表記混雜是不合適的，必須要統合成一致的表記方式。感謝他的專家定奪，但這也著實造成我的一大困擾與難題。幸好透過在日本的好友黃麗鄉的聯絡，而有機會與王育德的女兒王明理女士討論此事，最終竟然得到她的大學同學山崎亜也先生挺身協力。這艱辛的工作，在他手中迎刃而解，一夜之間就全面轉換成日文現代的表記，王明理也又做了一次校對，真難以置信我遇上這樣好運。這篇〈花咲く季節〉有了一致性的日文表記，使我卸下心頭一塊大石頭。

對於會聽、讀日文，但不會以得體形式書寫日文的我，擬好的前言、作者簡介，以及小說文本的註解，都需要借他人之力來翻譯成日文。前言及作者簡介是朋友歐昭惠的兒媳武津宣子在百忙中費心翻譯的。註解的部分是由留日學者陳昱甯及日本中央大學的八木春奈教授共同完成的。我日文的諮詢也包括北美洲教授協會的好姐妹鄭麗伶的先生小林博仁教授。鄭麗伶是現任的總會會長，而我是二十五年前（一九九七～一九九八）

的總會長，算是同為歷史悠久的北美洲教授協會（創立於一九八〇年）的「稀有」女會長，但前後竟也相差了四分之一世紀。

歲月的累進在無聲無息中，驀然回首，令人驚嘆！我的同輩已日漸凋零，而母親之輩，更如落葉飄散、環顧無蹤。這次出書幸得日理萬機的向陽先生撥冗寫序，年紀小我十一歲的他，能夠記起與我母親在文學活動中的一些往事，實在難能可貴，讀來倍感親切，也謝謝他的加持。尚未謀面的廖炳惠，張文薰及呂美親教授們，也都賜文為序，各自提出看法及寶貴的論述，十分感謝。向陽先生的中文序文也經由林水福及橫路啓子兩位教授合譯爲日文序，一併致謝。

張文薰教授的英文序是由溫若含教授及她的學妹陳昱甯與先生Joseph Henares擔綱，將張教授的中文稿翻譯為英文。溫若含教授也是我在疫情期間由網路上的線上學人演講而結識的年輕朋友。她從一開始得知我想要出書，就十分熱心幫忙，令人感動。她毫不猶豫地提出願意與她在台大時的張文薰老師合作，來提供英文序文，又聯絡陳昱甯及Joseph Herares成為一個高效能的翻譯團隊，這些年輕人的前途不可限量。張文薰教授也鼓勵我提供小說文本的一些註解，如此也促成我將此番在做多元語文翻譯的過程中所進一步得知的資訊，寫入註解中，希望有助於年輕的讀者們對這篇八十多年前發生在

不同歷史文化背景下的小說有進一步的瞭解。

此番由於有了網路查詢而獲得不少新資訊，但期間也曾經歷一些很繁雜的追蹤步驟。話說小說起頭的那句學生朗誦著的法國作家莫洛亞的文句，遠在一九九九年我首次做中譯文時就感到這是全文翻譯中最棘手的部分，主要是因爲這法國文句是透過日文翻譯的書而被楊千鶴寫進小說。沒有來龍去脈的背景下，單就那一句，在翻譯時就頗難掌握。我在二〇二一年受到旅英的林子玉教授對我的翻譯經驗做了訪談時，被問到翻譯時遇到最困難的是什麼，那時就使我回想到為了這一句，不知來回花了好幾十小時在思考這句的貼切翻譯。這次為了出書，也同樣在這句上費思量，改來改去。於是就決定要追本溯源，不但查出日文書，也追到原作的法文書。在那麼多的出版品中鎖定了那特定的一本之後，也還要在書中找出這個句子的出處。紀品志的旅法友人彭彥儒提供了這本法文書的書名，於是我女兒上網買了 e-book 瀏覽，虧她學了法文，終於找到那一段文字的前後文等等。然後在美國及在法國兩地，分頭再找法國朋友來幫忙確定那些古典法文的句子該如何解讀。我女兒在美國這邊找來幫忙確認文意的也是以法語為母語的法裔朋友。總之，竟然像是國際的文學偵探事件，令人頗為興奮。目前終於水落石出，這句古典法文，原來是被莫洛亞在談及知識女性的深厚友誼時拿來作為例子的。這女性間深厚

友誼的表態，不也正好是楊千鶴小說的重要伏筆嗎？真令人叫絕！原來我母親二十歲時寫的小說是如此妙。

另一位執筆寫序的廖炳惠教授，是因為我初中好友吳京的先生葉榮秋有提起過這麼一位在美國聖地牙哥的加州大學川流講座的教授，後來經由婦女會的歐春美姊妹的引介而有電話聯繫。感謝他認同及肯定我要重新出版由我們自己英譯的版本。他也曾推薦我的出版計畫給紐約的哥倫比亞大學的出版機構，奈何美國的出版社無法處理我的多元語文。我確實在各階段也收到許多溫和親切的鼓勵。在二〇二一年時，台南大學的戲劇系同學曾找到北美教授協會來要求我授權我的中譯文〈花開時節〉，給他們在畢業劇作中編入演出。接下來在二〇二二年的春天也多次與該系的師生書信聯絡，沒想到該系的許瑞芳教授對於我中譯文頻頻讚賞，真使我增加了信心。二〇二二年也受到台文館的研究典藏組長林佩蓉為她在教會公報的企劃案來邀稿，刊出了一篇介紹我母親的文章。我想這些都是對我中文書寫的肯定與鼓勵。我一向都自己寫寫就匆匆交件。沒想到最近有一位今年新認識的朋友對於我在忙著處理的文章內容感到好奇，於是給她看了文稿。不料她卻對標點符號十分仔細，有意見。這位細心、認真的陳淑婉姐妹很貼心地替我把關，特別在幾個中文句子琢磨很久。許多朋友的關切與協助都使我感覺十分溫暖。去年也新

認識了一位法律學者周宜勳，她以 Fulbright 的訪問學者身分去到捷克的大學。繁忙中還繼續關心我，想要幫我詢問在捷克出版的機會。其實早在十幾年前，曾有位政大研究所的捷克留學生，來信要求我母親授權讓他們外譯為捷克文。沒想到這位文學研究者，如今在周宜勳的探詢之下，發現她已經搬離城市，在鄉間過著愜意的田園生活。土地上的耕耘，大概比文字的耕耘，更能兼顧身體健康及精神滿足吧？

出書過程的辛苦是無法否認的。使我更加佩服母親在七十歲之後出書，以及她多處公開演講的活動力。她的文稿，尤其是《人生的三稜鏡》那本書的全書日文原稿，也都是她自己打字的。那日文的文字處理機及電腦，都是她自己摸索學習，然後親手一字一字打出來的。她那一輩的人，在那時代大概也找不出幾個能自己用電腦打字寫文章的吧？母親不斷充實自己，繼續走在時代先端的精神，是我的榜樣及鞭策自己的動力。不論是年輕時的她，或年老時的她，我越了解她，越發覺得她實在不簡單，而我對她的了解可說是與日俱增。

母親那本《人生のプリズム》由張良澤教授與我合譯成華文，於一九九五年時，在前衛出版社與林衡哲的「台灣文庫」合作下出版為《人生的三稜鏡》一書。從那時認識了前衛出版社的林文欽社長，如今他仍堅守在台灣文化事業的崗位上，為本土書籍的出

版付出了四十多年的心力。很高興知道第二代的林君亭先生及台文專長的鄭清鴻主編，還有楊佩穎主編等人也都加入這個團隊。前衛的台文出版是高水準的，一本本的新書接二連三發行，可見他們是多麼的辛勞！能夠由前衛出版社來編印出版我這本書，十分感謝。也祝福前衛出版社欣欣向榮，迄立不搖。

林智美寫於二〇二三年九月
美國維吉尼亞州

日文版

著者プロフィール

楊千鶴

一九二一年九月一日―
二〇一一年十月十六日

一九二一年九月、台北市の南門口（日本植民地時代の児玉町、今の南昌街一段）に生まれる。台北第二附屬公學校、臺北靜修高等女學校を卒業の後、当時、女子にとっては台湾で唯一かつ最終教育機関であった台北女子高等學院に入學。卒業後、一九四〇年より日本語で著作を発表。一九四一年、台湾最大の新聞社、臺灣日日新報社に入社、家庭文化欄担当の記者となる。史上初の台湾人女性記者と言われる。また、入社の条件として、日本人記者と同等の賃金を要求。当時の慣習として、同等ポジションの台湾人従業員の六割増しの賃金を日本人従業員に支払うのが普通

であったが、新聞社は楊を出した条件を受け入れた。記者として、楊は台湾の文化を紹介し、画家の郭雪湖、作家の頼和など著名な人物へのインタビューを行うほか、台湾社会の近代化を促進するために、教育や保健医療の分野で先端知識を紹介した。他のペンネームで書評も執筆。一九四一年十二月、日本の真珠湾攻撃によってアメリカが太平洋戦争に参戦、日本軍の相次ぐ敗北で台湾の人々の生活も急速に悪化した。軍国化と「皇民化」政策を進めるため、台湾ではさらなる統制が行われ、新聞社は、記事の内容が管理され、ページ数が縮小されるなど影響を受けた。これらの制約を目の当たりにした楊は、記者として職を辞する。

一九四〇年から一九四三年にかけて、楊は雑誌への執筆も多く依頼された。日本語で書かれた文学が台湾で花開いたこの時期、文学界で最も著名な台湾人女性作家と目された楊の随筆は、『文藝台灣』『民俗台灣』『台灣文學』『台灣時報』『台灣藝術』『台灣公論』『台灣地方行政』等、様々な書物に掲載された。短編小説「花咲く季節」は、一九四二年に『台灣文學』誌に掲載された、楊二十歳の時の作品である。高等教育を受けた若い女性の生活と内的世界を捉えた、その時代唯一の作品とされる。作品中で楊は、女性の友情、女性としての自己概念と意識の向上、家庭内コミュニケーション、

幸福の追求など、当時の台湾では描かれることのなかったテーマを取り上げている。文体、主題ともに、同時代の台湾文学とは一線を画している。

一九四三年に結婚。戦争が激しさを増すなか、生まれたばかりの子どもを抱えて空襲から逃げ回る日々が続き、一九四四年から四五年にかけて執筆を中断。第二次世界大戦終戦とともに台湾の政権を握った中華民国政府は、急速に言語政策を転換、日本語の使用は完全に禁止された。この言語政策と政治を取り巻く状況により、楊の日本語での著作は約半世紀にわたって姿を消した。日本語での執筆と出版を再開したのは、戒厳令が解除され、一九九二年五月に刑法一〇〇条が改正されてからである。この間、初めて行われた台湾地方自治選挙で当選した数少ない非国民党の候補者の一人となり、一九五〇年に台東縣の議員に就任、一九五一年には台灣省婦人會理事に選出された。

楊千鶴は読書を楽しみ、人間としての成長を大切にした人物であり、つねに正直で誠実であることを堅持した。一九八九年の秋から日本語での執筆を再開し、一九九三年に日本で『人生のプリズム』を出版。この書籍は中国語に翻訳され、一九九五年に台湾で出版された。二〇〇一年には、戦前から戦後にかけての著作、評論、演説を集

めた『楊千鶴作品集3：花開時節』を上梓。その流暢な日本語による作品は、独自の視点を持ち、登場人物の内面を掘り下げる、思慮深く繊細なものである。戦前および戦後の台湾文壇における楊の存在は極めてユニークであり、その作品は歴史的意義を持つ。

林智美

二〇二三年七月にアメリカ・バージニア州で

（武津宣子　訳）

まえがき

林智美

母・楊千鶴が一九四二年に発表した短編小説を四言語で収録した本書の序文を書くにあたって、様々な感情が溢れ出てくる。四つの言葉で印刷された作品を前に、私の脳裏には、台湾の歴史が、まるで映画のように映し出される。「台湾人よ、よくぞこの長き道を来た！」そう思わざるを得ない。いや、正確には「『花咲く季節』よ、よくぞこの長き道を来た！」そう言うべきか。

想像してみてほしい。両親もきょうだいも日々の生活を台湾語で送る、台北の台湾人家庭で生まれ育った無邪気な少女。だが、台湾が日本の植民地であった時代、彼女が受けた教育はすべて日本語だった。優秀な学生だった彼女は、他の教科とともに日本語もいちはやく習得した。やがて成長し私の母となったこの少女は、第二次世界大

戦をくぐり抜け、そして戦後、政治体制の劇的な変化や、全ての業績と貯蓄を根こそぎ失うといった数多の困難を耐え抜いてきた。台湾の政権が国民党に取って変わられるや、即座に日本語は禁止され、そのすぐ後には通貨制度改革が行われ、四万元がわずか一元へと変換されたのである。

わずかな収入にも関わらず、母は私に手をかけてよく育ててくれた。家族は引き続き家庭で台湾語を話していたが、母と違って、私が習得しなければならなかったのは中国語だった。国立台湾大学を一九六六年に卒業したのち、幸運にも私はアメリカの大学から、大学院で学業を続けるための奨学金を得た。台湾の大学を首席で卒業した私だったが、アメリカでは、カルチャーショックと英語力不足を克服しなければならなかった。心理学で博士課程を修め、アメリカの大学で心理学を教えるようになるまでは、長い道のりだった。アメリカに住み、今は仕事からも引退した、「台北人」である私には、娘が一人と孫たちがいるが、彼らが話し、書くのは英語である。私たち四世代に共通するのは、二〇二〇年まで、誰ひとり、台湾語で書くことができなかったという点である。

新型コロナウイルス禍でオンライン会議が盛んになって初めて、私は中華民国教育

部が二〇〇六年になってやっと、公式な台湾語表記法を制定したことを知った。オンラインのクラスを通して、台湾語を漢字とローマ字で表記することを学んだ私は、二〇二一年、母の「花咲く季節」を台湾語に翻訳し、母の生誕百年と、また一九二一年に発足した台灣文化協會の百周年にあわせて、四言語で出版することを思いついたのである。一九四二年に台湾人の心から生まれ出た台北の物語は、日本語に変換され、そこから中国語、英語を経て、作者の母語である台湾語へと、四世代八十一年をかけてたどり着いたわけだ！この、言葉を書き表す能力の世代間の相違は、そのまま、台湾人が歴史の荒波を乗り越えて辿った険しい道のりを反映している。母の文学作品を台湾語で出版することは、私にとって大きな意味を持つ。母はしばしば言っていた。日本語ならば上手に書けるのに、自分の台湾人としてのアイデンティティを形作る言葉で、書くという自己表現ができないのは皮肉だと。この本は、長らく待ち望んでいた母の夢を実現するものなのである。母の物語は一周して、今、どの言語に関わらず、全ての世代の読者に届けることができるのだ。

この小説の英語版は、私と娘の共同作業によるものである。アジア文学やアジア研究を行うアメリカの研究者のために、英語の翻訳を付すのは重要なことだった。本書

の英語版が、楊千鶴によるこの文学作品を研究する人々にとって、明確な引用元となることを望む。本書に収録した中国語版は、一九九九年に出版された私の翻訳を改訂したものである。

「花咲く季節」は、一九四〇年の春から一九四二年の夏までを舞台に、台北女子高等學院の卒業生たちの実話に基づいている。読者諸氏には、この小説の置かれた時間軸をぜひ頭に入れておいてほしい。というのは、台湾の状況が日に日に悪化したのは、一九四一年十二月の真珠湾攻撃を機にアメリカが参戦して太平洋戦争が激しくなってからだったからだ（もっとも、日本の中国に対する戦争は一九三七年七月から始まっていたのだが）。物語は、女学生たちが学生生活と少女時代に別れを惜しむ描写から始まり、将来への輝かしい希望とともに生まれ出た赤ん坊を囲んで三人の親友が笑い声を上げるところで終わっている。母・楊千鶴がこの小説を発表したのは、わずか二十歳のときだった。台湾人の女性作家の作品が文学誌に掲載されるのが当時珍しかったのみならず、作品テーマとしても異色であった。台湾人の男性作家の多くが、地方の低い社会階層の人々の生活の厳しさを描いたのに対して、「花咲く季節」は、台湾の首都であり文化の中心である台北を舞台に、教育を受けた若い女性たちの生活

の一端を垣間見せる新鮮なものであった。出来事を年代順に描くのが主流であった同時代の作品と異なり、母の作品は語り手の内面の感情や思考過程を流れるように映し出す、意識の流れに沿った手法で書かれている。女性の友情、家族のダイナミクス、自己概念、そして幸福の追求といったテーマを取り込んだ点でも、母は時代を先取りしていた。

二十歳の若き時代に書いた作品を、母は未熟だと評していたが、私は母の、自分の内面を開放する真摯さ、鋭い観察眼、そして深い問題提起に心打たれた。現実に見、触れる感覚を表現するのに用いられた言葉も、作者の思考と深い感情、また彼女と友人たちが直面した当時の状況を象徴している。翻訳のために原文を何度も読み返しながら、私は時間を遡って、往時の台北と周辺地域がどんなであったか、今は存在しないこの学舎での生活や母を取り巻く友人関係、そして、彼女の最愛の母が旅立った後どのように親戚たちとの生活を送ったのかを、目の当たりにすることができた。この小説は、台北で実際に起こった出来事を鮮やかに正確に描写するのみならず、台湾の歴史上のあるひとときにおける若い女性たちの人生を切り取って見せてくれる。女性は見合い結婚をするのが当たり前とされていた時代、楊千鶴はまず自分自身を理解す

るための時間と空間を欲した。知的で思慮深い疑問を、真摯かつ勇敢に問うた母に敬服する。この小説への私の想いは時につれて深まり、読者の皆さんと今、この物語を共有できるのを嬉しく思う。作中の主要登場人物である三人の友情は生涯にわたり、今、それは後の世代へと引き継がれていることを付記しておきたい。彼女たちは植民地下の戦時中に大学生活を送ったが、そのような困難な時代にあっても、希望と夢をしっかりと胸に抱いていたと母は話していた。母自身がこの作品についてかつて言及したように、不毛な砂漠の砂にも、一瞬の春の訪れに、花は咲くのである。

楊千鶴による『花咲く季節』は、台湾のアイデンティティを反映した、本物の台北の物語である。型にはまらない繊細な手法と、当時取り上げられることの稀だったテーマを併せ持つこの短編小説は、台湾文学史上、画期的な作品と言えるだろう。

二〇二三年七月
アメリカ・バージニア州にて
（武津宣子　訳）

序に代えて[1]

楊千鶴

この八月（一九九四）、台湾から思いがけない電話を受けた。台湾文学を海外に紹介するために、台湾人の書いた作品の英訳の台湾文学選集の出版を計画している、それに以前わたしが『台湾文学』に発表した「花咲く季節」も入れたいと。

（中略）

日本植民地だった台湾に生れ、家庭で使わない外来語を学ばねばならなかった世代、祖国だと期待していた中国政権に変わって、またも不合理な圧政に泣かねばならなかった台湾人、その人たちによって綴られた作品には言い尽くせないほどの辛酸体験が滲んでいる。でも、どの時代にあっても言葉のハンディキャップという大きな阻害の壁があって、台湾文学が立ち後れの感があったのも否めない。

台湾で文学の花を咲かせる道は今なお険しい。本の出版などの文化事業は、損失を越えた犠牲を覚悟せねばならない。そんな実情で台湾文学の宣揚のため英訳の台湾文学選集の出版を計画する……の勇気と熱意にカンゲキ。……送ってきたわたしの作品の抜粋の台語や英語の原稿を娘も動員して、少しでも読みやすい正確な翻訳であるよう、手を入れるのをお手伝いした。

「花咲く季節」は、わたしが娘時代に書いた五十二年前（一九四二年）の作品で、去年の夏（一九九三年）、日本で『人生のプリプム』を出版したばかりのわたしから見て、あれは未熟で気に入らないところも多いが、それなりにあの時代の若い娘の心理描写でもあるとなつかしい。

外来政権による圧政の連続だった台湾にも、花咲く季節にめざめる青春の息吹きと悩みがあった、あの何もない砂漠にも一瞬の間ながら春の訪れに、風に吹かれた砂の中から花が見えたように、索漠とした被植民地時代の生活の中にも夢見ることを忘れない、可憐な台湾少女の成長があったと。

1 『花開季節‥台灣文學選譯第一輯』（一九九四年十二月，前衛出版）の序に代えて。

「花咲く季節」に、そんなホッとするような安らぎを読者の心に与えれば幸いである。

「花咲く季節」は戦後、「花開時節」と中訳されたのが二度ほど出た。中文の翻訳に日文の繊細な心理描写を期待するのはムリなので、ほんとうは原文の日文と台語、そして英訳対照で出して貰いたかった。また抜粋だけでは全体のストーリのヤマが出ないと遺憾の感なきにしもあらずだが、（略）

（一九九四年）台語はまだ開発の段階、字の使用もまだ統一していない現状で、お互いの一層の努力、協力と研修を待つものだが、試行錯誤を経て実を結ぶ日が来ることを堅く信じている。

五十年間もの日本植民地だった台湾に生を受け外来語で書かねばならなかった世代、中国政権に変わった言語の切り替えに必死に中国語を学んできた世代、国民党の偏見、圧制政策で忘れられようとしている、我らの母語、台語の復活に努力を惜しまない人たち、ともにこの土地に育まれ生きて来た台湾人である。

その人たちの書いた作品が、この「母土」台湾を愛する心を持った文学価値のあるものであれば、どんな言葉で書かれても、それは間違いなく台湾文学であると、わた

しは堅く信じている。

台湾の歴史は否定したくても、抹殺したくても、できるものではない。お互い台湾人なるが故の悲哀、同じ悲しみをかみしめて生きてきたのである。その人たちの心声を綴った作品を集めて、台湾語文、英訳の台湾文学選集を出す……のこの美挙が、台湾国内外の台湾語文の読者層の開拓を促し、台湾文化の宣揚に大きな役割を果たす事を信じて疑わない。

……のこの熱意が多くの方の賛同と協力を呼び、台湾文学界の団結に新しい風を送り、ひいては今後の台湾文学の発展を促進できるよう、切に願う次第である。

この機借りて自分の所信を述べ、わたしのこの祈りを「序」に代えたい。

メリランドにて　一九九四年十月十九日

序　台湾におけるエクリチュール・フェミニンの先駆け
――楊千鶴『花咲く季節』の四語言による再現を祝う

国立台北教育大学名誉教授　向陽

楊千鶴（一九二一年九月一日～二〇一一年十月十六日）は、日本統治時代の台湾文壇で初めてエクリチュール・フェミニンによって台頭した作家であり、また台湾ジャーナリズム史上初の女性記者でもある。一九二一年台北市に生まれ、台北第二師範附属公学校、台北静修高等女学校、台北女子高等学院で学んだ、当時数少ない台湾人の女性エリートだった。執筆を開始したのは一九四〇年で、当初はエッセイを書いてい

た。一九四一年、『台湾日日新報』に入社すると、家庭文化欄の記者を担当、この時も唯一の台湾人女性記者だった。一九四二年七月には、雑誌『台湾文学』に小説「花咲く季節」（中国語訳タイトル「花開時節」）を発表、当時の台湾女性の青春の夢と人生の道を描き、発表後は文壇で注目を集めた。

楊千鶴がまだ二十一歳にもならない時期に執筆したこの「花咲く季節」は、自伝小説の色合いが濃い。流暢な日本語、繊細で細やかなタッチで、一九四〇年代の日本統治下の台湾を生きる若い女性が学校を出て、恋愛や結婚など人生の岐路に立った時の迷いや選択が描かれ、さらに当時の女性にとっての「幸せ」がどこにあるのかも考察されている。作中の三人の女性（朱映、翠苑、私）は、日本統治時代の末期において、高等教育を受けた数少ない女性の知識人だった。だが、伝統的な家父長制の文化のもと、家と周囲から結婚を期待されるというプレッシャーを受ける。社会の規範に従い、親の用意した結婚を受け入れるべきなのか？それとも昔ながらの社会に縛られずに自分で自分の人生を歩むべきなのか？これが彼女たちにとっての避けられない問題となっていく。最終的に、朱映は結婚して母となり、翠苑は洋裁を学ぶことを決意し、「私」は社会に出て働くことにする。三つの異なる人生の道のりが、日本統治時代の

台湾人女性の三種の異なる選択を示すものとなっている。結末では、朱映が子供を産み、三人が病院で新しい命を授かった喜びに包まれる。少女の「花咲く」季節から、新生児が生まれる「実り」の季節まで、この小説は一九四〇年代の台湾人女性の内面的な世界、そして彼女たちが恋愛、結婚、家庭、自己成長、友情が幾重にも折り重なった人生の経験を描き出しており、現代に生きる我々が読んでも感動を覚えずにはいられない。

日本統治時代の台湾人男性作家の多くが描いたのが、左翼、貧困、農村、労働者といったモチーフで、反抗と怒りのタッチを用い、その多くが悲しみ、痛みの結末であった。それに比べ、楊千鶴の「花咲く季節」は趣きを異なったものとしている。彼女が書いたのは、台北の都市を生きる知識人女性の物語であり、青春と夢、迷いと選択、幸せな人生の模索が、このフェミニン・エクリチュールをモチーフにした小説を、反植民主義、デコロニアルの流れの中で独特でさわやかなものとして際立たせ、読者が慣れ親しんだ植民地台湾の女性とは異なる視座から描いたものとなっている。中でも「私」が年長者たちの用意した結婚を拒み、社会に出て働こうとする自己意識は、この時代にあって実に前衛的で進歩的である。これは台湾小説の中で、女性の自己意識

をあざやかに描きだした先駆けであり、台湾新文学史上、非常に大きな意味を有するものなのである。

また、「花咲く季節」の物語の舞台となっているのが日本統治時代の台湾の第一の都市である台北市である点にも注目したい。女学校のキャンパスでは、フランス人作家アンドレ・モーロワの名言の朗読や礼拝堂から流れてくるピアノの音が聞こえ、蓬莱閣での披露宴、映画鑑賞、本の交換、「国際館」でのお見合い、バス亭、八里海水浴場、淡水河、病院……などのシーンも登場する。これらのシーンや雰囲気は、まさに一九四〇年代、まだ戦火に巻き込まれていなかった時期の台北の都市風景である。よき友人、女友達となった三人の少女が訪れた場所や人生の転換点でした選択と物語は、一九四〇年代の台北市民（女性）の日常や都市台北の風景を表している。都市小説の発展から言えば、この作品はまた台湾新文学史において決して見過ごすことのできない作品なのである。

「花咲く季節」は一九四二年に発表されてから現在まで、すでに八十年もの月日を経ている。一九九九年、楊千鶴氏の愛娘である林智美がすでにこの小説を日本語から中国語に翻訳し、二〇〇一年南天書局が出版した単行本『花咲く季節』に収められた。

その後、『島嶼奴声‥台湾女性小説読本』（江寶釵、范銘如編、巨流、二〇〇〇）、『日據以來台湾女作家小説選読』（邱貴芬編、女書、二〇〇一）、『二十世紀台湾文学金典・小説巻』（向陽編、聯合文學、二〇〇六）など多くの作品集に収録され、台湾国内の大学の台湾文学科で読まれてきた。

現在、林智美が母の文学作品を伝える努力をしてきたおかげで、「花咲く季節」は、単行本として二十一世紀の台湾に再登場を果たした。さらに、原作の日本語、中国語訳、台湾語訳、英語訳という四種のテクストが一冊に収められ正式に発行されることとなったのである。ここでは、中国語、台湾語は彼女自身が翻訳するなど、林智美が自ら参与した。英語は、彼女の娘陳愷瑩との共訳である。祖母、娘、孫娘と三代にわたる家族愛がつながり、この『花咲く季節』が完成に至ったことは、実に意義深いものだと言えるだろう。これは、一つの小説の四言語による再現であり、さらに一つの作品を通じ三世代の愛が脈々と流れたものでもある。そこに通底しているのは、楊千鶴の一家三世代が台湾というこの生まれ育った地に対する深い愛なのである。

楊千鶴は、日本統治時代、そして国民党の時代を生きた作家である。「花咲く季節」は日本統治時代に発表し、日本語で書かれた。一九九三年、エッセイをつなげた形の

自伝『人生のプリズム』を発表したが、これも日本語だった。これは彼女にとって心の中にある最も大きな痛みであり、ずっと気にかけていたことだったのだろう。林智美による「花咲く季節」の台湾語訳は、まさに母の生前の願いをかなえたものだった。林智美が台湾語の表現方法を一から学び直し、心を尽くして翻訳したことは、さらにより大きな意味を持つ。なぜなら「花咲く季節」の台湾語訳は、娘が母の文学での志をより豊かなものにした心づくしの孝行であり、同時に日本統治時代の台湾人作家の日本語作品台湾語訳の作業に先鞭をつけるものとなったためだ。これにより、植民体制下にあり、統治者の言語を使わなければならなかった台湾人作家の作品は、改めてこれらの作家が本来用いていた言葉に帰ることとなった。これは台湾文壇と出版界が重視すべきものであり、また台湾文学に関心を寄せる人を喜ばせる出来事であると言うべきである。

私は、林智美による監修、主訳のこの『花咲く季節』に私が思っていたことを書けて大変うれしく思う。私と千鶴女史が初めて出会ったのは一九八五年の秋だった。その当時、私は楊青矗とアメリカのアイオワ大学の国際執筆プロジェクトに参加していた。その時の旅行で、彼女のアメリカでの住まいに泊まらせていただいた。一九八六

年、台湾ペンクラブが台北で発足すると、彼女はそのために台湾に戻り、発足イベントに参加してくれた。この時、彼女は日本統治時代を歩んだ台湾人作家杜潘芳格、鍾逸人と大いに語り合い、彭瑞金と私も声をかけてもらい、一緒に記念写真を入り込ませていただいた。私はこの写真を今でも大切にしている。一九八九年八月、張良澤が日本の筑波大学で「台湾文学研究会」を開催した時、日本で彼女とまた会うことができた。一九九三年、日本語の自伝エッセイ『人生のプリズム』（後に中国語訳『人生的三稜鏡』）が出版された時の慈愛に満ちた面持ちは、今でもはっきりと覚えている。彼女と最後に話したのは、二〇〇六年に私が『二十世紀台湾文学金典』を編纂した際に、「花咲く季節」を収録したいと考え、彼女に電話で同意を求めた時だった。彼女は喜んでくれたが、私が解説を書けばライセンスを渡しますよと言った。その電話で彼女は私の近況をいろいろと尋ね、アメリカに来た時にはまた会いたいとおっしゃった。その時が、私が彼女の声を聞いた最後となった。

初秋の夜、千鶴女史の『花咲く季節』を改めて読むと、生前の姿や声が思い出される。彼女はすでにこの世を去って久しいが、その作品は今でも読まれ、論じられ続けている。今後、翻訳を通じ、より多くの異なる言語の読者が彼女の作品を読み、彼女

に親しみ、その命がずっとそこにあることをひたすらに願うものである！

（林水福、横路啓子　訳）

花咲く季節

「美しい方よ。あなたが私を愛して下さるよりも尚一層私があなたを愛していることを、一生涯、私が雄弁を振って主張するのをどうかご覧ください。」[1]

南国の太陽が、三月にしては強すぎる暑い陽ざしをなげかけている青い校庭の芝生で、モロワの「結婚・友情・幸福」[2]を読む声は講堂から流れるピアノの音ととけ合

1 学生たちが読み上げた一節は、フランスの作家であるアンドレ・モロワ（一八八五〜一九六七）が一九三四年に出版した著書『Sentiments et Coutumes』からの引用で、知識人女性たちの理想的な友情についてモロアが論じた際の一例である。モロワは、それ以前の二人のフランス人女性作家・ラファイエット夫人（一六三四〜一六九三）とセヴィーニュ夫人（一六二六〜一六九六）の友情を例に挙げ、二人の間に争いが生じたとしても、それは公開された手紙に書かれていたように、相手へのより深い愛を表現しようという競い合いだったと述べている。

2 モロワの著書『Sentiments et Coutumes』は一九三九年、文学者の河盛好蔵により『結婚・友情・幸福』と翻訳され、岩波書店から出版された。楊の小説中で引用された段落は河盛の訳本による。

って美しい旋律を狭い校舎一ぱいに漂わしていた。碧い空とかすかに匂う芝草の香りに青春の息吹きを感ずるほど、私達はローマンチックな娘達ではなかったけれども、もう一しょにいる日も残り少いという卒業を間近かにひかえた淡い感傷が、いつもは、「スピード、スピード、あなたの御仕度はいつも牛みたいにのろいのね」とせきたて合ってそそくさと帰る放課後の時間を四人、五人とそれぞれのグループで日頃丹精の花園をそぞろ歩いたり、芝生にねころんだりして、短かい学窓の日を惜しんでいるのであった。女学校を出る場合とちがって、今度出たら皆それぞれ運命の定められるまま、結婚や人生にぶつかっていかなくてはならないという心細さや、ものがなしさが、誰も口に出して言わないが皆のむねにうずくまっていた。

「○○さん、結婚したら、街で私達に会ってもしらない振りをするんじゃない?」

「△△さん、後一箇月したら医学士夫人なのね。」

話しかけられた方は少しはにかんでいるが、話かける方は真顔で、しかも溜息まじりに言っているのである。乙女の日への惜別と結婚というはなやかなスタ―トをきろうとする胸おどるような希望とが、どのようにこの人達の胸に交叉しているだろうか。私は、講義をじっと動かないで聞いている婚約者達の心をいつもそういう風に気

にし、のぞいて見たいと思うのであった。あんな神妙な顔をして聞いているような恰好をしているけれど、案外、うわの空かもしれない。しかしこれは私の立ち入った憶測だったらしい。かの女達は講義の後、いつも几帳面に筆記したノートを隣りの人と読み合わしたりして、別に変った感情を表わさないでいた。結婚て——世の中で行われている極く普通のことに過ぎない。そんなにしか思っていないのかもしれない。

三月のはじめのある日——、音楽の時間に先生が

「今日から卒業式の歌のけいこをしますが、女学校[3]でそれぞれ一度うたって来た

3当時の日本の学制では、「女学校」は女子のための中等教育機関だった。植民地台湾では、女子は六年間の義務教育（「公学校」または「小学校」）を受け、その後四年制「高等女学校」（一般的に「高女」または「女学校」と呼ばれる）に進学した。なお、義務教育における「公学校」は台湾人学童を対象とし、「小学校」は日本人学童のを対象とした初等教育機関であったため、「公学校」と「小学校」で使われる教科書は異なっていた。「高女」に入るためには、試験のほかに、推薦状が必要な場合が多かった。各地の高等女学校入試は同日実施されたため、受験者はあらかじめ志望校を決めておく必要があった。台北では、「第一高等女学校」と「第二高等女学校」の試験問題は「小学校」の教科書から、「第三高等女学校」の試験問題は「公立学校」の教科書から出題された。つまり、「第三高等女学校」は主に台湾人学生向けだったということだ。また、植民地台湾には「私立高等女学校」もあった。たとえば、大稲埕にあった「静修高等女学校」は、一九一六年にカトリック教会によって設立され、日本人学生と台湾人学生の両方に「高等女学校」教育を提供していた。要するに、「女学校」と「高女」は、「高等女学校」のことである。

のだから、先ず、皆でうたって見ましょう。」

と言われてピアノに向かったが、私達は誰からともなく、お互いに顔を見合していた。

朝夕なれにし、学びの窓

蛍のともしび、つむ白雪[4]

声の余韻にまじって静かなすすり泣きが聞こえる。

「だれ？」

パタンとピアノの音をやめて先生が立ち上がった。私達は一せいに声を呑んだ。林さんだったのだ。私達のクラスの中で一番先きに結婚することになっている林さん、顔にあてた白いハンカチのふるえを見ながら、何だか胸を打たれた感じ。自分の感情の表現をあまりしたがらないこの人が——

「卒業、それは今の皆さんにとって、たしかにかなしいことにちがいません。でも、そんな気持ちになっていられるあなた達は、人生のこの上もない幸福のさなかにいるのです。乙女の日の感傷でありったけ泣きなさい。泣ける涙は尊いのです。先生

もふだんは、やれ音階が悪いといっては叱り、態度が不真面目だといっては口やかましくおこりつけてきましたが、もう別れなくてはならないと思う、やはりかなしいのです。でも私はそれをこらえています。毎年毎年こんな気持ちを感じなくてはならない私が、あなた達よりめぐまれていないと思いませんか。皆元気で卒業して下さい。人生は涙だけではいけないのです。意志だけでもいけません。真心で、心の奥からほとばしり出る誠実な心でぶつかって行かなくてはいけません。かけ声ばかりでもいけません。じっくり組んで行くことです。これからのあなた達の前途は今までとちがって、一人一人様に困難や喜びが横たわってそれぞれを待っているでしょう。かなしみの中から勇気を、喜びの中からつつましい心を持って進んで下さい。私はあなた達に

4 明治から昭和にかけて、日本の学校で伝統的に歌われていた卒業歌『仰げば尊し』の歌詞である。この歌詞で引かれている「蛍雪の功」とは、昼夜問わず勉学に励むことである。中国の晋の時代、車胤（しゃいん）と孫康（そんこう）という二人の貧しい青年がおり、灯火の油を買うことさえできなかった。車胤は夏に蛍をつかまえて袋に入れ、蛍の光で勉強した。孫康は冬に、窓側に積もった雪の明かりで勉強した。なお、『仰げば尊し』は一八七二年に米国で流行した放課後の歌（Song for the Close of School）を元にしていたことが、二〇一一年に明らかになった。また、台湾では一九四五年以後の中華民国時代に、『仰げば尊し』に中国語歌詞がつけられ、『青青校樹』という卒業歌として流行した。

空々しい励ましの言葉を言っているのではありません。私自身が人生にもまれ、失敗して来た体験を持つからこそ、こんなことを心からの忠告として言えるのです。私の言ったことは、今のあなた方達には真直ぐに受けられないものがあるかも知れません。けれど、この長い人生行路のうちに、そうだ、いつか音楽教室であの先生がこんなことを言っていたが——と思いあたる日が来るでしょう。私も急にかなしくなっていろんなことを話しましたけれど——皆さんはよい生徒達ばかりでした。お世辞を殊更言うわけではありませんが、貴女達は皆女だけの持つすなおさにめぐまれていました。今の気持ちをいつまでも忘れないで、持ちつづけて行って下さい。

あえかにも　美しき中に　一すじの
りりしさ持てる　乙女なれかし

これは私のふだんの信条ですが、皆さんが学校を出るにあたって、この言葉をお贈りしたいのです。」

いきなり話し出した先生のしんみりした声に、一人泣き二人泣きして、クラス全部がうつむいたまま頭をあげることが出来なかった。私は泣かなかった。泣けなかっ

た。ただ、先生の口をついて出た言葉が、熱いかたまりのように全身をかけめぐるのを感じた。そっと顔をあげたら、お昼の会食の用意でしょう。思い出せばその日は三月三日の桃の節句[5]で、桜餅やちらしずしなどを食堂へ運んで行く下級生達が廊下を通りながら、私達の方を盗み見ている眼とかち合った。

黒っぽい、しかもキモノの衿が広い程似合う洗練されたきこなしをする私達の好きな芸術家肌のその先生は、長い話をした後の手持ち無沙汰で、又ピアノに向かった。もう歌う気になれない。庭に目をやったら、陽に映えて美しいクロトンに名も知らない鳥が止っていて、何を思ってか、やがてチチとさえずりながら飛んで行った。ブスッ！弓道場で誰かの射た矢が的にささった快い音が聞えた。

そんな日から皆はいよいよ卒業だということを切に感じ、殊にやがて結婚する人達は、今までしなかったテニスに急に熱中したり、グループでハイキングに出かけた

5 日本において、三月三日は桃の節句であり、女児の健やかな成長を祈るひな祭りの日でもある。女児のいる家庭では、ひな祭りの一～二週間前からひな人形を飾る。桃の節句には、ちらし寿司や桜餅などの特別なご馳走を準備しなくてはならない。

り……心残りのない乙女の日を過すのに身にやつしていた。私達のクラス[6]は内台人合わせて四十人たらずの少数で、その中に三組みの本島人だけのグループが入っていた。しっかりした意見を言う謝さんを筆頭にする六人のグループは四人も婚約しているという成績をもつよき娘の標準型の連中で、それから私達が「名コンビ」とよんでいる二人組は、教室では影のうすい存在で、あんな田舎にも女学校を出た人がいるかしらといぶかられるような処から来ていた。その他に、少し軌道を外しそうな、ひとすじ縄ではいかないような朱映さん、翠苑さんと私の三人組がいた。私達三人は卒業後も、別にそんなにすぐ境遇が変わる話題はまず、お互いにはなれればなれになり、誰かが結婚した場合今のような友情がやはりつづくだろうとかいうことであった。

「『サテ、思いがけなく、結婚がやって来る。もしそれが成功した場合には、結婚は少くともしばらくの間乙女達の友情を殺してしまう。同じ程度に強烈な二つの感情は両立することが出来ないからである』モロアはそう提議を下しているけれど、あなたはどう思う?」

かなしいことには、友達の翠苑さんも朱映さんも私もそれに反駁する言葉をみつけることが出来ないまま、蛍の光、窓の雪、をうたって学校を出てしまったのである。

卒業と結婚は若い私達とっては壁一重のものであったらしく、一年も経たない中に誰と誰が学校へ結婚のお菓子を持って行ったとか、結婚の披露状を送ったとかいうニュースがとび私も蓬莱閣[7]の披露宴へ二度も招ばれて行ったが、気が付いたらクラスの半分は嫁いだ勘定になるのであった。その人達学校時代から嫁入り仕度に没頭していた連中ではあったが、片隅の幸福を願うというつつましさは分かるにしても、あまりにも単純すぎる（悪口が出るかもしれない。とにかく私にはそう思えたが）位，易々と嫁いでしまうのに、私は一寸物足らなさを感じた。

---

6 ここは学院のなかのクラスという。「学院」とは「台北女子高等學院」の略称であり、植民地台湾における女性の唯一の高等教育機関にして最高学府であった。一九三一年に設立され、学生には日本人学生も台湾人学生もおり、皆、高等女学校を卒業してここに入学した。当時の「台北女子高等學院」は半官半民の学校で、教師の多くは台北帝国大学の非常勤講師だった。同校は戦後に廃校となり、当時の在校生は台湾大学（戦前は台北帝国大学）に編入した。（旧校舎は台北市の南海路、植物園の向かい側にあった。現在でいう建国中学（高校）の隣、台北市国語実験国民小学のあるあたりである。）

7 『蓬萊閣』（ほうらいかく）は植民地時代の台湾・台北市大稲埕で有名だった高級台湾料理店であり、芸旦の楽器演奏などもついていた。一九二七年、台湾淡水鎮出身の富商・黃東茂が高級台湾料理店『東薈芳』の跡地に、新たに建てた豪華レストランである。

「あなた達グループだけは、皆まだがんばっているのね。」

おはずかしい。私達売れ残りなのか——。いいえ、どういたしまして。私はその頃こつこつ自分だけの世界のどうどう廻りをつづけていた。

三重埔[8]の方に居る父の妹である阿姑がそのころよく家に来ては、

「もう学校も出たのだし、年も少い方ではないのだから、こんなよい縁談があるのにいかないという法はないですよ。」

相手はお医者さんで、これからどれほど財産をつくるか分からない。その上とてもおとなし人で酒も煙草も全然のまないし無駄なことには全然手を出さないしまり屋で、これは私がこの眼で日ごろ見て来ているから保証しますよ。これほど安心して嫁けるところはそうざらにあるものではない。あなたもお母さんが居ないし、お父さんもずいぶん御年なのだから、まあこの際意地を張らないでゆっくり考えてごらんなさい、と一息に言って何も言わないでいる私の顔から承諾の意を読み取ろうとするのである。

「むかし、私達のときも縁談をもちこまれるところそとかくれたもので、ほんとうに自分の気持ちなどを言えたものでなかったよ。今のあなたにしても、では私ゆき

ます。とはっきり言えないでしょうから、何も返事をしないのを承諾の意にとって、私がよいようにはかりますからね。」

「阿姑！ちょっと待ってください。私は、そんなにかんたんに何でもないように結婚して行く気持ちになれないのです。」

「そりゃ、結婚は人生の一大事ですからね。私にしたって、何もおいそれと可愛い姪をやってしまおうと言うのじゃないのだよ。あなたが任してくれさえすれば、婚約するまでには見合いもするし、若いもの二人が会って意見を聞き合うようにすることぐらい、いくら阿姑が昔風の人でも、私のような結婚の日まで相手の顔を知らなかったというような野暮な真似はしない積もりだよ。」

私は、はじめて縁談というものをきり出され、それは昔も今もかわりなく頬のかっかっとあつくなる、ものだと知った。私は阿姑の話に耳をかたむけながら、やはりに本の頁をめくっていた。

その阿姑が私の室から出て行くと、丁度階段を上って来た中学生の甥が、

8『三重埔』は、現在の台湾新北市三重区の旧名である。

「やいやい、およめさんのはなしだろう。さっさと行くんだね。女って、えらそうなことを言うけれど、結局ある時期になったら、ころころ問題なく行ってしまうものだよ。」

「生意気な——」

あまりにももろもろの気持ちで胸が一ぱいになっているので、私はそんな小癪な言葉にも大して怒る気になれなかった。

「相手はどんな人だい？知ってる、知ってる。お医者さんだろう。おれが先輩に頼んで調査して来てやろうかな——」

「うるさいね。とにかく一人にして置いてよ。」

「ハイハイ、お嬢さんよ、ゆっくり悩んでください。」

学友達はやはりこんなにして、申し分ない縁談だよとわいわい言われて承諾し、見合いをし、そして結婚して行ったのだろうか。女って、意思表示できないみどり児から幼年時代を経ると、学校から学校へと渡され、息をつくひまもない中に結婚に追いやられ、子どもを生んでやがて老いて死んで行く——その間には意志も感情も挟まないで運命だけに自分を托してよいものだろうか。ああ、そんなものへの懐疑でもない、何の心

構えもなく結婚してしまうことが私には不安であり不審でならなかったのだ。皆は自分に納得してから行ったのだろうか。もやもやした気持ちのまま人生の大事に向かうことができるかしら、私は自分にかえって息をつく静かな期間が欲しい。私は自分を知りたい。みつめたい。二十年間共に苦しみ、かなしんで来た間に私は自分の本体をゆっくり見きわめるひまを与えられなかった。ああそんな仰々しいことでもないのだ。私はただあまのじゃくで、すなおに結婚を承諾することが出来なかったのである。

ある朝、はやくから呼び起こされた。父が呼んでいるという。どんな用事だろうか。まだずいぶんはやいらしいのに、眠れないで目をさましているらしく、老いた父のこんこん咳をする力ない声が聞えた。

私と父とは母が死んでからは、お金を貰う用事以外、ムダな、しかし親子の情愛から見れば、なくてはならないあたたかい言葉を交わし合ったことがなかった。それは女の子には気を止めないような昔気質の父だったからでもあろうが、今まで母親児だった私が母にばかりくっついて、母の限りない愛だけにスクスクと伸び、母をなくすと急に人が変わったように、家では余計なことを言わないようになったからでもあった。父は自分を娘として愛してくれているだろうか。今の教育を受けた私は、やはり

学友達のような、したしく意見をたたかわしたり、物をねだったりできるそんな父親の愛の表現が欲しく、疑ってはならない父性愛までを考えてみたりするのであった。母をなくして二、三年経ったころ、六十を過ぎた老いの身が毎日の立ち続けの現場監督にさすがに持ち切れなくなって、父はどっと床についた。そのころ私はまだ女学校にいたが、今父に死なれたら！と実に悲壮な気持ちで、母の病のときにしたよりも真剣に祈った。私にはどんな神様でもよかったのだ。この哀れな少女の願いをきいてくれるありとあらゆる神に。父！この世に私がただ一人頼ることの出来る者、ああそれはむっつりとやさしい言葉一つかけてくれない父その人なのだ。私は、学校に行っている間でも、家に帰ってからも母の位牌に向かって祈りつづけた。けれど、私は自分の気持ちを外にあらわす方法を知らない娘であった。

「あいつは娘でない。たった一人の父が死にかけてもやさしい言葉一つかけないばかりか、『眠床』の前を通っても黙っている。」

父はこんなかなしいことを見舞いに来る親類の人達にこぼしていた。私はそれを聞かされた時、泣いた。さびしかった。母が病いの床で皆に、私はあの娘を可愛いがった甲斐がなかったと嘆いたくらい、私はあの大きな愛に何も報いることが出来なく、い

たわりの言葉一つかけることが出来ないままに母をなくしてしまった……今また父から そんな言葉を聞かされるとは——私は自分が憤しかった。涙が限りなく溢れ出るのであった。

「お父さん、おかゆを召し上がりませんか。」

さんざん家の人達にさとされて私がおそるおそる父の病床にご機嫌うかがいに行った時、

「何もいらない!!」

昔をしのばせる大きな声で父は私をどなった。そのような私達父子であったが、女学校を出て上の学校へ入ってから私は今まで気のつかなかった細かい処に父のささやかな愛情を時々見つけることがあった。自分の愛情の表現を表にあらはしたがらない性格はことに本島人に強いのではなかろうか。父を見、母を見、私自身を考えて、私はフトそう思うのであった。

父が私に用事、これは珍しいことであった。私は昔も今もかわらないおそるおそるした調子で近づいた。

「恵英。」

いすくめられたように私は其処に釘づけになった。蚊帳をあげてのぞいた父の顔に憔悴の色をチラと見て私すぐ又うつむいてしまった。

「おまえの阿姑から聞いただろうが、あの縁談をわしも賛成している。しっかりした頼りにな真面目な青年であればよいのだ。財産は問題でない。こんなことはお前だけの我侭でもいけないんだよ。」

私は言葉の一つ一つが胸にことこと落ちて行くように聞いていた。

「おまえはいつも、お母さんが居たら……と愚痴っているそうだが、わしだって、おまえの母親がするような心配はしている積りだ。とにかくよく考えてごらん。」

やさしい親の情にあふれた言葉であった。それは私に一つの決心を与えた。嫁こう。私のかたちのない逡巡はこの場合捨てなくてはいけないものなのだ。ふだん心からしたっている南部にいる次兄に自分の気持ちを書いて送ったら、折り返し兄から胸を打つようなさとしの言葉が来た。

「おまえの気持ちはよく分かった。又それにも増してお父さんの気持ちもよく分る。僕は今、何もお前のその気持ちを乙女のくだらない感傷だとかたづけてしまおうとするのではない。僕に対しては面と向かって何も話そうとしないお前だが、お前の

性格は血のつながりだもの、僕にはよく分かっている。他のお友達にはもやもやした気持ちのままで取りすすめられることも、お前の場合はそうやすやすと納得できないのだろう。お前のそんな気持ちは決してよいというのではない。けれど、それはお前のものなのだ。自分のものはある程度守り通して行ってよいだろう。お前はお父さんの心配をなくすために嫁ぐという。それは大きなまちがいだ。お父さんにしても、僕にしても願うのはお前の幸福だけだ。お前が幸福に行ってこそ僕達の心配もなくなるのだ。お前が今不本意な結婚をあえてした場合、それは一時的にお父さんの気を休めることが出来るかもしれないが——恵英、それでお前が不幸になった場合、どうする。お父さんの心配は今までにも倍して深くなるではないか。まあ、お父さんには僕から諒解の手紙を出して置くが、お前はまだ若いのだし、ゆっくり世間を見る余裕を持つ為にも、しばらく今のままで居てよいだろう。」

私はとうとう又も自分の我侭を押し通した。それはいろいろの意味で苦しかった。学校時代に婚約されたお友達はこんな苦しみを通らないで、難なく話がまとまったのだろうか。だってふだんとかわりなく授業を受けていたのを見てはそうとしか思わずにいられない。

「お前達の母親は子ども達をみんな甘やかして育ててきた。我侭放題なお前達を増長させてきた。恵英の奴までが、勝手なことばかり言って、もう貰い手がなくても知らん」

兄が何か仕事の失敗をしたついでに、父は私のことも取り出してどなりちらしていた。私は首をすくめて小さくなっていた。お父さん、私はなさけない娘です。お父さん、あなたはやはり私のやさしいお父さんにちがいありません。

お友達とは一箇月に一ぺんほど会って一しょに映画を見たり、本を借り合ったりして、学校にいた頃とあまり変わらない付き合いをもちつづけていた。思っていたほど会う機会の少ないのが少し物足りなかったけれど、その会合は兎に角私の生活に大きなうるおいを与えていた。丁度私達が学校を出た頃「娘時代」[9]が盛んに読まれていた。娘としての私達の形のない悩みをなるほどうまく取り出してくれているが、何といっても台湾の娘である私達にはピッタリ来ないところが多くあった。では私達はどんな気持ちで娘時代を送っているのだろうか。それは自分がじかにふれ、感じている身近かなものでありなら、どうしてもそれを形にとって見ることが出来なかった。只

分っていることは、私達には古い時代の因習と新しい時世の動きとの摩擦がより一層強くまとわりついていることであった。

ある日三人で、在学中に結婚してしまい、今ではママさんになる日を待つ幸福な医学士夫人で収まっているお友だちの処へ、映画の帰りによって見た。その人は、結婚した当時、私達が遊びに行って話す言葉の中に「母の愛」とか「子供の養育」という語を聞くと気持ちを悪くする風変りな人であったが、その日上りこんだ私達は、野原で子供達がたわむれている和やかな油絵が壁にかかっているのを一様に見た。

「家庭を持っても学校時代と同じね。日曜日が一番待ち遠しいのよ、シネマに行ったり、ピクニックに行ったり、とても楽しみよね。その帰りに片倉通り[10]によっておすし

9『娘時代』は、当時日本の若手作家・大迫倫子（一九一五〜二〇〇三）が一九四〇年五月に出版したベストセラー小説であった。少女の心の躍動や悲しみを描き、初版は偕成社より発行され、一九九八年に再版された。

10片倉通りとは、植民地時代の台北市西門町にあった映画館「新世界館」の一本裏の路地のことを指す。そこには二十軒以上の日本料理店が立ち並び、寿司、佃煮、蒲鉾、焼き鳥などを出していた。片倉通りの近くにも和食と洋食の料亭があり、要するに、西門町一帯が繁華街であった。（植民地時代の西門町の範囲は現在より小さく、今の中華路から康定路の間の、成都路の両側一帯だけであった。なお、当時の片倉通リは、現在では台北市成都路二十七巷となっているようだ。）

を食べ、あつい番茶[11]を飲む楽しさは、こんな生活にいる私でないと分からないカナ。」

けれど何でも二人分だから小遣いの五円位はたちまち飛んでしまう。という言葉も付け加える奥様然としたかの女は、この頃ではエノケンやロッパ[12]の喜劇とか、チヤンバラ[13]映画がかえって面白くなったという、私達が訪ねて行く度によい聞き手とばかりに、いつも一人で結婚先輩者らしくしゃべりまくるのであった。私達は結婚した者の生活がのぞきたくなるとつれ立って大橋[14]近くのかの女の家庭にたずねて行くのであったが、身なりや室内のかざりつけなどが新婚時代よりだらしなくなったと意地悪い観察の眼を働かしたりした。

「あなた達三人の中で誰が一番はやく嫁くかしら？」

いたずらっぽい眼が何かを嗅ぎ出そうと一人ずつ見まわすのであったが。

「翠苑さんよ、きっと。」

医学士夫人は、身なりも一番凝っている或金持ちの令嬢である翠苑さんに決まって最後の白羽の矢をたてるのだった。そんなに知りたければ運命の暦でも出してめくってみればよいのに。

「どうせ私が一番おそいにきまっている。」

うるんだ二つの大きな眼をもつ朱映さんはいつもそうこたえる。それは籍の問題などが原因だったらしいが、私はそれを聞くと、いつもかなしい気持ちになるのであっ

11 番茶は緑茶の一種であり、カフェインが比較的少なく、より柔らかい味わいのお茶である。

12 エノケン（榎本健）は榎本健一（一九〇四〜一九七〇）の芸名であり、ロッパ（緑波）は古川緑波（一九〇三〜一九六一）の芸名である。二人とも一九三〇年代から一九四〇年代にかけての有名なコメディアンであった。歌唱喜劇で舞台、ラジオ、テレビ、映画に登場し、戦前は高い人気を博した。戦後のコメディ・ブームにも影響を与えている。榎本健一は東京・浅草でキャバレー芸人としてスタートし、一九二七年から映画に出演し始め、一九六五年まで俳優として活躍した。古川緑波は東京で生まれ、早稲田中学校在籍中に映画評論を書き始めた。一九三一年から映画に出演し、歌唱と声真似も得意だった。二人はライバル関係にあり、初めて共演したのは一九四五年のことだった。晩年の古川緑波は病弱で、一九六〇年に舞台の上で病に倒れ、翌年亡くなった。彼の日記は、『古川ロッパ昭和日記』として出版されており、日本喜劇史、昭和風俗史が文才をもって記録されている。また、美食家でもあった。

13 チャンバラとは、日本の時代劇映画や舞台劇において、刀をもって斬り合うものをいう。チャンバラ映画は一九〇八年に始まり、一九二〇年代から一九四〇年代にかけて大流行した。剣劇映画とも呼ばれ、戦後も一九五〇年代まで大量に製作された。

14 台湾北部の淡水河に架かる台北大橋は、台北市大同区と新北市三重区を結んでいる。一八八九年には台北の三重埔と大稲埕を結んだ木造橋だったが、一八九五年に植民地政府より淡水橋と改称され、大龍峒と大稲埕あたりの重要な中継点となった。一九二〇年に台北橋と改名され、後に鉄橋に改造されて、一九二五年に開通した。一九六九年に四車線のコンクリート橋に、一九八七年に六車線の橋に改修され、一九九六年に完成した。台北大橋の台北市側は、台湾語では「大橋頭」と呼ばれている。

た。

「三人ともはやく結婚しなさいよ。ほんとうの人生の苦しみと楽しみはそこにあるのだから。」

という老人くさいお説教を、いろいろしたおしゃべりのあとに貰って帰ったりする。

「かの女、一寸失礼ね。私達が毎日結婚のことしか考えないと思っているのかしら。」

といまいましくなってしまう。

「何といっても今のあなた達が一番人生の花ね。家計のきりまわしや姑への気兼ねなどというわずらわしい問題もないし。」

医学士夫人はそれでもこんな吐息をもらすことがあったが、その時はきまってこんな言葉を添えるのを忘れるかの女ではなかった。

「でも、まだ結婚しないあなた達は一人前ではないわよ。」

学校に居た頃長いと思っていた一年も、やれやれと家で翼をのばしている中にまた

たく間に過ぎ、新しい卒業生が又送り出されたのを聞くと、私達は今までの漠然とした生活の中から慌て出した。概念的なものではあるけれど結婚をしなければ。自分だけが取り残されるかも知れないという焦慮のようなものであった。いくつか持ち出された結婚の話も父が正面切って私に打診する前にいつの間にかもみ消されたりした。風の強い夏のよる私はフト思い出したように一年間の日記をめくって見た。いつ何処へお友達とハイキングに行ったとか、どの映画がおもしろかったとか、家の人が私を無視するのでかなしくて泣いたとか、そんなことなどが長たらしい言葉でつづられてある他、私は学校を出た一年間別に何も得なかったようであった。何かを得ようという打算的なものではないにしても、私はその中に満ち足りなさを感じなければならなかったのであった。私は今の自分をたたきなおす為にも、自分のもやもやとしたやりどころのない熱を打ち込む為にも、何かできる仕事が欲しかった。テニスの試合で○○高女出身の田川さんという文学をやる人と知り合い、翠苑さん達とはしなかった議論につばを飛ばしたりしたが。その頃であった。私がある新聞社に入る機会を与えられたのは。

家の人には何も相談をせずにこっそり履歴書を出し、採用がきまってから私は初め

て父に打ち明け、神妙に叱咤の声を待った。娘が勤めに出ることを私達の家庭で喜ばれないことは知っていたが、私はいつまでも隣近所に気兼ねするそんなわずらわしさを断ち切って、自分の生き方をはっきり決めたかった。父は周囲の思惑に気をかける老人であったがひところのような依固地はなく、私とも少しずつ言葉を交えるようになっていた。そのころ父に新しい時代の動きと私に対する理解があったか、どうかは分からないが、父はその時なんとも怒らなかった。

「お父さん、では明日から行ってきます」と私が念を押しても父は黙っていたが、ちょうどその頃、一番後に残るのはどうせ私にきまっていると観念的な言葉をもらしていた朱映さんから、思いがけなくも、

「こんな人との縁談があったので、先週の日曜お母さんと教会へ行ってチラと見かけたけど印象も悪くなかったから嫁こうかと思っているの。」

という相談を持ちかけられた。ごくあっさりした話し振りで――私達はものに感激しやすいというので似通っていたけれど自我の強い点では私や翠苑さんとちがって朱映さんはずっと自分を主張しない方であったが。そのはなしは私達が何か意見を挟む

隙もない中にとんとん拍子に進み、国際館[15]での正式の見合い[16]をすますと、もう親から黙認された交際をはじめていた。間に立った人が言った相手の学歴や家庭の状況などがずいぶんちがっていたということが後で分かったけれど、その時、すでに朱映さんの気持ちはその人にたいして動きの取れないものがあったらしかった。

「月給は八十円内外だけど、やって行けるかと聞くのよ。学校の家事の時間では百円のサラリーでのやりくりの案をねって提出したけれど、結局実際と理想とはかけはなれたものだからそんなものにこだわっても仕様がないけれど——」

朱映さんは自分の意見をはっきり言わないけれどその言葉のはしばしからこんな意味のものを綜合することが出来る。私は翠苑さんと二人でその相手の人にも紹介され

15 一九三六年に開業した国際館は、日本統治時代の台北市西門町に建てられた、非常に豪華な建築物であった。台湾で初めて冷房を完備した映画館である。日本の東宝の直営映画館で、一階には飲食店もあった。戦後の中華民国時代に国際劇場と改称され、現在は万年商業ビルが建っている。

16 見合いは伝統的な結婚相手を紹介するという活動である。親友、仲人によって用意され、男女とその親友が伴ってに出席し、レストランで食事をしながら、結婚候補者として初めて顔を合わせるということである。お見合いの後、結婚を前提として交際を続けるか、あるいはすぐ結婚に進めるかは、双方の意思によって次第に決定する。

たが。単純といったら怒られるかもしれない。好い意味での単純さ、人生に曲り道をしない実直そうな、又妻をずっと愛して行ける誠実な人のようであった。感想を、とせがまれた時、翠苑さんは、そんな、一生を支配することになるかもしれない言葉は言えないと逃げたが、私はとにかくあなたが受けた感じそのままを信じてよい人らしいと答えた。

「送定」[17]の日、私達は朝早くから押しかけて、お化粧は、衣装は、と本人よりもやきもきしていた。美しく整ったその顔にふきでものがその日殊に多くめだっていたが。

「昨夜ねむれなかったから。」

力のない声。何もかもきまってしまうのだ。呆気ないものだというような響きだと私だけが勝手にそう感じる。

赤い「長衫」[18]に翡翠の耳輪をはめた、目もさめるような美しいおよめさん、私達は何かと手伝いながら見とれてしまうのであった。

やがて午前十二時、先方の送定の一行の御入来、家中がおちつかなくひしめき出した。何も言わないで朱映さんはその鼓動する胸へ私の手を引っぱって行った。目と目

が見入る瞬間、言葉が出ない。幾台ものリヤカー[19]で積まれてきた酒や缶詰類やお菓子箱がどやどやとお部屋の中に運び込まれてきた。百、二百——朱映さんの親類のおばさんでしょう、事務的な数の勘定の声が耳ざわりなほど大きい。一段一段と品物が高く積まれて行けば行くほど、朱映さんの身体が一節ずつもぎ取られて行くような錯覚を起こして仕様がない。

朱映さんのお母さんが入って来た。涙にぬれた顔である。

「たった一人の娘なので、私としては出来るだけのことをしてあげたかった。けれど父親のいない子が世間並みに足取りを揃えてゆくことはやはりムリだったかも知ら

17「送定」とは台湾の伝統的な婚約儀式で、男性側の親が結納品（台灣式婚約菓子、結納金、金品など）を女性の宅へ送り届けることである。「送定」は良い日時に行われ、男性の家から出発する前に爆竹が鳴らされる。男性の親友、仲人など、一定の人数（六人、十人或いは十二人）が女性の家へ行く。彼らが到着する後、女性は男性の親友に甘茶を奉り、男性の母親が女性に婚約指輪をはめるなどの行事がある。送定日後、女性は友人や親戚に婚約お祝いのお菓子を配り、婚約したことを周囲に知らせる。

18長衫は台湾人昔の伝統的な服装の一種で、現在の旗袍と同じ立ち襟で、ウエストはゆったりとし、両裾にスリットが入っている。

19リヤカーとは、一九二〇年代から人力で多く荷物を運ぶの二輪軽いトラである。一九六一年に三輪のバイクや発動機で牽引のモーターローリーに取って代わられだ。「リヤカー」は英語の「rear car」に由来する。

ない。でもまあ、あんな処にしても、とにかく身を落ちつけてくれると、私もホット安心出来るものですよ。」

そんなことをよく私達相手に話したお母さんであったが、今日は私達が挨拶する隙がないほど、いそがしく立ち廻っていた。朱映さんは何の表情もないまま私達といっしょに積まれて行く菓子箱の山をながめていた。私にはそれが不満で仕様がない。もう一つ不満がある。指輪をはめられて室に帰って来てから、かの女の運命もきめられたのだと私達が湿っぽい感情でいたのに、当の本人は口許に微笑みをずっと浮べて、浮き浮きと嬉しそうであった。たしかにそうとしか思われないような様子であった。その気持ちは私には今もってまだ分からない。いつかその友に会って聞いて見たいと思っているが。

あれほど勢いこんでいた勤めの方は、いろいろの意味で私をきたえ、引き上げてくれたけれど、半ヶ年位で私は又も行き詰まりを感じてさっさとやめてしまった。一つのことに集中出来ない娘の散漫さではなかったけれども、いろいろの事情が、結局それを「腰掛け的なお勤め」に終らせてしまった。

「やめた直接の動機は？」

私が勤めに出たことをあとで聞いて、別に何も言わなかった次兄が、帰北してみると知らぬ間に又も無断でやめていたので少しあきれ気味で私をつかまえてそう聞いた。

「自分を失いそうだったから。」

「まあ、それもよかろう。」

冗談とも本気ともつかない兄の軽い言葉であったが。[20]

南のけだるい熱風が眠さを誘う初夏の午下り、私はまったく気侭な娘で、しなければならないことをたくさん控えながら、退屈だ退屈だとうそぶいていた。

兄の子が二階に上がって来て、今先、私をたずねて二人の若い女が来たけれど、風邪をひいて寝ていると言ったらすぐ帰って行ったと告げた。バスが来るのがおそいか

20次兄が質問しなかったのは、時局が悪化していた当時、軍の政策のもとで新聞記者が苦しんでいたことをよく知っていたからだ。

らひょっとしたらまだ停留所に居るかも知れないというので、あわてて飛び出したら、その人達は意外にも基隆に住む同窓だった謝さんと学校では私達の一級上であったそのお嫂さんで、幸いまだ乗って行かないでいた。

「まあ、珍しい、いつ台北にいらしたの。」

彼女のグループの人達が皆結婚してしまっているので、どんなに淋しがっているだろうかと私達の噂にいつも出る基隆の謝さんは、表立つことのきらいな家庭的なおっとりした感じの人であった。その日も謝さんは標準よりも長目の地味なワンピースを着ていた。久しぶりに会わないからでしょう。おちついたどっしりしたものをその日特に感じたのであるが、何はともあれ、なつかしさだけが先立ち、

「とにかく御入りください。」

いろいろ学友のニュースでもと誘い入ろうとするのに、他に廻らなくてはいけない用事があるから此処で失礼すると言う。おかしな人、折角来てくれたのにと思ったが、それではと立話で、

「この頃、どうしているの、同窓会ではゆっくりお話を伺うひまもなかったけれど。」

「私など、とても平凡な毎日よ、あなたの方はおつとめどう？」
しばらく会わないでいると何だか話のつぎ穂にゆきづまり、他所行きの言葉も時々挟まれるのであった。
「高雄で結婚式をあげた林さんね、又台北にうつって来たのよ、先日遊びに行ったら、ホラ去年の夏出来た赤ちゃんがとても丸々と太って可愛いかったわ。そうそう黄さんにも三ヶ月前だったかしら、女の赤ちゃんが出来たんですって。」
「アラ、じゃ私達の同窓の人、皆女の児ばかりを生んでいるのね。謝さんもお兄さんが結婚なすったからそろそろあなたの嫁く番らしいけれど、お坊ちゃんの一番乗りはあなたがあげなさいよ。」
チラと顔の色が赤くなるのを見逃さない。私はほんとうに意地の悪い娘にちがいない。
「朱映さんはどうしていらっしゃるかしら。台中の方ですか？」
「ええ、でも今お産の為にこちらの方に帰って来てるのよ。かの女も思い切って嫁って結局幸福に行っているらしいけれど。」
「恵英さんも、思い切ってゆきなさいよ。あなたなど、真先きに行くかと思ってたわ。」
「アラ、アラそれは私よりも謝さんのことじゃないの？私の言うことを先走しりさ

れたわけね。とにかく、結婚の通知をくれぐれもお忘れなくね。」

女の会話は——とあきれられるにちがいないが、急に話題がみつからないとさしずめこんなことが噂に上がるのである。昨年まで、やれ、誰が婚約したとか、結婚したとか言うのであったが、もう生まれた赤ちゃんの噂をするようになったとは——、私達は学校を出て、まだ二年しか経っていないのに、とにかくそのような噂話だったら、なかなか尽きるものではなかったが、謝さん達はやがて来たバスに、時間に追われているらしく、挨拶もそこそこに乗り込んでしまった。

家に入った私は嫂から、さっきの人がこれを置いて行ったんだけど——と鴛鴦、水鴨に囍の印の入った箱を渡された。サテはとさっきの、この頃のお菓子はおいしくないとか、昨日はとても忙しかったとか、奥歯に物のはさまったような言葉、私には少しトンチンカンだった話がやっと呑み込めたが——。かの女もとうとう嫁ってしまうのか。

「謝さん、おめでとう。」

もうバスで去ってしまったその友に大きな声で祝辞を送りたい衝動のまま私はお菓子を捧げ持って一歩一歩階段を上がって行った。

「朱映さんが昨日、○○病院で男の赤ちゃんを安産したこと、知っている?」

それから二、三日経ったころか、翠苑さんからこんな電話がかかって来た。まあ!私は宙に浮いたような興奮でじっとしていられない甲高い声でそれを家中にふれ廻った。電話を切って一時間位してから、翠苑さんが横縞のすばらしい「長衫」を着て早速お見舞いに行く為に私を誘いに来た。ちかごろ翠苑さんは、あと二年位は洋裁の研究をつづけていたいと力んで私がどうだか?今に「私ゆくのよ」とあっさりやられそうだから用心用心と冷やかしたら「じゃ、見てごらんなさい」とこの頃急に張り合いを見つけたその生々とした声で言うのである。一年前のいまごろ、「退屈で死にそうよ」とつぶやいた無気力さの名残りはどこにもみあたらない。三人の中の一人が母となった喜びに二人で馳せつけるみちみち赤ちゃんは私達を、おばちゃんと呼ぶことになる?だってまだ結婚していないからおねえちゃん[21]だわ、などと言い合いながら私は

21 当時の若い未婚女性は、同世代の友人の子供から「おばちゃん」ではなく「おねえちゃん」と呼ばれたがった。長幼の順で言えば、「おねえちゃん」の方が下だとしても。女性をいつから「おばちゃん」と呼ぶのが適切なのか、明確な定義はないが、四十歳ぐらいまでは、独身女性の場合は「おばさん」と呼ばれたくないという人が多かった。

忘れられない一年前のあの日のことを思い出していた。

砂で目もあけられない風の強い日――。

私達三人はやがて結婚する朱映さんの送別をかねて八里ヶ浜の海水浴場[22]へ行った。まだ夏に入るはじめの頃、幸い人出も少なかったので、私達は休憩所の藤椅子に凭れて、快いばかりに青い淡水河の流れが、勢いよく白いしぶきを立てて浜にうちあがるのを思う存分見ることが出来た。途中で故障のためいくどもガタガタバスに乗り換えさせられた疲れもあったが、何だかその日は、学校を出る時よりもものがなしい感傷が三人の胸をしめつけていたらしく、どちらも無言のままじっとしていた。

「ねえ、折角来たのだから浜に出て見ない?」私はその重苦しさをはらいのけようとさっさと身仕度しながら誘いかけた。行きたくないと翠苑さんが言う。来る時から様子が少し変だったが。

「どうして?」

「だって、ずいぶん荒れているじゃないの。」

「アラ、大丈夫よ。浜を歩いて来るだけですもの。……死ぬのがこわい?」

「あなたと私だったら、死んでも別に大したことはないでしょうが、朱映さんに御気の毒だから。」

ぼつり、笑わない、沈んだ声であった。

「まあ、そんなつむじ曲りはよして。私にしたって別に今死にたくないわよ。空はあんなに碧いのに、あなたは何故そんなに陰鬱なの？」

朱映さんはもともと無口な方であったが、私と、翠苑さんとのこんな問題にかの女は一言も口をいれないで、黙々とバスケットを開けて支度をはじめていた。まあ、冗談はよしてとにかくいっしょに出ましょうよと二人が誘っても、どうしても出たくないと意地を張る翠苑さんを残して私と朱映さんは、タオルで髪をしばり、手をつなぎ合いながら、一足一足踏んではくずれる砂浜を下りて行った。私には翠苑さんの気持ちも分かる気がしたが、あの場合私としてもじっとしていられない息苦しさを感じているので、沈んでいる友をそのまま殘して行ったのであった。

---

22 八里海水浴場は、台北市内からさほど離れていない海水浴場で、淡水河河口の左岸、現在の新北市八里、およそ十三邸博物館のあたりにあった。一九三〇年代の八里海水浴場は、北は挖子尾から南は下罟子まで、全長四キロ以上の黒砂海岸だった。

なみ、波、大きい浪——、

その日の淡水河は荒れていた。

私達の足跡はさっと強い風が来る度にあとかたもなく消えてしまう。立ち止ることが出来なかった。風に押されていたのか、自分の感情に押されていたのか、風にあおられて口の中に入った砂をかみながら、娘時代のはかなさを思うのであった。呆気なく嫁いで行こうとする友への不満ではない。必然的におそってくる結婚の波に一たまりもなく動揺してしまう娘のつきあいであることがなさけない。それは結婚によって殺される友情がかなしかったのでもない。お友達が結婚すると聞いては祝福の言葉をならべながら、一抹のさびしさ、露骨にいえば取り残されるというような淋しさだろうか、そんなものを感じなくてはならない、目標のない生活を送る娘である自分達が悲しかったのであった。私がそんなことを考えているあいだに、朱映さんは何を思っていたのか、かの女の手は冷たく汗ばんでいた。ふりかえったら休憩所が小さく見えるので急に心細くなって、そこで休むことにした。私はそばに投げ出された友の細い脚を見ながら、この弱弱しい身体がいま、生活に向う気魄に溢れているのを感じなおさずにはいられなくなった。波は規則正しく浜に打ち上げられていた。なみ、友情の波、

結婚の波、人生の波、遠くの方でジャンクが木の葉のようにゆれていた。

「結婚って、学歴や外にあらわれた条件だけできめるものではないとはわかっているけれど、私の選んだこの結婚が後でかげ口を言われるのを思うと、折角の決心も鈍るのよ。」

外観に促らわれない結婚を決行しようとするこの友も、始終この逡巡に悩まされていたようであった。

「あなたが幸福になりさえすれば、誰も言うことはないと思うの。生きることは幸福を得ることでなくてはいけないのではないかしら。幸福は翼のある青い鳥[23]かもしれない。私達はそれが身近かにあるときにしっかり掴まえなくてはいけないのよ。」

私はそのころ、勤めに出て間もない時だったのでこのような励ましの言葉を言へたのだが、ふだんは私が力づけてもらう方であった。

「ねえ、ちょっと。風の強い砂浜、青い波を眺める乙女二人が幸福をみつけましょ

---

23 青い鳥（Bluebird）は羽毛が青く見える鳥である。多くの文化の中で、青い鳥は幸福の象徴であり、人々に喜びや希望をもたらすものとみなされている。

うよとはげまし合うところなんか、映画に出て来るようなシーンじゃない？」

私は何かバカなことを力まずにはいられなかったようで、今度はいきなり起ち上がって石けりをしたり、果ては足の拇指で「友」という字を書き、その下に「情」を書き加へてしげしげみていたりした。それはたちまち吹きすさぶ風の中に消えてしまったが、私達二人はいつのまにか、それを競争で書いていた。

「お——い——」

風のうなりの中からそんな呼び声もまじっていたかもしれないが、私達は夢中で書いていた。

「あら、翠苑さんじゃない？」

頭をあげた朱映さんの指す指の向うに、マフラ—で髪を結えた翠苑さんの手招きしている小さい姿が見えた。

「かの女、さびしくなったらしい。」

「かえろうかしら。」

「いや！」

私は全く子供みたいな娘で、気をもむ朱映さんをよそにひとりで反対の方に駆け出

した。目に、頬に、耳に砂が痛い。

あれから一年の月日が流れてしまったが、目につかないようなものながら、皆それぞれに変わってしまった。

病院で靴をぬいでいると、サテ、どの部屋かを聞くのを忘れたと思い出した。階段を上がってすぐ左の室が開いていたので、のぞくまもなく、そこに久しぶりに会わない中にさすがにやつれを見せているその友がベッドに起出しているのが見えた。

「坊やですって?とにかくお手柄だわね。」

挨拶も何もない。私は早速、乳首にしがみついている、まだ肉のかたまりに過ぎない赤ちゃんをうばって抱いた。軽いのね、ふわりとベビー服の軟かい感触だけが残る。

「起きてってよいの。まだ二日しかたたないというのに。」

「アラ、今日で五日目よ、あなた達の処に電話をかけさせたけど、二人とも居なかったのですって。」

きまり悪そうに胸をかき合わせながら言う。大任を果した世にも幸福な母親の微笑

である。

「くるしかった？」

「ううん、別に。思ったほどでもなかったわ」

「坊や誰に似ているの？」

鼻の恰好がお母さん似だとか、横顔はパパさんそっくりね、などと勝手な判断を下すのであった。

「坊やを、これからどんなえらい人になるかも知らない坊やを、ちょっと私にも抱かせてよ。」

と翠苑さんがうばってしまう。

「その時は何ぶんよろしく頼むわよ。」

道化た私の言葉で三人とも思わず大きな声で笑った。同室の人がいぶかるように私達を見ていたようであったが。

『台湾文学』一九四二年七月号より

◆今回の出版にあたり、旧漢字・旧かなづかいで書かれているオリジナルを現代表記に改めてあります。協力者：山崎亜也及び王明理。

あとがきと謝辞

林智美

この本を出版するために要した労力は、私の当初の予想をはるかに超えておりました。本当に諺「事非經過不知難」（事実を経験せずば難しさはわかりえず）のとおりでありました。登山をした者のみが、その醍醐味を理解できるのと似た経験なのでしょうか。年齢を忘れかけていた私は、二年間この大きなプロジェクトに没頭しつつも、身が付いてこられない事実をほとほと実感させられました。自分自身の努力一つで本の出版へ漕ぎ着けるものとの当初の予想に反し、この本の完成には、家族や友人たちの多々の貢献とサポートを要しました。よって、ここで私は感謝の意を申し上げたく思います。

永らく私を支え続けてくださった方々の中で、先ず感謝したいのは私の台湾語の先

生である紀品志先生です。台湾語の校閲、資料の調査、音声録音の指導、何度もの編集等、全ての段階で先生は参加してくださり、多くの困難の克服のために支援してくださりました。振り返って見れば、その仕事量は言語学者のアドバイザーとしての役割を遥かに超えていました。この過程で先生と育まれた友情は、私にとっては予想外の収穫です。先生の支援なくして、この本の出版はありえなかったものと思われます。次に娘の陳愷瑩に感謝したく思います。世代間の価値観の違い並びに生まれ育った文化の違いのため、この小説の翻訳の際、異なる意見ゆえ摩擦が多々発生しましたが、この本の英訳版の完成に向け、娘は私の多くの無理に妥協をしてくれ、真摯に孝行をしてくれました。最後に、夫である陳文彥にも謝辞を述べたく思います。生活面で完全に協力してくれ、私が自分の仕事をするために充分な時間を快く提供してくれました。彼の支えがなくして、私はこの本を完成させることはできませんでした。

この本の各国語バージョンは自分自身で電子ファイルを作成しました。この過程では、多くの技術的課題を克服する必要がありました。台湾語への翻訳並びに録音にあたり、私自身の発音や語彙を洪惟仁教授に相談または確認してもらうため、何度も先生の妹である洪淑卿さんと連絡を取りました。幸い、洪教授が出版した書籍を頻繁に

活用させていただくことができました。また、地方の古い地名や古い語彙の読み方に関する多くの疑問は、私の兄弟、弟の妻並びに賴國龍さん、林英侯さん、許福連さん、周明宏さん、潘美玲さんなどの友人にも相談を通して、その答えを見つけることができました。台湾語が大変達者でいらっしゃる陳豐惠先生と張秀滿さんからの助けや励ましも受けました。これらすべてが忘れ難い貴重な経験です。台湾語の録音の後処理や音楽の編曲にあたり、自身で演奏した音楽を提供してくださいましたStephanie Wuさんと蔡懷恩さんには心から感謝しています。曾文溪電台（ラジオ局）の賴嘉仕局長は、音声ファイルの後処理に快く協力してくださり、その上録音ファイルの保存のためにウェブサイトまでも提供してくださいました。

日本語の平仮名表記方法は第二次世界大戦後に変更されました。母が一九四二年（日本統治時代）に発表した「花咲く季節」の日本語の原文は、二〇〇一年に新旧表記方法混在の形式で出版され『楊千鶴作品集3：花開時節』に収録されました。よってこの度の日本語版の電子ファイルは二〇〇一年の日本文を元に作成される予定でしたが、新旧表記法が混在した文章が一般の日本語読者に受け入れられるかどうか、私は非常に悩み日本の河原功教授に相談しました結果、先生のアドバイスに従い、統一

された表記法で出版することにいたしました。幸いにして友人で日本在住の黄麗鄉さんを通じて、王育徳教授の娘であります王明理さんとこの問題について話す機会が得られ、最終的に彼女の大学の同級生であります山崎亜也さんが快く協力してくださり、この困難な作業を彼の手で現代の日本語表記に変換することができた次第です。王明理さんには再度校正作業も支援していただき、私はこれほど多くの幸運に恵まれたことに本当に驚いています。よって今回「花咲く季節」は統一された現代日本語表記を以て出版されることになり、私は心の大きな負担から解放されました。

私は日本語を理解し、読むことはできますが、優雅な文章を執筆することはできません。従って自身の序文の作成、著者紹介、小説の注釈等は、他人の力を借りて日本文に翻訳する必要がありました。殊に序文と著者紹介は、友人歐昭惠の息子の嫁であります武津宣子さんが多忙の中、心を込めて翻訳してくださいました。注釈の部分は、日本に留学中の学者、陳昱甯さんと、日本中央大学の八木春奈（八木はるな）教授が共同で完成してくださいました。友人でもある北米台湾人教授協会（NATPA、一九八〇年に設立）の現会長で鄭麗伶さんのご主人の小林博仁教授にも日本文に翻訳する相談に乗ってもらったことがあります。私は一九九七～一九九八年に同協会の会長を務めさせていた

だきましたので、私たちが由緒ある北米台湾人教授協会の「希少」且つ「貴重な」女性会長であるのは嬉しいことですが、その間に四半世紀もの時が流れました。

歳月は静かに過ぎ去り、振り返ってみると感傷も数々有ります。同輩たちは次第に衰え、母親の世代は散り散りになり、気が付けば多くの方々が他界しておりました。かつて母とは文学活動で交流がありました林淇瀁教授（向陽）は多忙にも拘らず母の本のために序文を寄せてくださり感謝しています。先生の序文は心温まる親近感でいっぱいです。まだお会いしたことのない廖炳惠教授、張文薫教授、そして呂美親教授も、それぞれ序文を寄せていただき、そのうえ貴重な意見を提供してくださり感謝しております。ちなみに向陽先生の中文の序文を日本語に翻訳してくださいました林水福と横路啓子の両教授にもこの場をかりて感謝を述べさせていただきます。

張文薫教授が寄稿してくださった英文の序文は、温若含教授と彼女の大学時代の後輩である陳昱甯さんとJoseph Henaresさんご夫婦によって翻訳されました。温若含教授は、オンライン学術講演会で知り合った若き新鋭の学者で、本の出版準備の当初から、翻訳チームの立ち上げをはじめ多くの支援をして下さり感謝の念に尽きません。注釈張文薫教授はまた小説にいくつかの注釈を加えることを勧めてくださいました。注釈

を附け加えることで、今の若い読者の方々が異なる文化および歴史背景で八十年以上も昔に記された母の本に対する理解を多少なりとも深められれば幸いであります。

この本を製作する過程で、インターネット等を利用して多くの新しい情報を学び得たことは喜ばしい経験だと思っています。一九九九年に初めて中国語に訳された時は、情報を調べるための インターネットはありませんでした。二〇二一年にイギリス在住の林子玉教授から翻訳経験についてインタビューを受け、最も難しい部分は何かと尋ねられ際、私は躊躇せず、小説の冒頭に登場します学生が朗読するフランスの作家モロワの言葉が全文の中で最も難しい部分だと答えました。それは、このフランス語の文脈が日本語に翻訳され小説に取り込まれた際、もとの文脈の背景が不明瞭であったためです。よってこの一文の翻訳にはインターネットを通しての調査、度重なる訳文の修正等に非常に多くの労力を要し大変苦労をしました。モロワの言葉の翻訳のため、日本語の書籍だけでなく、フランス語の原作も検索しました。多くの出版物の中からその書籍を特定し、その中からこの一文の出典を見つける必要がありました。紀品志氏の在仏の友人でありますす彭彥儒さんがフランス語のモロワの著作名を提供してくれ、私の娘がオンラインで e-book を入手し、ついにその一文の前後の文脈を見

つけることができました。更にモロワの一文の解釈並びに翻訳には米仏両国で古典フランス語を理解するフランスの友人の協力を仰ぎました。その過程はあたかも国際探偵事件の解明のようで、苦労しつつも非常に興奮したのを覚えています。モロワの一文が知識ある女性同士の深い友情を語ったものであり、母、楊千鶴の小説はモロワの言葉を通して女性同士の深き友情を記していたことを知り驚かされたものです。当時二十歳の楊千鶴が書いた小説がこれほどまでに素晴らしいものだとは思いもしませんでした。

母は七十歳を過ぎて本を出版し、多くの公開講演活動を行いました。私は唯々感心するのみであります。特に、母が日本語で執筆した『人生のプリズム』の原稿は、母自身がタイプしたものです。日本語のワープロやコンピュータを使う方法を彼女自身で学び、自分で一文字ずつタイプしました。当時母と同世代の方々は、ほとんどの人がコンピュータを使って文章を書くことができなかったのですから。母は常に自己を充実させ、時代の最先端に追いつき続ける精神を持っておりました。母は私の憧れであり、自分自身を鼓舞する力でした。この本の製作準備の過程でその特別な母と再度「知り合えた」ことがこの上なく幸せであります。

母の著書『人生のプリズム』は、一九九五年に張良澤教授と私の共訳で中国語に翻訳され、前衛出版社と林衡哲さんの「台湾文庫」との協力により中国語版『人生的三稜鏡』として出版されました。その際、前衛出版社の社長である林文欽さんと知り合うことができました。彼は今でも台湾文化事業に熱心に取り組んでおり、台湾本土意識の高揚のための書籍出版に四十年以上の情熱を注いできました。素晴らしい人格者でもある故、多くの人から尊敬されています。第二世代の林君亭さんや台湾語専門家の鄭清鴻編集長および楊佩穎編集長など、優れた編集チームが林文欽さんのプロジェクトに参加していることを知り、非常に嬉しく思います。高水準の台湾語文学出版物を次々と刊行し続ける前衛出版社の不屈な努力に感心せずにはいられません。私の本を前衛出版社から出版していただけることに心から感謝いたします。前衛出版社のますますの成功と、台湾出版界での不動の存在であり続けることを願っています。

二〇二三年九月、アメリカ・バージニア州て

（小林博仁　訳）

Yang Chian-Ho (age 4) with her mother, 1926.

1926年，楊千鶴（滿四歲）與慈母楊盧一涼。

Yang Chian-Ho wearing her winter uniform at Taipei Women's College, 1938.

1938年，楊千鶴身著台北女子高等學院冬季制服。

Yang Chian-Ho (front row, center) holding her trophy from a table tennis tournament, 1939.

1939年，楊千鶴（前排中，手持獎盃），台北女子高等學院桌球比賽優勝紀念。

Yang Chian-Ho performing at a graduation concert, March 1940.
1940年3月，楊千鶴在台北女子高等學院的畢業音樂會鋼琴演奏。

Yang Chian-Ho (center) with her two close friends, who became the prototype characters for her short story, summer 1940.

1940年5月，楊千鶴（中立者）與兩位好友（小說人物原型），在學院畢業後遊覽花蓮太魯閣。

Yang Chian-Ho (center) with her two Japanese friends from her table tennis team at the Taipei Women's College, October 1941.

1941年10月，楊千鶴（中）與兩位台北女子高等學院的桌球隊朋友，美惠子（左）及尚子（右）。

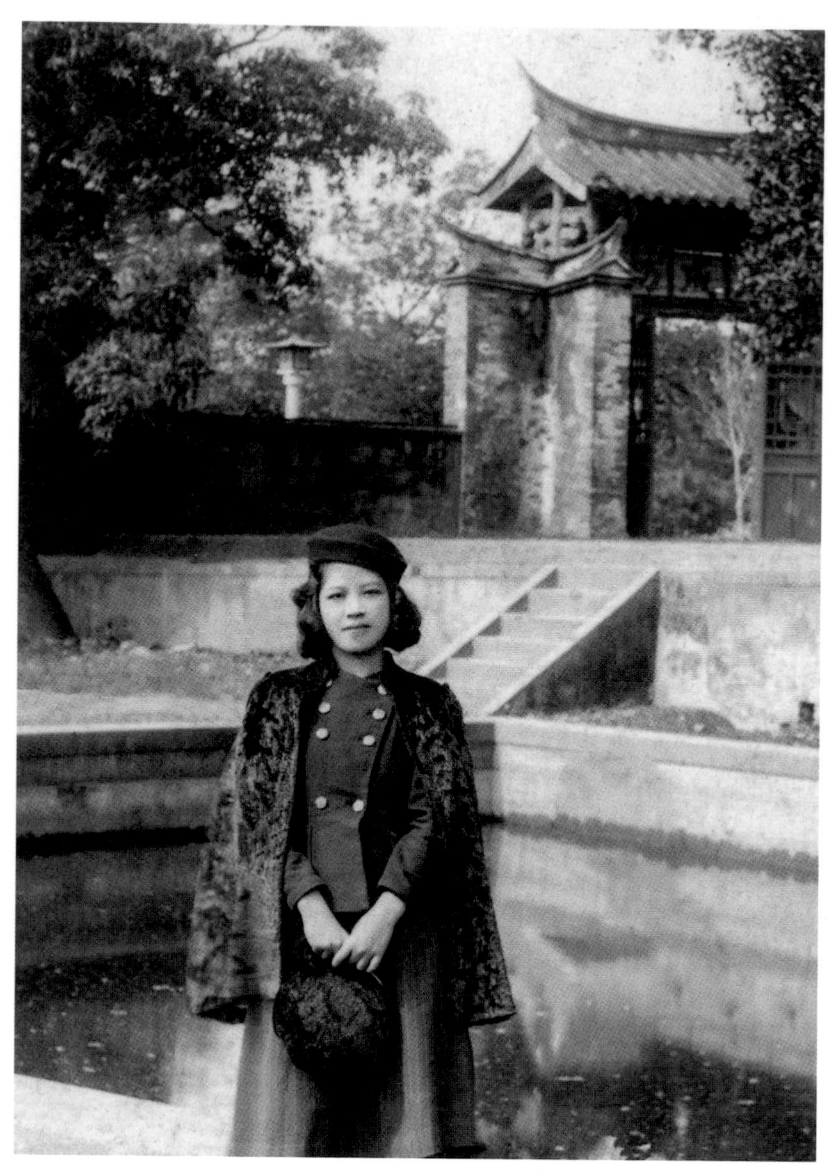

Yang Chian-Ho in Tainan, February 1942.

1942年2月，楊千鶴與家人遊覽台南時留影。

Yang Chian-Ho (center) with her two close friends who became prototype characters for her short story, summer 1942.

1942年夏，楊千鶴與好友秋燕（左）及月梅（右）。小說中三位人物的原型。

Yang Chian-Ho on her wedding day, June 1, 1943.

1943年6月1日，楊千鶴結婚照。

Yang Chian-Ho as a young mother, 1945.

1945年，楊千鶴的小家庭。

Yang Chian-Ho campaigning for a seat on the local council in Taitung in 1950 (she won the election in 1951).

1950年楊千鶴參加台灣第一屆地方自治縣議員選舉，於競選事務所前與家人合影（以無黨籍競選，1951年當選台東縣議員）。

Yang Chian-Ho with her three children, 1952.

1952年5月，楊千鶴全家福。

全省省縣市女議員坐談會留念
民國四十一年十月十一日

Yang Chian-Ho created a network of women council members from all levels in Taiwan. The first meeting was held in Taipei in October 1952. (Yang Chian-Ho, 2nd row, 7th from the left.)

1952年10月，楊千鶴發起全台灣省縣市的所有女性議員在台北舉開聯誼會。（中排左起第七人）

Japanese anthropology Professor Kanaseki (金関丈夫), founder of the publication 民俗台灣, returning to Taiwan for the first time since the end of Japanese colonial period. He asked to meet Yang Chian-Ho and was well-received by writers in Taiwan's literary circles. (Yang Chian-Ho, 1st row, 2nd from the right), 1960.

日治時期《民俗台灣》發行人金關丈夫教授伉儷，於戰後首次訪台的歡迎會紀念照（1960年於台北台泥大樓）。前排右起：吳濁流、楊千鶴、金關夫人、金關丈夫教授、李騰嶽、廖漢臣、黃啓瑞。後排右起：龍瑛宗、吳槐、黃得時、陳紹馨、郭水潭（右6）、王詩琅（右7）、戴炎輝（右8）、周金波（右9）、林衡道（右11）。

Yang Chian-Ho in Japan, visiting her teachers 濱田隼雄 and 濱田君代, 1961.
楊千鶴1961年訪日，與她的兩位老師合影：濱田隼雄、濱田君代夫婦。

Yang Chian-Ho with her eldest daughter Chihmei Lin at her graduation from National Taiwan University, 1966.

楊千鶴長女林智美於1966年6月由國立台灣大學畢業時全家合照。

At the International Meeting of Taiwan Literature at Tsukuba University in Tokyo, Japan (Yang Chian-Ho, 2nd row, 3rd from the right), 1989.

1989年楊千鶴參加在日本東京筑波大學舉開的國際台灣文學會議（第二排，右起第三人）。與會者包括前排向陽、謝里法、陳芳明，二排包括張良澤、杜潘芳格、鍾肇政、黃娟、張富美，後排包括李敏勇、洪銘水、胡民祥、林衡哲、黃文雄、黃昭堂、宗像隆幸等人。

Yang Chian-Ho with Chihmei Lin, Lin Hengze, and Fangming Chen, visiting with Professor Yang Yun-ping (a historian and scholar of Taiwan literature), 1991.

1991年楊千鶴（後排右2）拜訪舊識楊雲萍教授夫婦紀念。同行的是陳芳明、林智美、林衡哲。

Yang Chian-Ho and Chihmei Lin at a march to abolish the National Assembly (which held its last election in 1948), 1992.

1992年5月，楊千鶴、林智美母女兩人返台參加520「廢國大，反獨裁」大遊行。與盧修一立委及鄭欽仁、李永熾兩位教授合影。

A reunion in Tokyo with Japanese writer Sakaguchi Reiko 坂口䙥子, 1993.

1993年夏，在東京與日本女作家坂口䙥子於戰後首次重晤。

Yang Chian-Ho in Tokyo visiting her former supervisor, Nishikawa Mitsuru 西川滿, from the Taiwan Daily News Agency, 1993.

1993年5月與西川滿（楊千鶴任職於台灣日日新報社時的上司）在東京阿佐谷西川滿自宅合影。

Participating in a panel discussion with writers from the Japanese colonial period at an international conference of Taiwan Literature held at Tsinghua University in Taiwan, 1994.

1994年11月國立清華大學舉辦賴和百週年紀念，台灣文學國際學術會議之日據時期作家座談會。後排右起：楊千鶴、葉石濤、陳千武、林亨泰，前排右起：周金波、王昶雄、巫永福、陳榮、吳漫沙。

With Professor Wan-Yi Chen, who gave a review for “A Prism of Life” (人生的三稜鏡) at Yang Chian-Ho’s book release event, 1995.

1995年楊千鶴的日文散文自傳《人生のプリズム》（1993年，日本出版）在台北前衛出版社發行中譯書《人生的三稜鏡》，於新書發表會上與講評者陳萬益教授合影。

©

Yang Chian-Ho giving a talk at the annual conference of the North America Professors' Association during a session about Taiwan's 100 years of history, 1995.

1995年8月在美國華府受北美洲台灣人教授協會邀請在年會主題「台灣百年歷史」中演講，題目：我對台灣人悲情意識的省思。同台的講者右起廖述宗、賴永祥及李鎮源教授。

With Taiwanese writers and Dr. Shu-min Wu, director of Independence Newspapers, 1996.

楊千鶴與文友及自立晚報發行人吳樹民醫師在台北餐敘。前排右起：楊千鶴、巫永福、鄭清文、吳樹民，後排右起：張恆豪、李魁賢、李敏勇、吳樹民三公子、林智美。

Visiting Japanese literary critic Ozaki Hotsuki 尾崎秀樹 in Tokyo, with Japanese writer Sakaguchi Reiko and Chihmei, 1997.

1997年7月，訪問日本名評論家尾崎秀樹。同行的有日本作家坂口䙥子及林智美。

Giving a talk entitled "The Journey of Taiwanese Women in Taiwan Literature" at the annual conference of the Alumni Association of the Taiwan University, College of Medicine, 1997.

1997年8月在美國華府舉行的「台灣大學醫學院校友會年會」演講神情。題目：從日據時代的日文小說中探索台灣女性走過的路。

At Lai Ho Memorial Hall, 1998. Yang Chian-Ho, as a journalist, interviewed Lai Ho in 1942.

1998年參訪賴和紀念館。楊千鶴任職台灣日日新報社時，曾於1942年親自南下彰化採訪賴和醫師。

Yang Chian-Ho at her granddaughter Katherine Chen's wedding, May 1998.

1998年5月，楊千鶴參加孫女陳愷瑩的婚禮。新郎之側是楊千鶴及長男夫婦。新娘之側是新娘父母林智美、陳文彥。最左邊四位是楊千鶴次男夫婦一家。

Yang Chian-Ho with her five published books, 2001.

2001年，楊千鶴與她已出版的五本書。手持的是在日本出版的日文精裝本《人生のプリズム》，由西川滿裝幀設計，綢絹的封面。

Celebrating Mother's Day with her youngest son Jonathan Lin's family and her daughter Chihmei Lin Chen, 2005.

2005年，楊千鶴與女兒智美及次男仲是一家慶祝母親節。

Four generations celebrate Mother’s Day, 2006.

2006年楊千鶴四代慶祝母親節，在長孫女陳愷瑩家後院合影。（曾孫女現在已經24歲了）